Ulf Kartte

Tribunal

Roman

Woobooks

Deutsche Erstausgabe

1. Auflage

Umschlaggestaltung: Susanne Del Din unter
Verwendung eines Motivs aus iStock
Lektorat: Julia Jerabek
Satz & Layout: InterMedia – Lemke e. K., Heiligenhaus
Druck: PRINT GROUP SP. z o.o.
Printed 2022
ISBN 978-3-946312-61-1

www.woobooks.de

Für Margret

Prolog

Er: »Ich will einen Mord melden.«

Sie: »Einen Mord? Wer ist denn umgebracht worden?«

Er: »Bisher niemand.«

Sie: »Was wollen Sie dann melden?«

Er: »Er wird noch ermordet.«

Sie: »Wer?«

Er: »Dario.«

Sie: »Dario?«

Er: »Dario Kovac. Vielleicht schon morgen. Sie müssen etwas tun!«

Halt! Stopp! Playback! Sie kam sich vor wie in einem abgedroschenen amerikanischen Film. Nur dass es kein Film war. Und dass der Mann wirklich vor ihr stand. Und sie völlig durcheinander war. Dabei sah der Fremde, der am Samstag kurz nach sechzehn Uhr die Polizeiwache Bad Godesberg in der Zeppelinstraße betreten hatte, nicht wie ein Spinner aus. Er hatte ein offenes Gesicht, dunkles, schon ein wenig schütteres Haar und einen ernsten Zug um den Mund. Er trug einen zu engen Anzug, der seine gedrungene Statur betonte. Seine Gesichtszüge deuteten auf eine slawische Abstammung hin. Sie schätzte ihn auf Mitte vierzig.

Als wachhabende Beamtin nahm sie Namen und Adresse auf. Sie fragte nach den Umständen der »Tat«. Wer denn der »Mörder« sei? Und warum er diesen Dario umbringen wolle? Und woher er das wisse? Der Mann sah sie an. Seine Mundwinkel zuckten. »Gott weiß es. Und ich weiß es auch. Bitte, Sie müssen etwas tun!«

Polizeimeisterin Hanna Rose hatte genug. Bestimmt erlaubte sich der Besucher einen Scherz mit ihr. Sollte sich doch ihr Chef mit diesem Verrückten auseinandersetzen!

Als sie mit Polizeiobermeister Arnd Zeitler zurück zum Empfang kam, war der Besucher verschwunden.

»Was hatte der denn?«, fragte ihr Chef.

»Keine Ahnung. Wahrscheinlich wieder so ein Irrer, der sich wichtigmachen wollte«, sagte sie, während sie bereits an ihre Tochter dachte, die sie gleich zu einer Geburtstagsfeier nach Beuel auf die andere Rheinseite bringen musste.

1

»Rot wie der Tod«, sagte Philipp Antoniou. Er stand vor der Leiche und sah ins Leere. Einen einzigen Blick hatte er auf den Toten geworfen. Dann wandte er sich ab und sah auf den Rhein. Eigentlich blickte er darüber hinweg, als könnte er am Horizont, über dem eine blutrote Sonne aufging, etwas erkennen, was nur für ihn sichtbar war. Azra Kaya kannte das. In den acht Monaten, in denen sie zusammenarbeiteten, hatte sie häufiger das Gefühl gehabt, dass ihr Chef neben sich stand. Nein, korrigierte sie sich, eher über den Dingen. Als setzte er im Kopf Teile eines unsichtbaren Puzzles zusammen. Das kam wohl von seinem früheren Beruf.

Azra kniete neben dem Toten nieder, der ein Stück abseits des Rheinuferweges zwischen zwei Bäumen auf dem Boden lag. Unter seiner offenen Jacke trug er ein beigefarbenes Hemd. »Sieht nach einer Stichwunde aus«, sagte sie und deutete auf auf den ausgefransten Blutfleck auf Höhe der Brust, der ein bizarres Muster auf dem Hemd bildete.

Ohne sich umzudrehen, fragte Philipp: »Wo bleibt die Spurensicherung?«

Sie zuckte mit den Schultern und sah nach oben. In den roten Himmel hatten sich große schwarz-graue Wolken geschoben. Die Spusi musste sich beeilen. Es würde Regen geben.

»Montag, neunter April, sieben Uhr. Rheinufer Mehlem, etwa einhundertfünfzig Meter südlich des Anlegers der Königswinterer Fähre«, diktierte sie in ihr kleines Aufnahmegerät, das sie immer bei sich trug. Am vorletzten Wochenende hatte sie mit einer Freundin eine Fahrradtour am Rhein gemacht. Mit der Fähre waren sie übergesetzt und auf der anderen Seite mit der Zahnradbahn auf den nahen Drachenfels gefahren. Nun stand sie fast an der gleichen Stelle – vor einem Toten. Sie sah ihn an. »Größe etwa ein Meter siebzig, kurze graue Haare, circa sechzig Jahre alt, vermutlich Südosteuropäer«, diktierte sie weiter. Sie blickte sich um. Um sie herum säumten Büsche die Wiese. Wenige Meter neben ihr führte ein schmaler Fußgängerweg zu den hinter Bäumen liegenden Häusern in der Rüdigerstraße. Auf der anderen Seite des Weges lag das abgezäunte Gelände eines Seniorenwohnheims.

Sie zog Handschuhe über und griff in die Taschen des Opfers. Schließlich holte sie aus der linken Hosentasche ein gefaltetes Papier heraus. Vorsichtig glättete sie das Blatt, auf dem untereinander handgeschriebene Wörter standen.

»Und?«, fragte Philipp.

»Das kann ich nicht lesen«, meinte sie enttäuscht.

Sie hielt ihm den Zettel hin. Auf einmal wirkte er konzentriert. Sie sah ihn fragend an.

»Scheint eine serbokroatische Sprache zu sein. Ich verstehe nicht alles. Sieht aus wie eine Einkaufsliste.«

Er drehte sich wieder zum Wasser hin. »Verfluchter Balkan!«, schrie er so laut, dass die Möwe, die ein Stück neben ihnen auf einer Bank saß, erschreckt aufflog.

***

Zur Lagebesprechung, die kurz nach elf Uhr im Sitzungsraum »Beethoven« des Polizeipräsidiums Bonn begann, hatten sich Polizeidirektor Peter Rodenstock, Kriminalhauptkommissar Lars Manke, Kriminalkommissar Sven Heugel sowie Azra Kaya im Rang einer Kriminalkommissarin eingefunden. Azras direkter Vorgesetzter, Kriminalhauptkommissar Philipp Antoniou, fehlte.

Während sie warteten und Rodenstock alle paar Sekunden auf die Uhr sah, rekapitulierte Azra für sich, was sie wussten. Laut vorläufigem Befund des Rechtsmediziners Cornelius

Meezen war das Opfer zwischen fünf und sechs Uhr morgens durch einen Messerstich getötet worden. Der Angriff musste überraschend erfolgt sein, denn es gab keine Abwehrspuren. Die Wunde, ein etwa drei Zentimeter langer, glattrandiger Schlitz, lag im Brustbereich. Der Täter hatte mit einem einzigen Stich vermutlich direkt das Herz getroffen. Die Tatwaffe hatte die Spurensicherung nicht gefunden, dafür aber unter einem anderen Gebüsch die Ausweispapiere des Opfers in einem ansonsten leeren Portemonnaie. Der Tote hieß Dario Kovac und war dreiundsechzig Jahre alt. Er hatte einen bosnischen Pass bei sich. Sonst gab es bisher keine brauchbaren Spuren, weder an der Leiche noch am Tatort. Ein Spaziergänger hatte den Toten gefunden, genauer gesagt sein Hund, der sich losgerissen hatte und vom Rheinuferweg weg zu den beiden Bäumen gelaufen war.

Mittlerweile hatte die Unruhe im Raum beträchtlich zugenommen. Heugel rutschte auf dem Sitz herum, Manke spielte mit seinem Smartphone und räusperte sich fortwährend. Rodenstock sah Azra mit einem Blick an, der wohl tödlich wirken sollte. »Kommt er, oder kommt er nicht?«, fragte er verärgert. Sie seufzte, schaltete ihr Tablet ein und fasste die Lage zusammen.

Philipp Antoniou saß währenddessen im Garten und streichelte seine Schildkröten. Er liebte die Annettenstraße im Bonner Süden mit ihren kleinen Spielzeughäuschen, zu deren Ensemble seine Drei-Zimmer-Mietwohnung mit Garten gehörte. Und er schätzte die Lage im Bad Godesberger Ortsteil Plittersdorf, fast direkt am Rhein, wenige Meter von der früheren apostolischen Nuntiatur entfernt. Auf dem weiträumigen Anwesen hatte zu Bonner Hauptstadtzeiten die diplomatische Vertretung des Heiligen Stuhls in Deutschland ihren Sitz gehabt.

»Guten Morgen, Achilles«, sagte er zärtlich, nachdem er sich vergewissert hatte, dass es auch seinen sechs Artgenossen gut ging. Achilles war ein Prachtexemplar einer griechischen Landschildkröte. Mit knapp sechzig Jahren war sie beinahe doppelt so alt wie er. Die Tiere lebten in einem abgezäunten Freigehege, das fast den ganzen Garten einnahm. Er begnügte sich mit der kleinen Veranda, auf die man vom Wohnzimmer aus gelangte und auf der ein alter Holztisch mit vier klapprigen Stühlen stand. Nicht dass er häufig Besuch bekam. Meistens reichten zwei Sitzgelegenheiten aus, wenn sein Freund Jannis, Halbgrieche wie er, abends auf ein Bier vorbeikam. Dann diskutierten sie über Politik und sprachen über die griechische Heimat, die beide, da sie in Deutschland geboren und aufgewachsen waren, kaum kannten.

Philipp saß auf dem Boden und streichelte Achilles' Kopf. Er hatte ihn wie Agamemnon und Hektor vor sechs Jahren von seinem Bruder übernommen. Erst vor wenigen Tagen hatten sie, zusammen mit ihren Artgenossen, ihre Winterruhe beendet.

Er dachte an seinen Bruder. Mit einem Mal überfielen ihn die Erinnerungen. Da waren sie wieder, die Bilder im Kopf, die er nicht loswurde, und die ihn bis in seine Träume verfolgten. Der plötzliche Knall, der ihn meterweit weggeschleudert hatte. Der Moment, in dem er zu sich kam. Der dichte Rauch, der ihn blind machte. Und dann, als er wieder sehen konnte, die Körperteile, die um ihn herum lagen.

Es fing an zu regnen. Philipp stand auf. Er musste sich mit den Lebenden befassen.

***

Der Raum in dem alten Gebäude in der Zagreber Innenstadt hätte mit seiner nichtssagenden Einrichtung auch ins Polizeipräsidium Bonn gepasst: ein großer weißer Besprechungstisch mit zerkratzter Tischplatte, sechs leicht lädierte Bürostühle, ein weißes Sideboard mit einem fünfundvierzig Zoll-LCD-Fernseher darauf, eine Fernbedienung und ein Konferenztelefon auf dem Tisch. Die Zeiger der Funkwanduhr standen exakt auf dreizehn Uhr. Welten trennten allerdings die Bilder an den Wänden: Während den Besprechungsraum »Beethoven« im Polizeipräsidium Bonn ein Schwarzweiß-Druck des Komponisten zierte, hing in Zagreb ein Schlachtengemälde mit goldenem Rahmen. »Den Helden der Schlacht von Vukovar«, stand darunter. Nach der Niederlage Kroatiens gegen die jugoslawische Armee und serbische Truppen war die Stadt am 18. November 1991 nach monatelanger Belagerung dem Erdboden gleichgemacht worden.

»Za dom spremni, General«, grüßte Mirko ehrerbietig.

»Für die Heimat – bereit«, gab der Ältere der beiden, der am Tisch sitzend gewartet hatte, den Gruß der faschistischen Ustascha-Bewegung zurück, bevor er ihm bedeutete, Platz zu nehmen. Er war sichtlich geschmeichelt von der Anrede mit seinem Ehrentitel. Beide Männer trugen Zivil. Mit ihren Jacketts und weißen Hemden sahen sie aus wie Geschäftsleute, was sie nach außen hin auch waren. »Asseto South Eastern Europe« stand auf dem goldenen Schild neben der Eingangstür. Das wohlsituierte internationale Handelsunternehmen in bester Innenstadtlage hatte sogar einige fest angestellte Mitarbeiter.

Mirko wartete darauf, dass der Ältere das Gespräch begann, doch der General schwieg. Unter der Jacke, die er über seinem massigen Oberkörper trug, zeichnete sich die Wölbung eines Schulterholsters ab.

»Wie steht unsere Sache?«, fragte er endlich.

»Der Auftrag hielt mich länger auf als erwartet«, antwortete Mirko. »Dafür ist alles zu unserer Zufriedenheit verlaufen.«

»Das will ich hoffen«, sagte der General frostig. »Was ist mit dem Geld?«

»Ich habe es noch nicht«, antwortete Mirko.

»Warum erfahre ich das erst jetzt? Du hattest die Anweisung, dich so schnell wie möglich zu melden. Stattdessen bist du untergetaucht. Als ob du dich vor uns verstecken könntest.«

»Nach Ihrer Nachricht heute Morgen habe ich die nächste Maschine genommen«, entgegnete Mirko.

Der General schnitt ihm das Wort ab: »Schweig, ich will nichts hören.«

Er wandte sich ab und blickte auf das Schlachtengemälde an der Wand. Nachdem er sich sattgesehen hatte, stand er auf und ging im Raum umher.

»Die Zeiten haben sich geändert«, sagte er. »Das Land hat sich verändert. Ohne prahlen zu wollen, behaupte ich, dass unsere Organisation einen großen Anteil daran hat.« Er deutete auf das Bild: »Die Schlacht von Vukovar haben wir verloren. Aber das Erbe der Ustascha trägt Früchte. Die Bewegung von 1941 ist heute weitgehend rehabilitiert. Kaum jemand redet noch davon, dass damals in Kroatien Serben, Juden und Roma verfolgt wurden. Nein, der Blick richtet sich auf die große Tat der Gründung eines unabhängigen kroatischen Staates durch die Ustascha. Und auch das Eingreifen in Bosnien in den Neunzigerjahren wird heute als das gesehen, was es war: unser legitimes Recht, den kroatischen Staat zu verteidigen. Erstmals gibt es einen breiten gesellschaftlichen Konsens: Die Politik, der Präsident, die Kirche und die treuen Veteranen – sie alle stehen zusammen. Ja, Kroatien ist dank unserer Hilfe auf dem richtigen Weg.«

Er blieb neben Mirko stehen und beugte sich zu ihm herab: »Aber nun ist Stjepan Novak, Freund und tapferer Kämpfer für unsere Sache, tot. Vor dem verbrecherischen Tribunal in

Den Haag, das vorgibt, wegen angeblicher Gräueltaten in Bosnien über uns richten zu können, hat er Gift genommen. Sein Märtyrertod wendete das Blatt endgültig zu unseren Gunsten. Trotzdem müssen wir vorsichtig sein. Jede unüberlegte Tat könnte unübersehbare Folgen haben und unsere Glaubwürdigkeit gefährden.«

Er sah Mirko an: »Dennoch muss ich dich noch einmal um etwas bitten. Nach dem Tod Novaks soll jetzt sein Stellvertreter, unser persönlicher Freund General Milan Pzov, vor das Tribunal in Den Haag gezerrt werden.«

»Hat er denn etwas zu befürchten?«, fragte Mirko.

»Du weißt, dass es Zeugen gibt. Mitwisser, die bisher geschwiegen haben, weil sie mit Novak wenig zu tun hatten, dafür aber mit Pzov. Und die dabei waren, als er seinerzeit in Mostar für Ordnung gesorgt hat.«

Der General sah erneut auf das Gemälde, bevor er fortfuhr: »Den wichtigsten Zeugen haben wir bereits beseitigt. Aber Pzov will sichergehen. Deswegen musst du einen weiteren Auftrag übernehmen.«

»Damit bringe ich die Organisation unnötig in Gefahr«, wandte Mirko ein.

Der General sah ihn scharf an: »Du hast doch keine Skrupel deswegen?«

Mirko lachte: »Keine Sorge. Alles wird professionell ablaufen.«

Der ältere Mann musterte Mirko mit stechenden Augen und nickte dann ernst. An der Tür rief er ihn zurück: »Es muss schnell gehen. Und denk an das Geld. Pzov hat viel zu lange darauf gewartet. Jetzt will er es zurückhaben.«

Erst nachdem Mirko das Gebäude verlassen hatte, wurde ihm bewusst, dass er schwitzte. Er öffnete die Knöpfe seines Jacketts und sah sich um. Vorsichtig nahm er die Pistole aus dem Hosengürtel und übergab sie einem jungen Mann, der halb verborgen unter einer Arkade gewartet hatte. In diesem Land kann man niemandem mehr trauen, dachte er und sah zu den Fenstern im zweiten Stock hoch, hinter denen er eben noch mit dem General gesessen hatte. Kurz darauf stieg er in ein Taxi, das ihn zum internationalen Flughafen von Zagreb brachte.

2

Gegen eins machten sie sich auf den Weg zu Fatima Kovac, der Witwe des Opfers. Philipp saß schweigend am Steuer. Was hätte er Azra, die neben ihm saß und die ganze Zeit aus dem Fenster sah, sagen sollen? Dass es ihm leidtat, dass er nicht zur Besprechung gekommen war? Oder vielleicht sogar, dass ihn die Erinnerung an seinen Bruder manchmal so mitnahm, dass er nicht in der Lage war, mit irgendjemandem zu kommunizieren? Eigentlich wäre das nur fair. Er mochte Azra und ihre offene, ungezwungene Art. Und er arbeitete gern mit ihr zusammen. Sie mit ihm wahrscheinlich nicht mehr, denn er hatte sie nicht zum ersten Mal hängen gelassen.

»Weißt du, wie wir von den Kollegen genannt werden?«, fragte sie unvermittelt.

Erstaunt sah er sie an. »Nein.«

»Die Kanaken-Truppe«, sagte sie. «Das hat mir Manke neulich im Bierhaus Machold gesteckt. Da war er schon blau. Außerdem meinte er, ich sollte ein bisschen zugänglicher sein. Schließlich seien wir im Rheinland.«

»Und du hast ihm keine runtergehauen? Oder es Rodenstock gesagt?«

»Lohnt sich nicht«, schnaubte sie verächtlich. »Außerdem hat er mir erklärt, dass das keine Beleidigung sein soll.«

»Und das glaubst du?«

»Vielleicht kommt seine Ablehnung daher, dass er glaubt, er hätte die Beförderung verdient«, meinte Azra. »Stattdessen wird die Truppe in diesem Mordfall jetzt von einer halben Türkin und einem halben Griechen angeführt.«

»Das ›halb‹ kannst du weglassen. Das macht für ihn keinen Unterschied.«

Das silbergraue Saab-Cabrio kämpfte sich durch die ewige Baustelle im Godesberger Tunnel. Kurz vor der Eisenbahnbrücke bogen sie von der B9 rechts in die Mallwitzstraße ab. Der Ortsteil Pennenfeld im Bonner Süden war eine wenig attraktive Mischung aus Gewerbe- und Wohngebiet. Hier hatten sich die großen Supermärkte und Discounter angesiedelt, die den kleinen Läden in den angrenzenden Ortsteilen das Leben schwermachten. Während es im benachbarten Lannesdorf noch einen lebendigen Ortskern gab, wo man alles kaufen konnte, was man für den täglichen Bedarf brauchte, hatten in dem angrenzenden Dörfchen Muffendorf nur die Friseure überlebt.

Hinter dem Sportpark Pennenfeld bogen Philipp und Azra in die Paracelsusstraße ein. Es goss in Strömen, und die Scheibenwischer liefen im Schnellgang. Philipp parkte den Saab vor einer Reihe vierstöckiger Mehrfamilienhäuser mit langen Garagenfronten daneben. »Bevor wir mit Kovacs Witwe sprechen: Hast du was Neues?«

Sie schüttelte den Kopf: »Du hättest heute Morgen Rodenstocks Blick sehen sollen, als ich anfing zu reden. Er denkt wahrscheinlich, eine Frau wäre nicht in der Lage, einen komplexeren Sachverhalt darzustellen. Immerhin habe ich ihm das Gegenteil bewiesen.« Sie sah ihn an: »War trotzdem scheiße, dass du nicht da warst.«

Philipp sah sie an, sagte aber nichts.

»Warum hat Kovac eigentlich einen bosnischen Pass? Wie lange lebt er schon hier?«, fragte er stattdessen.

»1993 ist er während des Bosnienkrieges nach Deutschland geflüchtet. Nach dem Krieg ist er als Härtefall anerkannt worden. Seitdem hat er eine unbefristete Aufenthaltserlaubnis.«

Philipp nickte. »Haben wir denn irgendwelche Hinweise auf den Mörder?«, fragte er.

»Nein, wir haben weder Spuren an Kovacs Kleidung gefunden noch auf dem Boden. Möglicherweise hat sich der Täter hinter einem Gebüsch versteckt.«

»Kovacs Portemonnaie war leer. Es könnte ein Raubmord gewesen sein.«

»Möglich. Aber ich glaube nicht daran.«

»Hatte er ein Handy bei sich?«, fragte Philipp.

»Nein. Zumindest haben wir keins gefunden.«

»Was ist mit der Tatwaffe?«

»Unser Medizinguru Cornelius Meezen sagt, es handele sich um ein kompaktes Jagdmesser mit einer etwa zehn Zentimeter langen Klinge. Der Stich habe genau ins Herz getroffen. Kovac muss unmittelbar verblutet sein.«

»Der Mörder wusste, wohin er stechen musste«, sagte Philipp. »Bei einem Überraschungsangriff ist es gar nicht so leicht, das Messer so anzusetzen, dass der Stich genau an der richtigen Stelle sitzt.«

***

Fatima Kovac war Mitte fünfzig, klein und rundlich. Sie trug ein weites schwarzes Kleid und ein beigefarbenes Kopftuch. Nervös ließ sie eine Gebetskette durch die Finger gleiten. Azra zeigte ihren Ausweis und fragte, ob sie reinkommen dürften. Eine junge schlanke Frau, die neben ihr an der Tür stand, bat sie in die Wohnung. Sie stellte sich als Fatimas Tochter Aisa vor. Nachdem die Polizisten ihre Schuhe ausgezogen hatten, gingen sie ins Wohnzimmer. Philipp sah sich um. Der Raum war einfach, aber gemütlich eingerichtet. Statt eines Bildes hing ein großer handgeknüpfter Teppich an der Wand. Sie setzten sich an den runden Esstisch. Azra erklärte, was passiert war und drückte ihr Beileid aus. Fatima rang sichtlich um Fassung, während ihre Tochter, wie Azra fand, erstaunlich gefasst wirkte.

Aisa, die ebenfalls ein helles Kopftuch und ein dunkles Kleid trug, stand auf und ging in die Küche. Kurz darauf servierte sie Mokka in kleinen Tassen aus einer Kupferkanne mit einem langen Stiel, wie ihn Azra aus der Türkei kannte. Sie tranken schweigend. Azra lobte den Kaffee. Dann wandte sie sich an Fatima: »Wann hat ihr Mann heute Morgen das Haus verlassen?«

Fatima, die den Blick die ganze Zeit nach unten gerichtet hielt, als hätte die Mokkatasse in ihren Händen eine tiefere, verborgene Bedeutung, sah auf: »Kurz vor fünf. Er wollte zum Laden.«

Azra sah sie fragend an.

»Meine Eltern haben einen kleinen Obst- und Gemüseladen, fünfhundert Meter von hier entfernt«, sprang Aisa ihrer Mutter bei.

»Warum ist er so früh aufgebrochen?«, hakte Azra nach.

»Er fährt montags immer zum großen Markt nach Köln …«

»Es heißt Großmarkt, Mutter«, unterbrach Aisa sie. »Vorher wollte er noch das Auto beim Geschäft holen.«

»Können Sie sich vorstellen, was ihr Mann zwischen fünf und sechs Uhr an der Königswinterer Fähre wollte?«

»Er macht morgens oft noch einen Spaziergang am Rhein. Er sagte, um diese Zeit wäre die Luft noch frisch und man könnte am besten nachdenken.« Fatima sprach langsam und suchte immer wieder die passenden Wörter.

»Wissen Sie, ob er heute auch vorhatte, an den Rhein zu gehen?«, hakte Azra nach.

Fatima schüttelte den Kopf: »Er hat nichts gesagt.«

»Und Sie haben sich keine Sorgen gemacht, dass er so lange weggeblieben ist?«

»Doch. Als ich um zehn zum Laden gegangen bin, um ihm zu helfen, war noch abgeschlossen. Das Auto stand vor der Tür, aber er war nicht da.«

»Und Sie haben nicht die Polizei verständigt?«

»Ich dachte, dass ihn vielleicht ein Bekannter mitgenommen hat.« Sie stockte und sagte zu Aisa etwas auf Serbokroatisch. »Oder dass er aufgehalten wurde«, ergänzte ihre Tochter.

»Ich habe Aisa angerufen. Sie ist sofort gekommen, und wir haben überall gefragt. Aber niemand weiß etwas.«

»Was machen Sie beruflich?«, fragte Azra die Tochter.

»Ich arbeite als Erzieherin in einer Kindertagesstätte in der Südstadt.«

»Wir sind aus Bosnien-Herzogowina«, fuhr Fatima fort. »Während des Krieges kam Dario nach Deutschland. Hier haben wir uns kennengelernt. Und zusammen den Laden aufgemacht.« Während sie redete, sah sie immer wieder zur Tür, als erwartete sie, dass ihr Mann im nächsten Moment den Raum betreten würde.

Die Tränen stiegen ihr in die Augen: »Jetzt ist Dario tot. Wer hat ihn nur umgebracht?«, fragte sie schluchzend.

»Noch kennen wir den Mörder nicht«, antwortete Azra. »Aber wir tun alles, um ihn zu finden. Wissen Sie, wie viel Geld er dabeihatte?«

»Wenn er zum Großmarkt fährt, hat er oft fünfhundert Euro dabei.« Erschrocken sah sie Azra an. »Sie denken, Dario musste wegen dem Geld sterben?«

Azra schüttelte den Kopf. »Es ist zu früh, um darüber zu spekulieren. Hatte er ein Handy mit?«

Fatima nickte. »Ich habe ihn angerufen, ganz oft. Aber es kommt immer die Mobilbox.«

Azra schwieg einen Moment und sah Philipp an. Doch der machte keine Anstalten, sich an der Befragung zu beteiligen. Azra fuhr fort: »Können Sie uns etwas über Ihren Mann erzählen? War er in letzter Zeit anders als sonst? Hatte er Probleme oder mit irgendjemandem Streit?«

Als Fatima nicht antwortete, ergriff Aisa das Wort.

»Warum stellen Sie solche Fragen?« Sie hob ihre Stimme: »Mein Vater war überall beliebt und ein angesehenes Mitglied unserer Gemeinde.«

»Welcher Gemeinde?«, ergriff Philipp zum ersten Mal das Wort.

»Wir gehören der islamischen Gemeinschaft der Bosniaken in Deutschland an«, erklärte sie. »In der Drachenburgstraße, direkt um die Ecke, haben wir eine kleine Moschee und einen Versammlungsraum.«

Philipp blickte sie erstaunt an: »Eine Moschee ist mir dort noch nie aufgefallen.«

»Sie dürfen sich das nicht wie ein kirchliches Gebäude mit einem Minarett vorstellen«, sagte sie. »Es ist eher ein Kulturzentrum in einem normalen Wohnhaus mit einem Gebetsraum. In der Wohnung im oberen Stockwerk wohnt der Imam.« Sie erzählte von der kleinen Gemeinde, vom Freitagsgebet und dem gemeinsamen Teetrinken mit Freunden. Azra fragte sich, ob Aisa so viel redete, damit Fatima nicht zu Wort kam.

Zwanzig Minuten später verabschiedeten sie sich. Fatima hatte ihnen erlaubt, den Laptop ihres Mannes mitzunehmen.

»Vielleicht finden wir ja darauf einen Hinweis, der uns bei der Suche nach dem Mörder weiterbringt«, erklärte Azra.

Aisa hatte nicht widersprochen, und so gingen Philipp und Azra zur Wohnungstür und zogen ihre nassen Schuhe an.

»Dario war in den letzten Tagen anders als sonst«, sagte Fatima, als sie schon an der Treppe standen.

»Wie meinen Sie das? Bedrückte ihn etwas?«, fragte Azra.

»Es war wegen des Antrags. Und weil er deswegen Streit mit Andrej hatte.«

»Was für ein Antrag?«

Aisa stellte sich zwischen Fatima und die Beamten. »Mutter, was redest du? Das gehört doch nicht zur Sache«, sagte sie tadelnd.

Fatima ließ sich nicht beirren: »Andrej ist unser Nachbar. Er wohnt ein paar Häuser weiter zusammen mit seinem Bruder. Ivan ist gemeinsam mit meinem Mann nach Deutschland gekommen. Jetzt hat Andrej Aisa einen Heiratsantrag gemacht. Aber Dario hat abgelehnt.«

»Ist Aisa nicht alt genug, um selbst zu entscheiden?«

»Woher kommen Sie?«, fragte Fatima.

»Ich bin in Deutschland geboren«, erklärte Azra.

»Das meinte ich nicht.«

»Meine Eltern stammen aus der Türkei.«

Fatima nickte.

»Dann wissen Sie, dass der Mann bei diesen Dingen das letzte Wort hat.«

»Aber wieso war er gegen die Hochzeit?«

»Er hielt Andrej für einen …« Sie stockte: »Mein Mann sagte, Andrej sei ein Taugenichts, der hinter jedem Rock herläuft.«

»Und deswegen gab es Streit?«

»Ja. Andrej kam zu uns. Er stellte Dario zur Rede. Dann brüllten sie sich gegenseitig an. Am Ende ist Andrej wütend gegangen.«

»Wann war das?«

»Am Mittwoch. Da machen wir den Laden früher zu.«

»Wo ist Andrej? Wir müssen mit ihm sprechen.«

»Das geht nicht. Er ist bis morgen weg – wegen seiner Arbeit.«

»Wann ist er gefahren?«, fragte Azra.

»Am gleichen Tag – nachdem sie gestritten haben.«

***

»Mir gefällt die Sache mit Andrej nicht«, sagte Azra im Auto. »Wenn Dario den Heiratsantrag abgelehnt hat, hat er seine Ehre verletzt.«

»Oder es ging um das Geld, das Dario dabeihatte.«

»Damit wären wir wieder beim Raubmord. Ich glaube nicht daran. Außerdem sind fünfhundert Euro nicht viel Geld, um dafür einen Mord zu begehen.«

»Das ist Ansichtssache«, widersprach Philipp. »Ich frage mich, ob er wirklich am Rhein spazieren gegangen ist.«

»Vielleicht hat sich der Mörder dort mit ihm verabredet«, überlegte Azra. »Deswegen hat er auch Kovacs Handy mitgenommen. Weil sein Anruf darauf gespeichert ist.«

»So oder so können wir davon ausgehen, dass er wusste, dass Dario Kovac montags früh zum Großmarkt fährt«, fuhr Philipp fort. »Außerdem wäre Kovac kaum bereit gewesen, sich mit einem Unbekannten um diese Zeit am Rhein zu treffen.«

»Wir müssen mehr über ihn und sein Umfeld wissen.« Azra sah Philipp an: »Du hättest bei den Kovacs auch mal was sagen können. Immer lässt du mich die Arbeit machen.«

»Warum denn?«, protestierte Philipp. »Du hast genau die richtigen Fragen gestellt. So konnte ich besser beobachten.«

»Und was hast du gesehen?«

»Als Andrejs Name fiel, hat Aisa das Gesicht verzogen.«

»Will sie ihn nicht?«

»Ich hatte den Eindruck, sie liebt ihn.«

Der Regen hatte aufgehört. Als Philipp losfuhr, fiel ihm an der Ecke das Straßenschild auf: »Drachenburgstraße«, las er laut. »Hier muss das Kulturzentrum sein, von dem Aisa gesprochen hat.«

»Lass uns hinfahren«, meinte Azra. »Dort erfahren wir sicher was über die bosniakische Gemeinde.«

»Später«, sagte Philipp. »Erst muss ich was essen. Im Godesburger gegenüber vom Kinopolis gibt es gute Burger.«

Das Restaurant wirkte mit der durchgehenden Fensterfront zum Moltkeplatz hell und freundlich. Sie setzten sich an einen freien Tisch gegenüber der großen holzgetäfelten Theke. Nachdem sie bestellt hatten, fragte Azra: »Welchen Eindruck hast du von den Frauen?«

»Aisa macht einen wachen Eindruck auf mich. Aber ich hatte die ganze Zeit über das Gefühl, dass sie uns etwas verschweigen will.«

»Die Sache mit Andrej?«

»Nein, nicht das. Vielleicht hat sie ja etwas mitbekommen, das uns einen Hinweis geben könnte, warum ihr Vater sterben musste.«

Sie hatten angefangen, ihre Burger zu essen, als Azras Handy klingelte.

»Damla ist heute Nacht wieder weggelaufen«, sagte ihr Vater.

Azra merkte, wie sie sich verkrampfte.

»Sie war im Nachthemd. Eine Stunde lang haben wir sie gesucht. Ein Glück, dass nichts passiert ist.«

Azra schwieg.

»So kann es nicht weitergehen«, sagte er. »Es tut mir leid, aber deine Mutter muss in ein Heim.«

»Leid tut dir überhaupt nichts«, brach es aus ihr heraus.

»Azra, das ist ungerecht. Wir haben versucht, sie zuhause zu betreuen. Aber deine Tante schafft es nicht mehr allein. Du hast ja keine Zeit.«

Sie drückte das Gespräch weg.

Philipp sah sie an. »Probleme?«, fragte er.

»Nichts Wichtiges«, sagte sie knapp.

***

Azra stand dreißig Meter vom Tatort entfernt und beobachtete Philipp, wie er tanzte: rück, vor, Schritt, hoch, Schritt, tap, rück, vor …

Das Band, mit dem die Polizisten das Gelände weiträumig abgesperrt hatten, war weg. Bis zum Mittag hatte hier die Spurensicherung jeden Zentimeter abgegrast und nach Spuren untersucht. Ebenfalls verschwunden waren die Neugierigen, die trotz der Absperrung versucht hatten, möglichst nah an den Tatort heranzukommen.

Philipp sah auf. Sie ging zu ihm.

»Brillant, wie du den Tathergang nachstellst. Das sollte Manke sehen«, spottete sie.

»Das nächste Mal fordere ich dich zum Tanz auf«, grinste er. Philipp sah sich um. »Der Tatort ist ideal für einen Überfall, weil er etwas versteckt und abseits des Rheinuferwegs liegt.«

Azra nickte: »Möglicherweise hat sich der Täter ja hier mit ihm verabredet. Oder Dario Kovac wollte über den kleinen Pfad, der hier aufs Rheinufer trifft, zurückgehen.«

»So oder so: Der Mörder konnte sich völlig unbemerkt nähern und damit rechnen, dass ihn hier niemand stören würde. Der Täter passt den Zeitpunkt ab, an dem Kovac an diese Stelle kommt, und greift ihn von vorne an. Völlig überraschend sticht er zu.«

Philipp beugte sich nach vorn, ein imaginäres Messer in der Hand. Er bückte sich tiefer und ging mit den Händen nach unten: »Kovac geht zu Boden. Der Täter durchsucht ihn, nimmt das Geld aus dem Portemonnaie und wirft es zusammen mit den Papieren weg.« Er sah auf: »Einwände?«

Azra nickte: »Woher wissen wir, dass der Mord hier passiert ist?«

Philipp sah sie zweifelnd an: »Hätte der Täter sein Opfer woanders umgebracht und dann hierher transportiert, wären Abdrücke oder Schleifspuren entstanden.«

»Wieso nimmt er das Geld mit, nicht aber die Papiere, um die Identifizierung des Opfers zu erschweren?«, insistierte Azra weiter.

»Vielleicht wurde er gestört. Oder jemand anderes hat den Toten vor uns gefunden und sich bedient. Zum Beispiel der Spaziergänger, der das Opfer entdeckt hat. Möglicherweise hat er etwas mit dem Mord zu tun.«

Azra schüttelte den Kopf: »Es gibt keine Anhaltspunkte dafür, dass er Kovac kannte. Außerdem: Wenn ein Gelegenheitsdieb das Geld genommen hat, hätte er wahrscheinlich Spuren hinterlassen. Wir haben aber weder fremde DNA noch Fasern oder Fußspuren gefunden.«

Philipp nickte: »Das deutet auf einen Profi hin.« Er überlegte kurz. »Vielleicht wollte er ja sogar, dass wir den Toten rasch identifizieren.«

»Aber warum?«

»Um seinen Bossen eine Nachricht zu geben – Auftrag ausgeführt.«

»Wieso sollte ein Profikiller einen Bosnienflüchtling umbringen, einen frommen Muslim, der hier mit Familie und einem kleinen Laden ein unauffälliges Leben führt?«

»Das könnte etwas mit dem Krieg zu tun haben.«

Azra schüttelte zweifelnd den Kopf: »Das ist mehr als zwanzig Jahre her.«

Philipp klatschte in die Hände: »Das Auto«, sagte er.

Azra sah ihn verständnislos an.

»Profis sind effizient. Wenn es einer war, wusste er, dass Kovac hier vorbeikommen würde. Dann ist er nicht weit gelaufen, sondern hat seinen Wagen in der Nähe geparkt.«

Azra deutete auf den Fußgängerweg. »Da kommt nur die Rüdigerstraße in Frage«, sagte sie.

»Ruf Heugel an und sag ihm, er soll bei den Anwohnern nachfragen, ob ihnen früh morgens ein unbekanntes Auto in ihrer Straße aufgefallen ist.«

»Aber das haben die Kollegen doch schon getan«, protestierte Azra.

»Falsch. Sie haben gefragt, ob jemand etwas Ungewöhnliches bemerkt hat. Da kann man nicht viel erwarten. Aber du wirst dich wundern, wie vielen Deutschen innerhalb von Minuten auffällt, wenn ein unbekanntes Auto vor ihrer Tür steht.«

»Okay«, sagte Azra und griff zum Handy.

Der Anruf im Präsidium dauerte länger als erwartet.

Philipp sah sie fragend an.

»Heugel meint, wir bräuchten uns keine Mühe mehr zu geben.«

»Wie soll ich das verstehen?«, fragte Philipp.

»Er behauptet, sie wüssten, wer der Mörder ist. Er hat die Tat auf der Wache in Bad Godesberg gemeldet.«

Als Philipp nichts sagte, fuhr sie fort: »Merkwürdig ist, dass er den Mord angezeigt hat, bevor er passiert ist.«

***

Im Präsidium hörten sie die ganze Geschichte.

»Polizeimeisterin Hanna Rose hat das erst für einen schlechten Scherz gehalten«, sagte Manke. »Trotzdem musste sie immer wieder daran denken. Weil der Mann so ernst aussah, überhaupt nicht wie ein Witzbold. Leider hat sie den gesamten Sonntag und halben Montag nachgedacht, bevor sie sich bei uns gemeldet hat.«

»Hat dieser ernste Witzbold einen Namen?«, fragte Philipp.

»Ivan Persic«, sagte Heugel, der zeigen wollte, dass er auch zum Team gehörte. »Wir wissen, dass er in der gleichen Straße wie der Ermordete wohnt.«

»Ivan Persic?«, fragte Philipp erstaunt. »Dann ist er der Bruder von Andrej.«

»Was hat das damit zu tun?«, wollte Sven Heugel wissen.

Philipp und Azra sahen sich an.

»Ihr braucht überhaupt nicht so wichtig zu tun«, riss Manke das Wort an sich. »Schließlich haben wir den Mörder gefunden.«

»Woher wisst ihr, dass er der Mörder ist?«, wollte Azra wissen.

»Das liegt doch auf der Hand. Wie hätte er sonst die Tat voraussagen können?«

»Dann war es aber nicht clever, den Mord selbst zu melden. Und das auch noch, bevor er ihn begangen hat.«

»Vielleicht hat er gehofft, dass wir ihn davon abhalten.«

»Hört sich nicht überzeugend an. Wo ist Persic jetzt?«

Manke sah triumphierend auf die Uhr. »Gleich hier. Wir lassen ihn gerade vorführen.«

3

Zeugenvernehmung (Auszug).

Beginn der Vernehmung: 16.00 Uhr.

Anwesend: Kriminalhauptkommissar Philipp Antoniou. Es erscheint Herr Ivan Persic, um im Rahmen des Mordermittlungsverfahrens Dario Kovac als Zeuge gehört zu werden.

Antoniou: »Wo waren Sie heute früh zwischen fünf und sieben Uhr?«

Persic: »Auf der Baustelle. Ich bin Maurer. Diese Woche habe ich Frühschicht.«

Antoniou: »Dafür wird es sicher Zeugen geben.«

Persic: »Ja. Wir sind zu fünft auf der Schicht.«

Antoniou: »Mit welcher Absicht sind Sie am Freitag auf die Polizeiwache in Bad Godesberg gegangen?«

Persic: »Ich wollte einen Mord melden.«

Antoniou: »Einen Mord kann man nur anzeigen, wenn jemand ermordet wurde. Zu dieser Zeit gab es aber keinen Toten.«

Persic: »Warum haben Sie nicht auf mich gehört? Dann würde Dario jetzt noch leben.«

Antoniou: »Woher wussten Sie, dass Kovac ermordet werden sollte?«

Persic: »Jemand hat gedroht, ihn umzubringen.«

Antoniou: »Wer war das?«

Persic: »Das kann ich nicht sagen.«

Antoniou: »Weil Sie Ihren Bruder schützen wollen?«

Persic: »Lassen Sie Andrej aus dem Spiel. Er hat damit nichts zu tun.«

Antoniou: »Wir wissen, dass Andrej Dario Kovacs Tochter Aisa heiraten wollte. Und dass der den Antrag abgelehnt hat.«

Persic: »Sie glauben, dass mein Bruder Dario getötet hat? Einen der Menschen, der ihm am nächsten steht? Andrej weiß, dass Dario mich damals im Krieg gerettet und mit nach Deutschland genommen hat. Das verbindet. Später hat er Andrej geholfen, sich hier eine Existenz aufzubauen.«

Antoniou: »Erklären Sie mir das mit dem Krieg genauer.«

Persic: »Die kroatische Armee stand vor Mostar. Sie wollte die Bosniaken am liebsten ausmerzen, zumindest vertreiben. In Ahmići und Vitez hatte es bereits Massaker gegeben. Dario hatte zu der Zeit eine wichtige Position in der Stadtverwaltung von Mostar und gute Beziehungen. Es gelang uns zu fliehen. Andrej war damals noch ein Junge. Unsere Eltern waren Jahre zuvor bei einem Autounfall gestorben. Andrej ist bei einem Onkel geblieben. Er ist erst vor sechs Monaten nach Bonn gekommen, um hier zu arbeiten.«

Antoniou: »Immerhin hat Dario die Ehre Ihres Bruders mit Füßen getreten. Also, wenn es Andrej nicht gewesen ist, wer war es dann?«

Persic: »Die Nazis. Es waren die Nazis.«

Antoniou: »Welche Nazis?«

Persic: »Radikale. Rechte. Sie nennen sich ›Aktionskomitee Rheinland‹. Und sie haben es schon länger auf uns abgesehen.«

***

»Deutsch-bosniakisches Kulturzentrum Bonn« stand auf dem Schild neben der Eingangstür des unscheinbaren zweistöckigen Wohnhauses. Auf ihr Klingeln öffnete ein junger Mann im dunkelblauen Anzug, der sich als Mustafa Maric vorstellte.

Als Azra und Philipp ihre Dienstausweise zeigten, nickte er.

»Ich bin der Imam der Gemeinde. Wir sind alle fassungslos über Darios Tod. Stimmt es, dass er ermordet wurde?«

Azra nickte.

»Kannten Sie die Familie Kovac gut?«, fragte sie.

»Wir sind eine kleine Gemeinde«, antwortete der Imam. »Da kennt und hilft man sich gegenseitig.«

»Was für eine Gemeinde sind Sie denn?«, wollte Azra wissen.

Mustafa Maric sah sie an: »Sind Sie Muslimin?«

»Auf dem Papier bin ich Alevitin«, sagte Azra knapp. »Islam ist nicht Islam. Welcher Glaubensrichtung gehören Sie an?«

»Ich bin Sunnit, so wie die meisten bosnischen Muslime. Und jetzt wollen Sie wissen, ob ich einen islamistischen Gottesstaat predige und die Scharia durchsetzen möchte?«, fragte er. Er öffnete die Tür zu einem etwa fünfzig Quadratmeter großen Raum, der bis auf einige Tische und gestapelte Stühle in einer Ecke leer war.

»Schauen Sie sich um«, sagte er. »Das ist das Herz unserer Glaubensgemeinschaft oder unseres ›Dzemats‹, wie wir Muslime sagen. Zum Freitagsgebet kommen etwa dreißig Menschen, und wir bieten einen regelmäßigen Familientreff an. Junge Leute können bei uns Tischtennis und Schach spielen und erhalten sonntags Religionsunterricht.«

»Sie haben meine Frage nicht beantwortet«, insistierte Azra.

»Doch, das habe ich.« Der Imam sah ihr ins Gesicht: »Eine Gemeinschaft, die Zusammenhalt und offenen Dialog pflegt, so wie wir das tun, hat keinen Platz für radikales Denken. Wir sind gläubig und gehen in die Moschee. Aber wir betonen unseren Glauben nicht übermäßig. Als bosnische Muslime pflegen wir schon immer einen offenen Islam – und leben mit Christen und Juden friedlich zusammen.«

»Wie viele Kriegsflüchtlinge aus Bosnien-Herzegowina leben eigentlich in Deutschland?«, wollte Philipp wissen.

»Soviel ich weiß, etwa zwanzigtausend – von ursprünglich dreihundertfünfzigtausend.«

»Warum nur noch so wenige?«, staunte Azra.

»Das ist eine Folge der Rückführungspolitik der deutschen Regierung«, erklärte der Imam. »Während des Krieges waren die Bosnier die größte Flüchtlingsgruppe in Deutschland überhaupt. Drei Jahre nach Kriegsende mussten fast alle wieder gehen. Dabei waren viele Menschen traumatisiert, hatten ihre Häuser verloren oder konnten aufgrund der Neuaufteilung des Landes durch das Daytoner Abkommen nicht mehr in ihre Dörfer zurück.«

Der Imam stellte drei Stühle an einen Tisch. Azra und Philipp setzten sich und Mustafa Maric holte Tee aus der Küche. Er stellte drei Gläser auf den Tisch und schenkte ein.

»Haben Sie eine Vorstellung, wer Dario Kovac getötet haben könnte?«, fragte Philipp.

»Nein, aber ich weiß, dass es niemand von uns war.«

»Wieso sind Sie so sicher?«

»Ich bin zwar jung und noch nicht lange Imam. Aber ich kenne jeden und jede in meiner Gemeinde. Und ich weiß, dass keiner zu so etwas fähig wäre.«

»Das hört sich naiv an. Wie können Sie sicher sein, dass sich nicht hinter einem Ihrer Schäfchen ein böser Wolf verbirgt?«

Mustafa Maric sah ihn an. »Ich weiß es eben«, sagte er.

Philipp schüttelte den Kopf. »Sehen Sie sich Andrej an. Der bittet seinen vermeintlichen Freund Dario um die Hand seiner Tochter, die ihn, Andrej, aufrichtig liebt. Dario verweigert die Zustimmung, zerstört das Glück seiner Tochter und beleidigt Andrej schwer. Man muss nicht viel Fantasie haben, um daraus ein Motiv für einen Ehrenmord abzuleiten.«

Der Imam lachte. »Im Gegenteil. Ich finde, dass Sie zu viel Fantasie haben. Wenn Sie nur ein wenig über das Schicksal von Dario Kovac, Pavel Horvat und der Familie Persic wüssten, würden Sie so etwas nicht sagen.«

»Davon hat Ivan Persic erzählt«, mischte sich Azra ein. »Pavel Horvat erwähnte er allerdings nicht.«

»Er war mein Vorgänger hier als Imam. Vor ein paar Jahren hat die Regierung von Bosnien-Herzegowina festgelegt, dass man ein Theologiestudium braucht, um dieses Amt auszuüben. Da ich eine Stelle als Imam suchte, bin ich sein Nachfolger geworden.«

»Was macht Pavel Horvat jetzt?«

»Er arbeitet als Hausmeister im Sportpark Pennenfeld. Seine Frau ist vor zwei Jahren an Krebs gestorben. Seitdem lebt er sehr zurückgezogen.«

»Wie war sein Verhältnis zu Dario Kovac?«, fragte Philipp.

»Sie waren eng befreundet. Während des Krieges hatten beide eine wichtige Position in der Stadtverwaltung von Mostar.«

»Was heißt wichtig?«

»Dario war Bürgermeister und Pavel Stadtkämmerer. Als der Krieg kam, haben sie versucht, sich rauszuhalten. Aber Stjepan Novak und vor allem sein Scherge Milan Pzov wollten ein Exempel an der muslimischen Bevölkerung statuieren. Dario, Pavel und Ivan hatten Glück und Beziehungen. Es gelang ihnen, zu fliehen.«

»Novak?«, fragte Philipp. »Ist das nicht der kroatische General, der vor einiger Zeit bei der Verkündung des Urteils vor dem Kriegsverbrechertribunal in Den Haag Gift geschluckt hat?«

»Genau der«, bestätigte Mustafa Maric. »Er und sein Stellvertreter Milan Pzov sind für schlimme Kriegsverbrechen während des Angriffs der kroatischen Armee auf Bosnien verantwortlich. Novak wurde dafür zur Rechenschaft gezogen, Pzov bis heute nicht.«

»Wissen Sie, ob es in letzter Zeit Streit zwischen Kovac und Horvat gab?«

Mustafa Maric überlegte kurz: »Nicht, dass ich wüsste«, sagte er dann. »Pavel war in vielem das Alter Ego von Dario. Sie hatten fast immer die gleichen Ansichten.«

»Und Darios Frau Fatima?«

»Die beiden haben sich erst in Deutschland kennengelernt. Dario hatte zu allen in der Gemeinde eine gute Beziehung, besonders zu Ivan und Andrej. Sie haben Dario viel zu verdanken.«

»Und wieso lehnt Dario Andrejs Antrag ab?«

»Ich weiß es nicht. Dario hat mit mir nicht darüber gesprochen. Am besten reden Sie mit Andrej.«

»Das werden wir.« Er sah den Imam an: »Ivan Persic meinte, dass eine rechtsradikale Gruppe das Kulturzentrum bedroht.«

»Das stimmt«, sagte der Imam ernst. »Vor einiger Zeit haben sie angekündigt, unsere Moschee während des Freitagsgebets in Brand zu stecken. Wir haben Anzeige erstattet. Aber die Polizei hat keine Beweise für einen geplanten Anschlag gefunden. So ist die Sache im Sand verlaufen.«

»Was wissen Sie über die Gruppe?«

»Sie nennt sich ›Aktionskomitee Rheinland‹. Ihr Anführer, Rolf Bodenfeld, lebt hier unter dem Vorwand einer angeblichen Überfremdung in Bonn seinen Ausländerhass aus.«

»Für wie gefährlich halten Sie Bodenfeld? Könnte es sein, dass er oder ein anderes Mitglied der Gruppe Dario Kovac getötet hat?«

Ohne zu antworten, verließ Mustafa Maric den Raum. Kurz darauf kam er mit einem bunt bedruckten Flugblatt zurück.

»Islamische Hassprediger raus aus Bonn!«, lautete die in fettem Rot gedruckte Überschrift. Darunter war die Karikatur eines bärtigen Predigers mit hassverzerrtem Gesicht zu sehen. Der Text im unteren Teil des Blattes begann mit den folgenden Sätzen: »Wir können nicht länger mit ansehen, wie in Bonn lebende Islamisten Hassreden gegen Deutsche verbreiten und terroristische Anschläge vorbereiten. Unsere Stadt ist in Gefahr, und Polizei und Politik tun nichts!« Azra und Philipp überflogen den nächsten Abschnitt, der vor allem Schuldzuweisungen an die Behörden enthielt. Der Schluss des Textes war in fetten Lettern gesetzt: »Genug ist genug! Wenn uns niemand hilft, helfen wir uns selbst! Brennen wir die Moscheen, in denen Hass und Terror verbreitet werden, nieder! Eliminieren wir die islamistischen Terroristen, bevor sie uns eliminieren!«

»Wo haben Sie das her?«, fragte Azra.

»Jemand hat es an unsere Tür geklebt.«

***

Gegen acht Uhr abends saß Philipp Antoniou in seinem Büro und ordnete Puzzleteile. Eigentlich waren es weiße Karteikarten, auf die er Wörter, Zeichnungen oder Linien und Pfeile gemalt hatte. Um mehr Platz zu haben, und weil sein Schreibtisch mit Papieren überhäuft war, hatte er sich auf den Boden gesetzt und schob dort einzelne Karten hin und her. Dabei murmelte er unentwegt vor sich hin. Den kleinen Tisch und die beiden Besucherstühle hatte er in die Ecke gerückt.

Als er aufblickte, sah er Azra an der Tür stehen.

»Wie lange bist du schon hier?«, fragte er.

»Ich habe geklopft«, sagte sie. »Aber du hast nicht reagiert. Bist du mit deiner archäologischen Spurensuche weitergekommen?«

»Mir fehlen zu viele Teile.«

Stirnrunzelnd blickte Azra auf die Wand hinter Philipp, die ein Landschaftsfoto vom (vermutlich) Ägäischen Meer mit ein paar verstreuten weißen Häuschen mit blauen Fensterläden auf einem Berg zierte. Daneben hing ein etwas kleineres Bild mit einer riesigen Schildkröte darauf, die aus dem Wasser zu kommen schien. Am linken oberen Rand klebte ein gelbes Post-it, auf das jemand in Druckbuchstaben »Neuer Kollege?« geschrieben hatte. Zum hundertsten Mal fragte sich Azra, warum Philipp den dämlichen Zettel nicht einfach abriss.

»Ein Teil habe ich vielleicht gefunden«, sagte sie. »Ein Anwohner hat heute Morgen ein verdächtiges Auto beobachtet. Und zwar in der Rüdigerstraße, kurz vor dem Fußgängerweg zum Rhein. Er ist gegen halb sechs aufgewacht und musste aufs Klo. Dabei hat er aus dem Fenster geschaut. Dort stand hinter seinem Golf und vor dem Mercedes des Nachbarn ein dunkler Audi A4 mit einer Kölner Nummer, den er noch nie zuvor gesehen hatte.«

»Hat er sich zufälligerweise das Nummernschild gemerkt?«

Sie nickte. »Er hat es sogar aufgeschrieben. Immerhin stand der Wagen vor seiner Einfahrt. Gegen acht hat er noch mal nachgesehen, aber da war der Audi weg.«

»Und?«, fragte Philipp.

»Treffer«, sagte sie. »Es handelt sich um einen schwarzen A4, der gestern Abend in Bonn gestohlen wurde. Die Frage ist, ob uns das weiterhilft.«

»Wenn wir das Auto finden, schon«, sagte Philipp.

»Ich habe eine Fahndung nach dem Audi rausgegeben.«

Azra blickte auf ihr Tablet, auf dem sie die Ergebnisse ihrer abendlichen Schreibtischarbeit notiert hatte. Sie hatte sich die Internetseite und das Facebookprofil des »Aktionskomitees Rheinland« angesehen, auf denen es vor Hetzeinträgen gegen Muslime nur so wimmelte. Sie fand es erstaunlich, dass noch niemand die Seite abgeschaltet hatte, und kam zu dem Schluss, dass das kein gutes Zeichen für den Zustand der demokratischen Kultur in Deutschland war. Eine Abfrage zu Rolf Bodenfeld im polizeilichen Informationssystem KAN ergab, dass dieser wegen Körperverletzung vorbestraft war. Azra sah sich die Akte genauer an: Aufgewachsen in Dortmund hatte er sich bereits in der Schule radikalisiert. Mit siebzehn wurde er Mitglied der Wehrsportgruppe »Werwolf« und nahm an einem paramilitärischen Ausbildungscamp teil. Weil er zusammen mit anderen einen Flüchtling aus Afghanistan niedergeschlagen hatte, musste er für ein halbes Jahr ins Gefängnis. Mit neunzehn ging Bodenfeld zur Bundeswehr, mit zweiundzwanzig (vor vier Jahren) zog er nach Bonn in das Haus seiner dorthin verzogenen und inzwischen verstorbenen Eltern. Er gründete das »Aktionskomitee Rheinland« und versuchte, die rechte Szene in Bonn zu organisieren. Es gab Verbindungen zu ProNRW, zum Bonner Pegida-Ableger Bogida und zur AfD. Er war außerdem auf einer Reihe von Veranstaltungen mit rechtsextremistischem Hintergrund aufgetreten. Vor einem Jahr war er noch einmal in eine Schlägerei auf dem Münsterplatz verwickelt, wurde aber mangels Beweisen freigesprochen. Wovon Bodenfeld lebte, ging aus der Akte nicht hervor.

Die Ergebnisse der kriminaltechnischen Untersuchung waren ebenso mager wie die Ergebnisse der Befragungen der Anwohner in der Nähe des Tatorts. Auch der Obduktionsbericht von Meezen, den dieser in der Zwischenzeit geschickt hatte, bestätigte nur, was sie schon wussten: Das Messer war auf der linken Brustkorbseite in einem relativ geraden Winkel in die rechte Herzkammer eingedrungen. Die Flüssigkeits- und Luftansammlung im Herzbeutel, die sogenannte Herzbeuteltamponade, hatte das Opfer innerhalb kürzester Zeit getötet. Azra seufzte. Sie konnten es drehen und wenden, wie sie wollten: Sie hatten nichts in der Hand. Der Laptop von Kovac enthielt neben einem Buchführungsprogramm nur wenige persönliche Dokumente, die jetzt ins Deutsche übersetzt wurden. Vielleicht fanden sie hier einen Hinweis, der sie weiterbrachte.

Sie konzentrierte sich wieder auf Philipp: »Ich habe Ivan Persics Alibi überprüft«, sagte sie. »Er scheidet als Täter aus.«

»Was ist mit Andrej?«, wollte Philipp wissen.

»Der ist noch nicht zurück, behauptet sein Bruder. Sollen wir nach ihm fahnden?«

»Zu früh. Ich habe Ivan eingeschärft, mich anzurufen, wenn sein Bruder wieder da ist. Was macht er eigentlich beruflich?«

»Er arbeitet im Außendienst einer Kölner Firma, die Industriestaubsauger verkauft. Deshalb ist er häufig unterwegs. Manke wird das überprüfen.«

***

Azra stand am Tresen ihrer Stammkneipe »Namenlos« in der Bornheimer Straße. Sie trank ihr zweites Kölsch und sah desinteressiert auf den Flatscreen an der Wand, auf dem das Formel-1-Rennen in Imola übertragen wurde. Bisher hatte sich niemand blicken lassen, mit dem sie sich unterhalten wollte. Nach der dritten Werbeeinblendung zahlte sie und ging vor die Tür. Von der Franzstraße kommend lief eine Horde grölender Jugendlicher vorbei. Sie wartete, bis es ruhiger wurde, und wählte auf dem Handy die Nummer ihrer Eltern.

»Kaya«, meldet sich ihr Vater in dem herrischen Tonfall, den sie so gut kannte.

»Ich möchte mit Mama sprechen«, sagte sie.

Schweigen. »Hast du über das Pflegeheim nachgedacht?«, fragte er dann.

»Ich will nicht, dass sie in ein Heim kommt«, sagte Azra. »Es muss eine andere Lösung geben.«

»Es gibt keine.«

»Kann ich mit ihr reden?«

»Sie ist schon zu Bett gegangen.«

»Sagst du ihr, dass ich sie morgen besuchen komme?«

»Es gibt ein Pflegeheim am Wesselpütz hier in Duisdorf. Dort sind noch Plätze frei.«

Sie legte auf.

Es war halb elf, als sie am Stadthaus in ihren hellgrünen Fiat stieg und sich auf den Heimweg in Richtung Friesdorf machte. Auf der Adenauerallee stadtauswärts hatte sie plötzlich das Gefühl, dass ihr jemand folgte. Im Rückspiegel sah sie einen schwarzen BMW. Sie wechselte auf die linke Spur und überholte einen Golf. Der BMW machte es ihr nach, ebenso einen zweiten Spurwechsel. Azra reduzierte ihre Geschwindigkeit, um dem BMW die Gelegenheit zu geben, sie auf der zweispurigen Allee zu überholen. Stattdessen fuhr dieser noch dichter auf und blendete sie mit der Lichthupe. Irritiert gab sie Gas. Der BMW beschleunigte ebenfalls. Auf Höhe des Museums Koenig sah sie sich um. Neben und hinter ihr war kein Auto. Mit achtzig fuhr sie in die tieferliegende Abbiegung zur B9, die links und rechts durch hohe Betonmauern von den beiden anderen Fahrspuren getrennt war. Der BMW hatte sich etwas zurückfallen lassen. Sie atmete auf und nahm den Fuß vom Gas, als der Motor des BMW plötzlich aufheulte und der Wagen nach vorne schoss. Bevor sie reagieren konnte, fuhr er auf. Der Fiat machte einen Satz. Instinktiv trat sie auf die Bremse. Das Auto schlingerte, fing sich wieder und kam auf der rechten Spur zum Stehen. Benommen sah sie sich um. Der BMW hielt neben ihr. Grinsend öffnete der Beifahrer sein Fenster. Er hatte einen Bürstenhaarschnitt. Azra fiel eine Narbe über seinem rechten Mundwinkel auf. »Wir haben dich heute Mittag bei den Bosniakenschweinen beobachtet«, sagte er. Er lachte verächtlich. »Pass gut auf. Sonst könnte es sein, dass dein hübsches Gesicht Schaden nimmt.« Der Motor des BMW heulte erneut auf, und Sekunden später war er verschwunden. Hinter ihr hupte ein Auto und wechselte im letzten Moment die Spur. Azra schaltete die Warnblinkanlage ein. Sie zitterte am ganzen Körper, als sie versuchte, den Fiat zu starten. Gott sei Dank, der Motor sprang sofort an. Langsam fuhr sie aus der Unterführung heraus.

***

Philipp lag zuhause mit einer Flasche Bönnsch auf der Couch. Er mochte das würzige Pendant zum Kölsch.

Während er das Bier trank, dachte er darüber nach, wie ungerecht es war, dass ihn jetzt auch noch die Arbeit an seinen Bruder erinnerte. Da sich seine Eltern früh getrennt hatten, war der Zusammenhalt zwischen Nikos und ihm schon immer sehr eng gewesen. Philipps Vater, Dimitrios Antoniou, war Anfang der Siebzigerjahre aus Griechenland emigriert – nicht wie viele seiner Landsleute aus wirtschaftlichen, sondern aus politischen Gründen. 1967 hatten sich rechtsextreme Offiziere unter Führung von Georgios Papadopoulos an die Macht geputscht. Sie errichteten eine Militärdiktatur, die Regime-Gegner einsperrte, folterte und ermordete. In Athen hatte Dimitrios als Schreiner gearbeitet, in Bonn fand der junge Grieche eine Stelle in der Bauabteilung von Haribo. Er heiratete eine deutsche Kollegin aus der Produktion, und sie bekamen zwei Kinder – Philipp und Nikos. Als Philipp zehn Jahre alt war, zerbrach die Ehe. Die Mutter zog nach Österreich. Der Vater kündigte bei Haribo und ging zurück nach Athen. Philipp und Nikos wuchsen bei der Schwester seiner Mutter und ihrer Familie auf, was sie noch mehr zusammenschweißte. Zu seinen Eltern hatte Philipp nur sporadisch Kontakt.

Er griff zum Telefon, um Jannis anzurufen, den einzigen Menschen, mit dem er über Nikos reden konnte. Da fiel ihm ein, dass Jannis ja heute seinen Kneipenabend im Machold hatte, wo er sich jeden Montag mit allerlei schrägen Vögeln traf.

Kurz zögerte er, dann wählte er Azras Nummer. Warum er das tat, wusste er nicht. Er hatte das Gefühl, dass er mit jemandem sprechen musste, um die Schatten zu vertreiben. Allerdings war die Auswahl an infrage kommenden Personen nicht allzu groß. Vielleicht war es ja auch eine gute Gelegenheit, ihre Beziehung zu klären. Erst schien die Leitung tot zu sein, dann ertönte das Besetztzeichen. Seufzend stand er auf, warf sich seine abgewetzte Lederjacke über und machte sich auf den Weg in die Stadt.

4

Nikos und er liefen nebeneinander. Sie hatten Rucksäcke auf dem Rücken. Sie gingen auf einem breiten Weg durch die duftende Macchia. Der Weg war eine ehemalige Fahrstraße, die dem Zustand des Asphalts nach nicht mehr genutzt wurde und zum Teil mit Sträuchern überwachsen war. Es roch nach Thymian und Rosmarin. Um sie herum ragten kahle Felsen und dahinter Berge auf. Hin und wieder wuchsen majestätische Steineichen in den Weg hinein. Es war still, nur das Rauschen des Windes war zu hören. Die Landschaft kam ihm sonderbar vertraut vor. Sein Bruder klagte über Schmerzen im rechten Knöchel.

»So kann ich nicht weiterlaufen«, sagte Nikos und blickte ihn mit seinem Lockenkopf und den braunen Augen klagend an.

»Es lohnt sich nicht, jetzt umzukehren«, antwortete Philipp mit einem Blick auf den hinkenden Bruder. »Den Rückweg würdest du nicht schaffen.« Er deutete auf einen Ort, der sich linker Hand an eine Felsformation im Tal schmiegte. »Lass uns hier absteigen. Bis zum Dorf ist es nicht weit. Von dort aus können wir ein Taxi zurück zum Hotel nehmen.«

Nikos sah ihn zweifelnd an: »Hier gibt es doch gar keinen Weg.«

Philipp wischte seine Bedenken beiseite. »Das ist nur eine Wiese mit ein paar Sträuchern. Da kommen wir problemlos durch. Wir laufen langsam, dann wird es schon gehen.«

Es ging besser als gedacht, und bald lief Nikos, dessen Schmerzen nachgelassen hatten, ein Stück vor ihm den Berg hinunter. Philipp wollte ihm nachrufen, dass er nicht so schnell laufen solle, als grelle Lichtblitze in seine Augen einschlugen und die Welt um ihn herum explodierte.

Als er aufwachte, war alles schwarz. Es dauerte einen Moment, bis ihm klarwurde, dass er nicht in den bosnischen Bergen und auch nicht blind war, sondern in seinem dunklen Schlafzimmer. Er hatte geträumt. Einen Traum, der ihn immer wieder heimsuchte.

Allmählich nahm er wahr, dass sein Telefon klingelte. Es hörte nicht auf, als er aufstand, das Licht anmachte und seine Kleider auf dem Stuhl durchwühlte. Endlich hatte er das Handy in der Hand. Das Display zeigte ein Uhr morgens. Er konnte kaum mehr als eine halbe Stunde geschlafen haben.

»Ich möchte einen Mord melden«, sagte eine Stimme, die ihm bekannt vorkam.

Mit einem Mal war Philipp hellwach: »Ivan? Sind Sie das?«

»Fahren Sie besser gleich los. Es wird dieses Mal sehr bald passieren.«

»Was zum Teufel? Soll wieder jemand ermordet werden?«, brüllte Philipp ins Telefon.

»Pavel Horvat. Schnell, Sie müssen das verhindern.«

Philipp gingen tausend Fragen durch den Kopf, aber er stellte nur die nach der Adresse. Dann schlüpfte er in seine Jeans, zog sich T-Shirt und Jacke an und rannte zum Auto.

Auf der Fahrt in die Drachenburgstraße rief er Azra an und gab ihr die Adresse durch. Bereits nach dem ersten Klingeln nahm sie ab. Ob sie gar nicht geschlafen hatte?

Er ließ sein Gespräch mit Jannis im Machold Revue passieren. Da es innen laut und stickig war, hatten sie sich mit einem frisch gezapften Bier der Eigenmarke Macholds vor die Tür gesetzt. Er hatte Jannis von seinem Traum erzählt.

»Der Traum ist wahr«, sagte er. »Durch ihn erlebe ich das alles immer wieder.«

»Lass die Toten ruhen«, hatte ihm sein Freund geraten. »Du darfst dir nicht ständig weiter die Schuld geben. Es war ein Unfall. So etwas kann passieren.«

Jannis hat gut reden, dachte er. Jeder weiß, dass in einem Land, in dem weltweit immer noch die meisten Landminen im Boden liegen, ein unbedachter Schritt tödlich sein kann. Ich habe es gewusst. Und trotzdem habe ich ihn gedrängt, diesen Weg zu gehen, der keiner war. Und dann habe ich ihn auch noch vorangehen lassen. Hätte ich anders gehandelt, würde er jetzt noch leben. Ich war der Ältere, ich hatte die Verantwortung.

Das gelbe Vierfamilien-Haus mit den kleinen weißen Balkons, in dem Pavel Horvat wohnte, lag etwa fünfzig Meter hinter dem bosnischen Kulturzentrum. Philipp läutete. Als niemand reagierte, drückte er die anderen Klingeln. Eine verschlafene Männerstimme meldete sich über die Sprechanlage. »Polizei!«, brüllte Philipp. »Machen Sie die Tür auf!« Jemand betätigte den Türöffner. Er betrat das Haus. Von oben hörte er laute Schritte. »Das ist ein Polizeieinsatz!«, rief er. »Bleiben Sie in der Wohnung.« Die Schritte verstummten.

Das Licht im Flur funktionierte nicht. Im Dunkeln zeichneten sich ein Stück vor ihm die Umrisse eines auf dem Boden liegenden Körpers ab. Er holte sein Handy aus der Hosentasche und leuchtete darauf. Pavel Horvat – Philipp zweifelte nicht daran, dass er es war – lag auf dem Rücken. Der helle Lichtstrahl verstärkte die Konturen des Gesichts grotesk. Schwarze Augen starrten ihn aus riesigen Höhlen an. Der offenstehende Mund mit seinen scharfgezeichneten Rändern schien ihn höhnisch anzulachen. Philipp ließ seinen Blick nach unten wandern. Horvats Hemd war bis zur Hose aufgerissen. In seiner nackten Brust klaffte deutlich sichtbar eine Stichwunde.

Philipp kniete nieder und tastete Horvats Puls. Plötzlich gab der einen gurgelnden Laut von sich und keuchte heftig. Erschrocken fuhr Philipp hoch. Im Aufstehen stieß er gegen einen warmen, festen Körper. Es war Azra, die hinter ihm stand.

»Er lebt«, sagte er, während sie bereits die Nummer des Notrufs wählte.

Die Tür zu Pavel Horvats Wohnung stand offen. Von innen durchbrach ein fahler Lichtschein die Dunkelheit. Mit leisen Schritten betrat Philipp die Räume. Aus einem Zimmer ertönte Musik, eine Gitarre und eine traurige Männerstimme, die dazu sang. Bosnischer Blues, dachte Philipp.

Er sah sich um. Kein Licht drang aus den anderen Zimmern. Nur der Raum, aus dem die Musik kam, war erleuchtet. Die Tür war halb zugezogen. Er zog seine Pistole und ging darauf zu. Er riss die Tür auf.

Das Licht kam von einer kunstvoll verkleideten Deckenlampe, deren Ornamente als Schattenspiel an der Wand reflektierten. Das Zimmer war sparsam, aber gemütlich eingerichtet. Auf dem Boden lag ein großer Teppich, auf dem ein flacher Holztisch stand. Daneben lagen einige bestickte Sitzkissen. An der gegenüberliegenden Wand hing ein Foto, das eine Moschee zeigte. Neben dem alten, dunkelroten Sofa in der Ecke stand ein Mann. Er hielt eine große Glaskaraffe wie eine Waffe in der Hand. »Ich heiße Andrej Persic. Bitte schießen Sie nicht«, sagte er.

Wenige Minuten später kam der Rettungswagen. »Wird er es schaffen?«, fragte Philipp, während der Notarzt und ein Sanitäter mit der Trage zum Auto eilten.

»Kann ich nicht sagen. Das Messer hat die Lunge getroffen. Er hat einen Lungenkollaps und bekommt kaum Luft.«

***

Es war drei Uhr morgens. Andrej Persic saß in einem der Vernehmungsräume im Präsidium und trank Kaffee. Die Ereignisse hatten ihn sichtlich aus der Fassung gebracht. Mehrmals erkundigte er sich nach Pavel Horvats Zustand. Philipp antwortete ausweichend.

»Pavel hat mich angerufen und mir von Darios Tod erzählt. Und jetzt wird er niedergestochen.«

»Haben Sie eine Vermutung, wer das getan haben könnte?«

»Nein«. Andrej schüttelte mehrmals den Kopf.

»Hatten Sie nicht Streit mit Dario? Wegen der Hochzeit? Das muss schlimm für Sie gewesen sein. Als Mann von Ehre konnten Sie sich das nicht gefallen lassen.«

Andrej Persic sah Philipp an: »Sie meinen, dass ich …?«

Er fasste sich: »Niemals würde ich so etwas tun. Ich habe Dario geliebt.«

Azra fand, dass seine Bestürzung echt wirkte.

»Was wollten Sie nachts um eins in Pavel Horvats Wohnung?«, fragte Philipp.

»Ich bin gerade von einer Geschäftsreise zurückgekommen und wollte ihn sehen«, erklärte er.

»Wie lange waren Sie weg?«, hakte Azra ein.

Andrej überlegte kurz: »Am Donnerstag bin ich losgefahren. Ich habe unsere wichtigen Kunden in Norddeutschland besucht. Das Wochenende habe ich in Hamburg verbracht. Heute Nachmittag bin ich dort aufgebrochen. Eigentlich wollte ich früher zurück sein, aber die A1 war voller Staus.«

»Sie verkaufen Industriestaubsauger?«, fragte Azra. Andrej erklärte seine Tätigkeit, bei der es sich, soweit es die Polizisten beurteilen konnten, um einen typischen Verkaufsjob im Außendienst handelte.

»Wo waren Sie gestern Nacht?«

»In Hamburg.«

»In welchem Hotel haben Sie übernachtet?«

Andrej sah sie erstaunt an. »Wieso ist das wichtig?«, wollte er wissen.

»Beantworten Sie bitte einfach unsere Fragen«, sagte Azra.

Andrej nickte. »Nein, kein Hotel. Ich habe bei einem Bekannten geschlafen.«

»Geben Sie uns bitte den Namen und die Adresse«, insistierte Azra. Sie notierte seine Angaben auf ihrem Tablet.

»Was wollten Sie mitten in der Nacht von Horvat?«, fragte Philipp.

Ohne zu zögern, antwortete Andrej: »Als mich Pavel anrief, hatte ich den Eindruck, dass es ihm schlecht ging. Deswegen wollte ich nach ihm sehen.« Andrej hatte sich Philipp zugewandt, sodass Azra ihn beobachten konnte, ohne dass er es bemerkte. Er sah zweifellos gut aus. Genau der Typ Mann, auf den junge Frauen wie Aisa abfuhren. Mit seinem gewinnenden Lächeln und den kleinen Fältchen unter den braunen Augen wirkte er sympathisch und zugewandt. Wenn er nicht lächelte, hatte er einen energisch wirkenden Zug um die Mundwinkel. Einer, der weiß, was er will, dachte sie.

Mittlerweile war Andrej mit seinem Bericht bei Pavel Horvat angekommen.

»Kurz vor eins war ich hier. Er öffnete sofort. Ich merkte, dass er völlig außer sich war.«

Philipp unterbrach ihn: »Wohnt Pavel Horvat allein?«

Andrej Persic nickte. »Seine Frau ist an Krebs gestorben. Danach hat er sich aus der Gemeinde zurückgezogen.«

»Hat er Angehörige oder Freunde?«

»Es gibt noch eine Schwester, die in der Herzegowina lebt. Sonst weiß ich nichts von Verwandten. Außer in der Gemeinde hatte er keine Freunde.«

Azra fiel auf, dass sich sein Gesichtsausdruck verändert hatte. Er wirkte angespannt.

»Ich habe versucht, Pavel zu trösten«, fuhr er fort. »Dabei fühlte ich mich selbst elend. Nach einiger Zeit hatte ich den Eindruck, dass es ihm besser ging und beschloss, aufzubrechen.«

»Was passierte dann?«, wollte Philipp wissen.

»Es klingelte. Pavel vermutete, dass es Ivan war, der mehrmals versucht hatte, ihn anzurufen. Er lief zur Haustür, um zu öffnen.«

»Wieso öffnete er nicht von der Wohnung aus?«, unterbrach ihn Azra.

»Die Sprechanlage funktionierte nicht.« Andrej zögerte kurz, bevor er fortfuhr: »Ich stand gerade an der Wohnungstür und wollte meine Jacke anziehen, als ich von draußen einen Schrei hörte, der zu einem Röcheln wurde. Es war ein grausiges Geräusch, das mir durch Mark und Bein ging. Ich musste sofort an Dario denken. Sollte ich nach Pavel sehen? Vielleicht brauchte er Hilfe. Aber ich hatte Angst. Mir fiel nichts Besseres ein, als ins Wohnzimmer zurückzugehen. Ich zog mein Handy aus der Tasche, um den Notruf zu wählen, als ich im Flur ein Geräusch hörte. Da habe ich den erstbesten Gegenstand genommen, der mir in die Hände fiel. Und dann waren plötzlich Sie im Zimmer.«

Philipp sah Azra an. Wenn Andrej die Wahrheit sagte, hatten sie den Mörder um wenige Augenblicke verpasst.

»Funktionierte das Licht im Flur, als Sie bei Pavel ankamen?«, fragte Philipp.

»Nein, die Lampe ist schon länger kaputt. Pavel hat deswegen bei der Hausverwaltung angerufen.«

Philipp überlegte. Der dunkle Flur hatte dem Mörder die Arbeit erleichtert.

»Hat Pavel sonst noch etwas gesagt?«, fragte Azra. »Irgendetwas, was uns bei der Suche nach dem Mörder helfen könnte?«

Andrej überlegte nicht lange: »Er sagte, dass Dario Angst vor den Nazis hatte. Dass sie ihn mehrfach bedroht hätten.

Und dass Rolf Bodenfeld, ihr Anführer, vor einigen Tagen bei ihm gewesen sei und ihm ein Messer vors Gesicht gehalten hätte.«

»Und da hat er sich nicht an die Polizei gewandt?«

Andrej zuckte mit den Achseln: »Unser Imam, Mustafa, war wegen des Flugblatts, das an der Tür der Moschee hing, auf der Wache in Godesberg. Der Beamte sagte ihm, dass die Polizei nicht wegen jedes Flugblatts ausrücken könne. Deswegen war er wohl der Meinung, dass eine Anzeige sinnlos wäre.«

»Was ist mit Ihnen?«, fragte Philipp. »Hat Bodenfeld Sie auch bedroht?«

»Das ›Aktionskomitee‹ hat unsere Gemeinde schon lange im Visier«, antwortete Andrej Persic. »Anfangs hat sich Bodenfeld mit Beschimpfungen und gelegentlichen Pöbeleien auf der Straße zufriedengegeben. Inzwischen droht er uns offen.«

»Wie?«

»Er klingelte bei Ivan und mir. Ich habe geöffnet. Er hatte noch einen anderen Typen mit einer Glatze dabei. Der war fast so groß wie Bodenfeld und breit wie ein Kleiderschrank.«

»Und dann?«

»Er sagte, dass wir Islamistenschweine seien. Und seine Stadt kaputtmachen wollten. Und dass der Tag kommen würde, an dem wir dafür bestraft würden. Bevor er ging, zog er sein Messer und sagte, dass er mich aufschlitzen würde.«

»Wie lange ist das her?«

Andrej überlegte kurz: »Etwa zwei Monate.«

»Und Sie sind auch nicht zur Polizei gegangen?«

Er schüttelte den Kopf.

»Wie sah das Messer aus?«, wollte Philipp wissen.

Andrej überlegte: »Es war ein Jagdmesser, ungefähr zwanzig Zentimeter lang. Als er es auf der Hand balancierte, fiel mir auf, dass auf dem Griff ein Kreuz eingraviert war.«

»Ich habe noch eine Frage«, sagte Philipp. »Wie stand Pavel Horvat zu der geplanten Hochzeit mit Aisa?«

»Er war gegen die Heirat.«

»Wissen Sie, warum?«

»Nein. Ich konnte nicht mehr mit ihm darüber reden.«

5

Es war der gleiche Morgen, einige Stunden später. Dunkle Wolken hingen tief über Bonn. Ein weiterer regnerischer Tag kündigte sich an. Um halb fünf Uhr hatten sie Andrej nach Hause geschickt und ihn aufgefordert, sich zur Verfügung zu halten. Philipp und Azra waren sich einig, dass die Verdachtsmomente nicht für einen Haftbefehl ausreichten. Manke und Heugel hatten die Aufgabe übernommen, Horvats Nachbarn zu fragen, ob ihnen in der Nacht irgendetwas aufgefallen war. Azra hatte bereits mit Andrej Persics Bekannten in Hamburg telefoniert, um dessen Alibi zu überprüfen. »Er stammt ebenfalls aus Bosnien», fasste Azra zusammen. »Die beiden haben sich vor einiger Zeit bei einem Fest auf dem Gelände der Kölner Moschee kennengelernt. Er hat Andrejs Angaben bestätigt und gesagt, dass er am Montagnachmittag in Hamburg aufgebrochen sei.«

»Vielleicht lügt er«, meinte Philipp.

»Das wäre natürlich möglich. Allerdings haben in der Nacht noch zwei weitere Personen dort übernachtet, ein Deutscher und ein Bosnier. Beide sind Arbeitskollegen von seinem Bekannten in Hamburg und haben mit Andrej nichts zu tun. Sie haben seine Aussage ebenfalls bestätigt. Außerdem: Warum sollte sein Bekannter nicht die Wahrheit sagen?«

Philipp zuckte mir den Achseln: »Keine Ahnung. Aber fest steht, dass Andrej während des Anschlags auf Pavel in dessen Wohnung war.«

Kurz nach acht saßen sie im kleinen Besprechungsraum und warteten auf Rodenstock, den Philipp zuvor angerufen und in groben Zügen unterrichtet hatte. Auch Manke und Heugel waren da. Ein Beamter betrat den Raum und brachte die Übersetzungen der Dokumente auf Kovacs Computer, die ein Übersetzer gegen einen saftigen Aufpreis in Nachtarbeit erstellt hatte. Schnell blätterte Azra sie durch. Enttäuscht sah sie auf: »Das sind vor allem Briefe an Verwandte in der Heimat, die er auf dem Computer verfasst hat. Die meisten sind schon älter. Ein paar Schreiben auf Deutsch sind auch dabei, meist an Behörden. Da geht es um seine Aufenthaltsgenehmigung, Gewerbeanmeldung und Ähnliches. E-Mails haben wir keine gefunden. Vielleicht hat er dafür ja sein Smartphone benutzt, oder er hat einen Internetaccount. Wenn er irgendwelche geheimen Dokumente besitzt, sind sie jedenfalls nicht auf diesem Rechner.«

Als Rodenstock eine Viertelstunde später den Raum betrat, wirkte er besorgt.

»Ich habe mit der Polizeipräsidentin gesprochen«, kam er sofort zur Sache. »In unserem schönen Bonn ist ein ausländischer Mitbürger ermordet, ein anderer schwer verletzt worden. Wahrscheinlich hat die Tat einen rechtsradikalen Hintergrund.« Auffordernd sah er in die Runde. Nachdem niemand etwas sagte, fuhr er fort: »Das Ganze erinnert fatal an das Nagelbomben-Attentat.« Alle wussten, worauf Rodenstock anspielte. 2004 hatte der »Nationalsozialistische Untergrund«, besser bekannt unter dem Kürzel »NSU«, ein Bombenattentat in der vor allem von Türken bewohnten Keupstraße in Köln verübt, bei dem zweiundzwanzig Menschen zum Teil schwer verletzt wurden. Die Polizei schloss anfangs einen rechtsradikalen Hintergrund aus und ermittelte innerhalb des angeblich kriminellen Milieus im Viertel. »Ich werde nicht den gleichen Fehler machen«, fuhr Rodenstock fort. »Der Verfassungsschutz hat das ›Aktionskomitee Rheinland‹ schon länger im Visier. Es ist offensichtlich, dass Bodenfeld und seine Kumpane hinter den Anschlägen stecken. Wir wissen, dass sie mehrere Mitglieder der bosnischen Gemeinde massiv bedroht und außerdem einen Brandanschlag auf die Moschee angekündigt haben.«

Manke und Heugel nickten bestätigend. Philipp reagierte skeptisch: »Bisher haben wir keinen konkreten Hinweis darauf, dass Bodenfeld etwas mit den Taten zu tun hat. Ich will ja gar nicht behaupten, dass die Mitglieder des ›Aktionskomitees Rheinland‹ nicht auch gewalttätig sind. Aber an Mordanschlägen haben sie sich bisher nicht beteiligt. Außerdem deutet die Durchführung auf Profikiller hin.«

Rodenstock sah Philipp an: »Sie meinen professionelle Auftragsmörder? Wieso sollten die es ausgerechnet auf Kovac und Horvat abgesehen haben?«

»Wir wissen es nicht«, antwortete Philipp. »Aber wir durchleuchten den Hintergrund der beiden auch in diese Richtung.«

»Rolf Bodenfeld hat bei der Wehrsportgruppe ›Werwolf‹ eine paramilitärische Ausbildung bekommen«, warf Azra ein. »Er wäre durchaus in der Lage gewesen, eine solche Tat wie ein Profi durchzuführen. Außerdem dürfen wir auch Andrej Persic nicht außer Acht lassen. Zwischen ihm und Kovac gab es einen heftigen Streit wegen der geplatzten Hochzeit mit Aisa.«

»So ein Quatsch.« Manke konnte sich nicht länger beherrschen. »Wer begeht schon einen Mord, wenn er eine Frau nicht heiraten darf?«

»Dass du dir das mit deinem beschränkten Horizont nicht vorstellen kannst, ist mir klar«, entgegnete Azra.

Rodenstock sprang auf. »Jetzt reicht es«, zischte er. »Konzentrieren Sie sich auf Ihre Arbeit.« Er wandte sich an Philipp. »Wenn Sie bisher keine Beweise gegen das ›Aktionskomitee‹ haben, dann finden Sie welche. In Frau Kayas Bericht gibt es genügend Hinweise auf konkrete Drohungen. Und außerdem haben wir ja noch das Flugblatt.«

»Was der Polizei, bei der Mustafa Maric deswegen Anzeige erstatten wollte, nicht einmal eine ernsthafte Prüfung wert war«, sagte Philipp.

»Aber damals ging es nur um das Flugblatt«, schaltete sich Manke ein. »Von konkreten Drohungen gegenüber Personen war nicht die Rede.«

Philipp ignorierte seinen Einwand. »So oder so, noch gibt es die Chance, dass Pavel Horvat überlebt und uns den Namen des Mörders nennt«, sagte er.

»Wie geht es ihm?«, wollte Azra wissen.

»Ich habe vor einer halben Stunde im Krankenhaus angerufen«, meldete sich Sven Heugel zu Wort. »Die Ärzte sagen, sein Zustand sei unverändert kritisch.«

»Wir müssen Ivan Persic finden«, erklärte Philipp. »Die Tatsache, dass er von den geplanten Morden wusste, deutet darauf hin, dass er den Täter kennt.«

»Oder selbst dahintersteckt«, sagte Manke.

Philipp seufzte: »Das hatten wir doch schon.«

Rodenstock stand auf: »Finden Sie diesen Ivan Persic. Und nehmen Sie ihn ordentlich in die Mangel. Anscheinend weiß er ja mehr über die Beteiligung der Neonazis.« Er stand auf. »Halten Sie mich auf dem Laufenden. Spätestens heute Nachmittag muss ich die Presse unterrichten«, sagte er. Und an Philipp gewandt: »Bitte bleiben Sie noch einen Moment.«

Rodenstock schloss die Tür und setzte sich. Er sah Philipp an. Dieser empfand seinen Blick durchaus als freundlich. »Herr Antoniou«, begann er. »Ich habe Sie im letzten Sommer zum Ersten Kriminalhauptkommissar ernannt und Sie damit gegenüber Manke bevorzugt.«

Er sah Philipp an. Der schwieg. Ihm war klar, dass noch etwas kommen würde.

»Die Tatsache, dass Sie als Quereinsteiger zur Polizei gekommen sind, hat bei vielen meiner Kollegen zu Vorbehalten geführt.« Er grinste leicht: »Noch dazu als Archäologe.« Rodenstock räusperte sich, bevor er fortfuhr: »Mir hat Ihre unkonventionelle Art zu denken gefallen. Sie haben mir damals erklärt, dass die Archäologie und die Kriminalistik letztlich das Gleiche seien.« Wieder grinste er. »Ich muss gestehen, dass ich mich bis heute schwer damit tue, archäologische Arbeit mit dem Lösen eines Kriminalfalls gleichzusetzen. Aber die ersten Erfolge haben Ihnen recht gegeben.«

Philipp, der das Gefühl hatte, etwas sagen zu müssen, wollte sich bedanken, als Rodenstock fortfuhr: »Ich weiß, dass dieser Fall herausfordernder ist als die bisherigen. Und Sie haben nicht nur Freunde unter den Kollegen, wie Sie selbst am besten wissen. Apropos, wie läuft die Zusammenarbeit mit Frau Kaya?«

Philipp zögerte. Was sollte er sagen? Es lief gut mit ihr. Und dennoch hatte er das Gefühl, dass sie Vorbehalte hatte. Ihre manchmal ungeduldige Reaktion, wenn er länger nachdachte. Ihre Bedenken, wenn er etwas tat, was nicht der Dienstordnung entsprach. Und ihr nachvollziehbares Unverständnis, wenn er »Verfluchter Balkan!« brüllte. Andererseits hatten sie häufig so gut harmoniert, dass er das Gefühl hatte, sie würden sich blind verstehen. Er entschied sich für eine scherzhafte Antwort: »Sie wissen doch, wenn eine Türkin und ein Grieche zusammenarbeiten, kann nur Gutes dabei herauskommen.«

Rodenstock stand auf: »Bei diesem Fall haben Sie mich bisher nicht überzeugt. Sie hätten Ivan Persic nicht gehen lassen dürfen, solange er den Namen des Mörders von Kovac nicht preisgibt. Seien Sie nicht so zögerlich. Und bringen Sie mir endlich den Täter.«

Als er aufstand, klopfte es an der Tür. Azra betrat den Raum. In der Hand trug sie einen Spurensicherungsbeutel. Sie hob ihn hoch, sodass man den Inhalt durch die transparente Folie erkennen konnte: ein etwa zwanzig Zentimeter langes Jagdmesser mit braunem Griff.

»Die Spusi hat es in einem Mülleimer vor dem Haus gefunden, in dem Horvat wohnt. Wahrscheinlich hat der Täter es dort versteckt. An der Klinge haben die Techniker Blutreste entdeckt.«

»Haben sie denn in der Wohnung und im Flur irgendwelche Spuren gefunden?«, wollte Philipp wissen.

Azra schüttelte bedauernd den Kopf: »Natürlich gibt es in der Wohnung Fingerabdrücke. Aber die stammen wohl alle von Horvat.«

Philipp nahm den Beutel in die Hand und besah sich das Messer. »Eine hochwertige Jagdwaffe«, sagte er dann. »Der Griff scheint aus Hirschhorn zu sein. Oben und unten sind jeweils zwei silberne Zierrosetten. Aber das eigentlich Interessante ist die Gravur.« Er deutete auf die Edelstahl-Kappe am oberen Ende des Griffs.

Azra nickte bestätigend: »Sieht aus wie das Steuerrad eines Schiffes.«

Philipp schüttelte den Kopf: »Gut beobachtet, aber falsch.«

Rodenstock wurde ungeduldig: »Um ein archäologisches Symbol aus der Steinzeit handelt es sich ja wohl kaum.«

Philipp grinste. »Nein, obwohl das Zeichen bis auf das frühe Mittelalter zurückgeht. Man nennt es ›Keltenkreuz‹, und wie der Name sagt, stammt es ursprünglich aus Irland und Großbritannien.«

»Bringt uns das weiter?«, fragte der Polizeidirektor skeptisch.

»Das tut es. Heute ist das Zeichen vor allem in der rechtsextremen Szene verbreitet – als Symbol für das gemeinsame kulturelle Erbe der nordischen weißen Rasse.«

Azra sah ihn anerkennend an. »Ein Punkt für dich. Endlich mal ein Fall, in dem uns dein verschrobenes Altertumswissen weiterhilft.«

»Das ist noch nicht alles«, sagte Philipp triumphierend. »Heute Nacht hat Andrej das Messer beschrieben, mit dem ihn Bodenfeld bedroht hat. Seine Schilderung passt genau auf dieses hier.«

»Wir müssen Andrej Persic das Messer zeigen«, sagte Azra.

Rodenstock ging zur Tür. »Tun Sie das. Und dann nehmen Sie Bodenfeld fest.«

***

Eine Stunde später rasten Philipp und Azra mit Blaulicht im Saab über den Landgrabenweg in Richtung Bad Godesberg. Ein schwarzer VW-Bus mit sechs SEK-Beamten an Bord folgte ihnen. Zuvor hatten sie Andrej Persic einen kurzen Besuch abgestattet. Er sah sich das Messer an. Ohne zu zögern, bestätigte er, dass es sich um die gleiche Waffe handele, mit der ihn Bodenfeld bedroht habe.

Sie überquerten den Rhein auf der Konrad-Adenauer-Brücke und fuhren an der Rheinaue vorbei, bis sie eine Viertelstunde später Plittersdorf erreichten. Kurz nach zehn hielt Philipp in der Zietenstraße, der VW-Bus direkt dahinter. Erstaunt sah er sich um. Das großzügige weiße Einfamilienhaus war wegen einer hohen Hecke und großer Bäume von außen kaum sichtbar. Am nötigen Kleingeld schien es Bodenfeld nicht zu mangeln.

Azra und Philipp sprangen aus dem Auto und ließen die Männer vom SEK, die Helme und Schutzwesten trugen, vorbei. Die Gartentür ließ sich von innen öffnen. Während ein Beamter an der Haustür klingelte, postierten sich zwei Kollegen links und rechts daneben. Die beiden anderen nahmen auf einen Wink des Einsatzleiters einen schmalen Weg neben dem Haus, der in den Garten dahinter führte.

Als niemand auf das Klingeln reagierte, nickte der Einsatzleiter einem Beamten zu. Dieser setzte ein Ziehwerkzeug am Schloss an und zog den Schließzylinder heraus. Die Tür öffnete sich widerstandslos. Mit entsicherten Waffen drangen die Polizisten ins Haus ein. Azra und Philipp folgten ihnen. Nacheinander betraten sie das Wohnzimmer, die Küche und das Arbeitszimmer. Alles wirkte sauber, hell und geschmackvoll eingerichtet. Azra wunderte sich über die vollen Bücherregale, in denen auch viele Klassiker standen. Vielleicht stammten die ja von seinen Eltern. Nachdem klar war, dass sich Bodenfeld nicht im Erdgeschoss aufhielt, stürmten drei SEK-Beamten die Treppe hoch. Azra drehte sich nach Philipp um, der eben noch hinter ihr gestanden hatte. Von oben hörte sie einen lauten Schlag und dann einen Schrei. Ein SEK-Beamter und ein großer, muskulöser Mann in Jeans und T-Shirt rollten ineinander verkeilt die Holztreppe herunter. Unten blieben sie sichtlich benommen liegen. Der Angreifer erholte sich zuerst und versuchte, sich aus der Umklammerung des Polizisten zu befreien. Doch schon waren die anderen SEK-Beamten über ihm. Sekunden später hatten sie ihm Handschellen angelegt. Kurz darauf war auch der Polizist wieder auf den Beinen.

»Herr Bodenfeld, Sie sind verhaftet«, sagte der Einsatzleiter und führte den Mann in Handschellen zum Auto. Azra sah sich erneut nach Philipp um, konnte ihn jedoch nirgendwo entdecken. Sie blickte zu Bodenfeld, der, eskortiert von zwei Polizisten, vor dem VW-Bus stand. Auch die beiden Kollegen, die während des Einsatzes die Rückseite des Hauses gesichert hatten, waren wieder nach vorne gekommen. Der Einsatzleiter öffnete die seitliche Schiebetür, um den Gefangenen ins Auto zu schieben.

Azra stutzte. Irgendetwas lief hier falsch. Philipp hatte vor dem Einsatz Fotos von Bodenfeld aus dessen Akte verteilt. Der Festgenommene hatte den gleichen Bürstenhaarschnitt, ebenso stimmte die Größe, etwa ein Meter neunzig. Auch vom Gesicht her war die Ähnlichkeit unverkennbar. Sogar der Aufdruck auf dem weißen T-Shirt war der gleiche wie bei dem, das Bodenfeld auf einem Foto von einer Demo getragen hatte: zwei geballte Fäuste und der Schriftzug »White«, darüber ein Kreuzsymbol, ähnlich wie das auf dem Messer. Was Azra störte, war die Figur. Bodenfeld wirkte auf den Fotos schlank, wohingegen der Mann hier muskulös und breit wie ein Kleiderschrank war. Und noch etwas anderes auf dem Foto fehlte bei dem Festgenommenen: die Narbe über dem rechten Mundwinkel, die sie schon einmal gesehen hatte – am gestrigen Abend, als sie der Beifahrer des schwarzen BMW bedrohte.

»Halt!«, schrie Azra. »Das ist nicht Bodenfeld.« Die Beamten sahen sie irritiert an, während der Festgenommene höhnisch grinste. Auf der anderen Straßenseite blieben Passanten stehen und blickten neugierig herüber. Azra zog ihre Waffe und rannte zum Haus zurück. Drei Polizisten folgten ihr. Ein lautes Stöhnen ließ sie innehalten. Es kam nicht vom Haus, sondern von dem schmalen Weg daneben. »Kann mir mal jemand helfen?«, fragte Philipp, der langsam auf sie zukam, während er einen gekrümmt gehenden Mann in Handschellen hinter sich herzog. Er war groß, schlank, trug Jeans, ein weißes T-Shirt und hatte offensichtlich Schmerzen in der Magengegend. Dennoch widersetzte er sich Philipp mit aller Kraft. »Neben dem Grundstück gibt es einen kleinen Trampelpfad zur Jahnallee. Ich dachte, ich schau dort mal nach. Und siehe da: Flink wie ein Äffchen kam Bodenfeld über den Gartenzaun geklettert.«

Azras Eindruck, den sie beim Betreten des Hauses in der Zietenstraße gewonnen hatte, verstärkte sich im Verhör. Trotz des Bürstenhaarschnitts und der Springerstiefel war Bodenfeld keineswegs der Typ des tumben Neonazis. Er wirkte eher wie ein junger Mann aus gutem Elternhaus, der irgendwann eine politische Richtung eingeschlagen und sich dann radikalisiert hatte.

Seine verstorbenen Eltern, die ihm das Anwesen vermacht hatten, waren beide Lehrer und – soweit man das aus den Büchern im Haus schließen konnte – politisch eher links orientiert gewesen. Ob seine Radikalisierung auch eine Reaktion auf ein liberales Elternhaus war, konnte man nur vermuten.

Als Philipp Bodenfeld fragte, wo er in der letzten Nacht gewesen sei, reagierte er erstaunt. Nach einer Sitzung des »Aktionskomitees« sei er gegen elf wieder zu Hause gewesen und dann nach ein, zwei Bier vor dem Fernseher eingeschlafen. Er verstehe nicht, wieso das wichtig und er unter Anwendung von Gewalt festgenommen worden sei. Wenn nichts Konkretes gegen ihn vorliege, würde er jetzt gerne gehen.

Philipp sah Bodenfeld an. Der wirkte entspannt und machte nicht den Eindruck, als habe er etwas zu befürchten. Philipp beschloss, ihn richtig in die Mangel zu nehmen.

»Das heißt, Sie haben für die letzte Nacht kein Alibi. Und wo waren Sie gestern Morgen zwischen fünf und sechs Uhr?«

»Ist das so eine Art Quiz?«, wollte Bodenfeld wissen. Philipp schwieg.

»Wo soll ich schon gewesen sein? Ich war zuhause und habe geschlafen.«

»Allein?«

»Ja, Mann. Ich war tatsächlich allein.« Bodenfeld wirkte allmählich genervt.

Gut so, dachte Philipp. Er holte tief Luft: »Herr Bodenfeld, ich beschuldige Sie des Mordes an Dario Kovac sowie des versuchten Mordes an Pavel Horvat.«

Der Angesprochene sah ihn an, als hätte er den Verstand verloren: »Sind Sie verrückt? Ich hatte keine Ahnung davon, dass die beiden tot sind.«

»Pavel Horvat wurde in der letzten Nacht durch einen Messerstich lebensgefährlich verletzt. Dario Kovac starb gestern Morgen. Er wurde ebenfalls erstochen.«

»Ich habe nichts damit zu tun«, sagte Bodenfeld aufgebracht. »Warum sollte ich die beiden getötet haben?«

»Weil Sie und Ihre Gesinnungsgenossen der Meinung sind, dass alle Moslems Terroristen sind, die eliminiert werden müssen. Und Sie Dario Kovac und Pavel Horvat schon vorher bedroht haben.«

Bodenfeld schüttelte den Kopf: »Das lasse ich mir nicht anhängen. Sicher kenne ich Kovac und Horvat, wie auch das andere Bosniaken-Gesocks. Und natürlich wehren wir uns gegen die Moschee und eine weitere Islamisierung in Godesberg. Aber deswegen bringe ich doch niemanden um.«

»Dass Sie die Moslems hassen, geben Sie zu?«

»Was heißt hier hassen?«, gab Bodenfeld zurück. »Gehen Sie doch mal tagsüber durch die Godesberger Innenstadt. Da sehen Sie mehr verschleierte Musliminnen auf der Straße als deutsche Frauen. In manchen Straßen gibt es kaum noch deutsche Läden. Und abends haben längst türkische, libanesische oder andere Gangs die Herrschaft übernommen.« Er sah Philipp an: »Finden Sie es normal, dass es inzwischen Gegenden in Godesberg gibt, wo sich abends kein Deutscher mehr hin traut? Von den vielen Salafisten, die hier aktiv sind, ganz zu schweigen. Dagegen muss doch jeder vernünftige Mensch etwas tun – und genau das machen wir. Aber wir wenden keine Gewalt an.«

Philipp hatte den Eindruck, dass Bodenfeld eine Art Wahlkampfrede hielt. Natürlich kannte er wie jeder Bonner die Probleme, die es tatsächlich gab. Seit Jahren war das Straßenbild von Bad Godesberg geprägt von arabischen Restaurants, Läden und Callshops. Manchmal schien es Philipp einfacher, in der Godesberger Innenstadt islamischen Ernährungsvorschriften zu folgen, als einen Bratwurststand zu finden. Dazu kam, dass der Bonner Stadtteil seit Jahren als Hochburg der Salafisten galt. Man musste nur an den Angriff vor der

König-Fahd-Akademie denken, bei dem vor einigen Jahren zwei Polizisten verletzt wurden, oder an die salafistischen Agitationen, die von der Al-Ansar-Moschee des marokkanischen Kulturvereins auf der Bonner Straße ausgingen. Inzwischen war die König-Fahd-Akademie geschlossen. Natürlich waren die meisten in Bad Godesberg lebenden Türken und Araber friedliche Muslime. Dennoch ließen sich die Probleme nicht leugnen. Aber die Schlüsse, die Bodenfeld und seinesgleichen daraus zogen, waren Philipps Ansicht nach falsch.

»Und was tun Sie dagegen?«, fragte er.

»Alles Mögliche. Wir demonstrieren, wir sprechen mit den Einwohnern, wir verteilen Infomaterial.«

Das war sein Stichwort. Philipp legte das Flugblatt, das ihm Mustafa Maric gegeben hatte, auf den Tisch. »Genug ist genug!«, las er genüsslich. »Brennen wir die Moscheen, in denen Hass und Terror verbreitet werden, nieder! Eliminieren wir die islamistischen Terroristen, bevor sie uns eliminieren!« Philipp sah Bodenfeld an: »Dieses Pamphlet haben Sie an die Tür der Moschee der bosniakischen Gemeinschaft geklebt. Das ist ein klarer Aufruf zum Mord.«

Bodenfeld schüttelte den Kopf: »Dazu müssen Sie beweisen, dass das Flugblatt von uns ist. Das ist es aber nicht.« Philipp schwieg. Unmittelbar nach der Verhaftung Bodenfelds hatten sie eine Durchsuchung seines Hauses veranlasst. Die Ergebnisse lagen ihnen bisher nicht vor. Noch hatte er die Hoffnung, dass sie dort belastendes Material finden würden.

»Was hatten Sie gegen Kovac und Horvat?«

»Persönlich überhaupt nichts. Aber Kovac gehörte dieser Obst- und Gemüseladen auf der Ellesdorfer Straße, in dem sich tagsüber alle Islamisten des Viertels treffen. Da traut sich doch kein Deutscher rein! Und Horvat hat die Moschee in Lannesdorf aufgebaut. Als Imam hat er agitiert und Hetzreden gehalten. Und damit noch mehr Islamisten angezogen.«

»Woher wollen Sie das wissen? Waren Sie bei den Predigten dabei?«

Bodenfeld sah ihn herablassend an, antwortete jedoch nicht.

Philipp blickte auf und nickte zu der Trennscheibe an der gegenüberliegenden Wand des Verhörzimmers. Wenige Sekunden später kam Azra herein und setzte sich neben Philipp. Sie sah sofort, dass Bodenfeld sie wiedererkannte, sagte jedoch nichts. Die Begegnung mit dem schwarzen BMW war ihre persönliche Angelegenheit.

»Ist das Ihr Messer?«, fragte sie stattdessen und legte den Beutel mit der Waffe auf den Tisch.

Rolf Bodenfeld blickte auf den Beutel, dann sah er sie an. Sein Gesichtsausdruck war neutral.

»Nein, nie gesehen.«

»Aber Sie haben doch ein Messer?«

»Ja, ein Küchenmesser. Um Brot zu schneiden.« Er lachte.

Azra blieb ruhig: »Ein Zeuge hat ausgesagt, dass Sie Pavel Horvat mit einem Messer bedroht haben. Und ihn auch. Er hat es beschrieben. Die Beschreibung passt exakt auf dieses Messer.«

»Ich habe niemanden bedroht.«

»Wir haben es in einem Mülleimer vor Horvats Haus gefunden«, ergriff Philipp das Wort. »Aller Wahrscheinlichkeit nach ist das die Waffe, mit der er und Kovac niedergestochen wurden.«

Bodenfeld sah ihn zweifelnd an. »In einem Mülleimer? Was habe ich damit zu tun?«

»Sie haben für die Tatzeiten kein Alibi. Und es ist kein normales Messer. Oben am Griff befindet sich ein Keltenkreuz. Wie auf Ihrem T-Shirt.«

Bodenfeld wirkte verblüfft. »Stimmt«, sagte er dann. »Aber es ist trotzdem nicht mein Messer.«

»Sie bleiben also bei Ihrer Aussage?«

»Ja, verdammt. Warum soll ich zugeben, dass mir das Messer gehört, wenn ich es nie zuvor gesehen habe?«

»Weshalb wollten Sie dann vorhin abhauen?«, fragte Azra.

Bodenfeld sah sie an: »Die Bullen haben mich schon einmal festgenommen. Diese Erfahrung hat mir gereicht.«

Philipp und Azra standen auf.

»Wir werden Sie jetzt dem Haftrichter vorführen«, sagte Philipp. »Und nach Lage der Dinge wird der Sie in Untersuchungshaft nehmen.«

Er öffnete die Tür, und zwei Beamten kamen herein, die Bodenfeld aus dem Raum führten. Philipp rief ihn an der Tür zurück:

»Was machen Sie eigentlich beruflich?«

»Ich wüsste nicht, was Sie das angeht«, entgegnete Bodenfeld unverhohlen aggressiv.

»Und was wollte der Muskelmann bei Ihnen in der Wohnung?«

»Sie meinen Nick? Er ist kurz vorbeigekommen, um etwas mit mir zu besprechen.«

»Wen Sie sich aus der Gemeinde als Nächstes vornehmen? War er dabei, als Sie Kovac und Horvat niedergestochen haben?«

Bodenfeld antwortete nicht, sondern sah ihn nur ausdruckslos an.

6

Die Tür zur Wohnung stand halb offen. Sie stutzte und klopfte dann. Als sich niemand meldete, öffnete sie die Tür ganz und rief. Wieder keine Antwort.

Nach einer kurzen Mittagspause war Azra gegen eins vom Präsidium aus nach Duisdorf gefahren. Sie nahm die Südbrücke und bog an den Rheinauen auf die B9 in Richtung Norden ab. Am Ende der Reuterstraße fuhr sie auf die A565 bis zur Ausfahrt Duisdorf. Schließlich erreichte sie die Klosterstraße mit ihren langen Reihen von gelbgestrichenen Mehrfamilienhäusern. Sie fand einen Parkplatz vor dem Haus, in dem ihre Eltern wohnten.

Dass die Haustür unten nicht abgeschlossen war, kam häufiger vor, nicht aber, dass die Tür zur Wohnung ihrer Eltern im ersten Stock offenstand. Ihr Vater arbeitete wochentags gewöhnlich bis sechzehn Uhr an der Fleischtheke des REWE-Supermarkts in der Rochusstraße. Jetzt um diese Zeit hätte ihre Tante Selin da sein müssen, die meist tagsüber die Betreuung ihrer Mutter übernahm, seit deren Demenz so stark geworden war, dass sie nicht mehr allein zurechtkam. Ein halbes Jahr ging das jetzt schon so. Aber es konnte nicht so bleiben, da hatte ihr Vater recht. Ihre Tante wohnte nur wenige Häuser entfernt, war aber mit der Pflege ihres krebskranken Mannes vollauf beschäftigt. Zwar gab es andere Verwandte in Deutschland, die wohnten jedoch alle im Ruhrgebiet und damit zu weit weg. Blieb nur sie. Oder die Möglichkeit, eine Pflegehilfe ins Haus zu holen, was ihr Vater kategorisch ablehnte. Und das Heim am Wesselpütz, das nur wenige hundert Meter entfernt lag. Azra war sicher, dass ihre Mutter nicht in ein Heim gewollt hätte. Mehr als einmal hatte sie das gesagt, als sie noch gesund war und mit Azra über das Alter gesprochen hatte.

Sie betrat die kleine Dreizimmerwohnung und hastete von Raum zu Raum. Dabei rief sie abwechselnd den Namen ihrer Mutter und ihrer Tante. Nichts. Im Wohnzimmer lief der Fernseher. Ansonsten war die Wohnung leer. Sie griff zum Handy und wählte Selins Nummer, aber nur die Mobilbox sprang an. Sie dachte kurz daran, ihren Vater anzurufen, verwarf den Gedanken jedoch wieder. Er würde die Polizei rufen und zudem den Druck auf sie verstärken, ihre Mutter in ein Heim zu geben.

Sie rannte aus der Wohnung in den Flur und wollte schon nach unten auf die Straße laufen, um dort zu suchen. Da hörte sie ein Geräusch. Es kam von oben. Sie ging die Treppe in den zweiten Stock hoch. Damla saß vor einer der beiden Wohnungstüren auf dem nackten Boden. Sie trug nur einen dünnen Morgenmantel und zitterte. Als sie Azra sah, blickte sie auf. Aus ihrem Blick sprachen Angst und Verwirrung. »Anne, Mama«, sagte Azra zärtlich auf Türkisch und Deutsch, während sie sich bückte und ihre Mutter umarmte.

Ihr Handy klingelte. Es war Philipp.

»Wo steckst du?«, fragte er ungeduldig.

»Ich musste schnell etwas erledigen«, antwortete sie, um einen neutralen Tonfall bemüht. »Was ist passiert?«

»Pavel Horvat ist eben gestorben.«

»Hat Horvat noch etwas gesagt?«, fragte Azra, die bereits eine halbe Stunde später neben Philipp und Sven Heugel im kleinen Besprechungsraum saß. Lars Manke stand am Whiteboard, auf dem er den Zeitverlauf notiert und Fotos der Opfer und der Zeugen aufgehängt hatte. Azra hatte sich erst nicht von ihrer Mutter trennen wollen, nachdem sie sie wieder zurück in die Wohnung gebracht hatte. Glücklicherweise war in diesem Moment Tante Selin aufgetaucht. Als sie von Azra hörte, was passiert war, entschuldigte sie sich. Sie sei kurz zuhause gewesen, um nach ihrem Mann zu sehen. Sie habe nicht damit gerechnet, dass ihre Schwägerin, die ruhig auf einem Stuhl gesessen und ferngesehen habe, die Wohnung verlassen würde. Azra sah ein, dass sie nichts mehr tun konnte und machte sich auf den Weg ins Präsidium.

Lars Manke blickte sie missbilligend an. Nicht nur, dass sie zu spät kam. Jetzt störte sie auch noch seinen Vortrag. »Leider ist er nicht wieder zu Bewusstsein gekommen«, sagte er knapp und malte neben das Foto von Pavel Horvat ein schwarzes Kreuz. »Wir wissen nicht, wer Horvat gegen ein Uhr nachts heraus geklingelt hat. Aber wir sind sicher, dass das Messer die Tatwaffe ist.« Er deutete auf einen gehefteten Papierstapel auf dem Konferenztisch. »Meezen hat festgestellt, dass die Blutspuren in der Rinne oberhalb der Klinge von Horvat stammen. Auch die Stichwunde und der Stichkanal passen zu dem Messer.« Er sah in die Runde und genoss das Gefühl, dass ihm alle ihre Aufmerksamkeit schenkten. »Außerdem haben wir sein Handy gefunden. Am gestrigen Abend gab es nur drei Anrufe, von denen er keinen angenommen hat. Alle drei kamen von Ivan Persic.«

»Was die Aussage seines Bruders bestätigt, dass Ivan versucht hat, Pavel zu erreichen«, warf Azra ein. Manke räusperte sich: »Meiner Ansicht nach ist die Tat wie folgt abgelaufen: Es klingelt, und Pavel Horvat öffnet die Tür. Das Flurlicht ist ausgefallen. Er geht an die Haustür, um nachzusehen. Der Mörder wartet im Dunkeln und sticht ihm das Messer in die Brust. Horvat geht noch einige Schritte und bricht dann im Hausflur zusammen.« Er deutete auf ein Foto am Whiteboard: »Hier seht ihr Blutspuren auf dem Boden, die meine These untermauern.« Er zeigte auf ein anderes Bild: »Der Täter versteckt das Messer im Mülleimer und flieht.«

»So könnte es gewesen sein«, sagte Philipp. Manke wirkte gereizt: »So war es. Alles deutet darauf hin.«

Philipp, der, wie Azra bemerkte, verdächtig gut gelaunt war, hob die Hand.

»Dann bleiben aber Fragen offen«, sagte er.

»Welche denn?«, wollte Manke wissen, das Kinn angriffslustig nach vorne gestreckt.

»Wieso öffnet Horvat jemandem nachts um eins die Tür?«

»Vielleicht hat er Besuch erwartet?«, schlug Heugel vor.

»Um diese Zeit?«, sagte Philipp.

»Einspruch«, sprang Azra unerwarteterweise Manke bei. »Nach Andrejs Aussage ging Pavel davon aus, dass es Ivan Persic war und machte deshalb auf.«

»Stimmt«, sagte Philipp. »Das hat er gesagt. Aber Andrej könnte gelogen haben.«

»Für den Mord an Dario Kovac hat er ein Alibi«, warf Azra ein.

»Aber er war zur Zeit des Mordes von Pavel Horvat in dessen Wohnung«, beharrte Philipp. »Ich will noch auf einen anderen Punkt hinweisen.«

»Welchen denn?«, fragte Manke unwillig, weil sein Vortrag so zerrissen wurde.

»Wenn ich der Mörder wäre, würde ich die Waffe nicht in unmittelbarer Nähe des Tatorts verstecken, wo sie wahrscheinlich schnell gefunden wird. Zumal sich der Täter ansonsten sehr professionell verhalten und keine Spuren hinterlassen hat.«

Manke schwieg. Anscheinend war er auf den Einwand nicht vorbereitet. »Vielleicht hat er genauso gedacht und gehofft, dass wir an einer so offensichtlichen Stelle nicht suchen«, überlegte Heugel laut.

Azra sah ihn zweifelnd an. »Ihr glaubt immer noch, dass es Bodenfeld war?«, fragte sie.

»Natürlich«, antwortete Manke. »Er hat vorher Kovac, Horvat und Andrej Persic mit einem Messer bedroht, das genau so aussah wie dieses. Andrej hat es eindeutig wiedererkannt. Wie wir wissen, ist Bodenfeld äußerst gewaltbereit. Außerdem hat er kein Alibi.«

»Ist denn sicher, dass auch Dario Kovac mit diesem Messer getötet wurde?«

»Meezen geht in seinem Bericht davon aus«, sagte Manke, »obwohl er es nicht mit absoluter Sicherheit sagen kann.«

»Das hast du eben aber nicht erwähnt«, sagte Philipp.

Manke schnappte nach Luft. »Wie jetzt? Du hast mich doch ständig unterbrochen«, blaffte er wütend.

»Natürlich steht Bodenfeld nach wie vor unter Verdacht«, sagte Azra beruhigend. »Sind denn auf dem Messer Fingerabdrücke von ihm?«

»Es gibt keine brauchbaren Abdrücke«, knurrte Manke.

»Hat denn die Durchsuchung von Bodenfelds Wohnung etwas ergeben?«, fragte Philipp.

»Nein«, antwortete Manke, der sich nur schwer wieder beruhigen konnte, gepresst. »Außer einigen Pamphleten mit teilweise rassistischen Texten haben wir nichts gefunden. Keine Waffen oder Anschlagspläne und auch das Flugblatt nicht, das an der Tür zur Moschee hing.«

»Was ist mit seinem Computer und Telefon?«

»Sein Notebook ist voll mit verschwurbelten völkischen Texten, Briefen an Politiker und Korrespondenz mit Gleichgesinnten«, übernahm Heugel. »Ein Teil der Dokumente ist verschlüsselt. Da arbeiten die Techniker dran. Möglicherweise sind einige Texte strafrechtlich relevant, aber Hinweise, die uns bei den Ermittlungen zu Kovac und Pavel helfen, haben wir bisher keine gefunden. Sein Telefon checken wir noch. Es gibt eine WhatsApp-Gruppe, die er vor allem für Verabredungen mit seinen Kameraden vom ›Aktionskomitee‹ genutzt hat. Vielleicht finden wir dort Hinweise.«

»Wer gehört noch zu der Gruppe?«

»Außer Nick Jonas, den wir heute Morgen bei Bodenfeld im Haus festgenommen haben, noch sieben weitere Personen. Wir werten die Liste gerade aus.«

»Gut. Damit haben wir so etwas wie ein Mitgliederverzeichnis. Wissen wir inzwischen mehr über diesen Nick?«

Heugel deutete auf einen anderen Papierstapel auf dem Tisch: »Er heißt Nick Jonas, ist vierundzwanzig und arbeitslos. Sein Hobby ist Bodybuilding. Er ist Neonazi aus Überzeugung und seit zwei Jahren beim ›Aktionskomitee Rheinland‹. Er ist so etwas wie der persönliche Leibwächter von Bodenfeld. Im Gegensatz zu ihm ist er jedoch nicht vorbestraft.«

»Hast du geprüft, ob er ein Alibi hat?«, fragte Philipp.

»Hat er. Zumindest, wenn man seiner Mutter glaubt. Jonas wohnt zuhause, und sie sagt, dass er sowohl am Sonntag wie auch am Montag bei ihr übernachtet hat.«

»Was heißt das schon? Er kann doch weggegangen sein, während sie geschlafen hat.«

»Stimmt. Allerdings hat er gestern bis spät in die Nacht mit zwei Kumpels an der Playstation gezockt, und zwar so laut, dass sie nicht schlafen konnte. Sie sagt, seine Freunde seien erst um halb drei gegangen, und er hätte sie unten an der Tür verabschiedet.«

»Gute Arbeit, Sven«, sagte Philipp anerkennend und sehr zu Mankes Missfallen.

Sein Handy klingelte. Azra entnahm seinem konzentrierten Gesichtsausdruck, dass der Anruf wichtig war.

»Ivan Persic hat sich gemeldet«, sagte er, nachdem er das kurze Gespräch beendet hatte. »Er will sich mit mir treffen, und zwar um vier im Münster.«

»Ich komme mit«, sagte Azra.

***

Das Bonner Münster, im elften Jahrhundert erbaut und eines der Wahrzeichen der Stadt, war eine der ersten großen Kirchen im Rheinland. Jedes Jahr lockte das Münster, mit seinem berühmten Kreuzgang und der Krypta, Tausende Besucher an. Wenn Ivan Persic nicht gesehen werden wollte, hatte er den Treffpunkt gut gewählt. Philipp und Azra hatten beschlossen, sich auf seinen Vorschlag einzulassen, aber dafür zu sorgen, dass er nicht wieder untertauchen konnte. Deswegen postierten sie in Sichtweite des Eingangs zum Münster zwei Polizisten in Zivil, die Ivan Persic folgen sollten, wenn er die Kirche verließ.

Kurz vor vier standen Azra und Philipp auf dem Münsterplatz neben dem Beethovendenkmal und sahen sich um. Den Blick in die Ferne gerichtet, sah der berühmte Komponist auf seinem hohen Sockel über sie hinweg. Vor dem Münster stand eine kleine Reisegruppe, daneben einige Schüler. Ansonsten fiel ihnen nichts Besonderes auf. Langsam schlenderten sie zum Hauptportal, wie zwei Touristen, die sich darauf freuten, eine der berühmtesten Kirchen der Region zu besichtigen. Sie betraten das Münster. Um diese Zeit am Dienstagnachmittag waren nicht viele Besucher da. Einzelne Touristen unterhielten sich leise und hoben zwischendurch ihre Handys, um zu fotografieren. Philipp und Azra gingen an den Bänken vorbei nach vorn zum Altar. In der ersten Reihe saß ein Mann. Als er sie kommen hörte, drehte er sich um. Es war Ivan Persic. Er rückte ein Stück nach innen und bedeutete ihnen, sich zu setzen.

Nervös sah er sich um. Dann wandte er sich an Philipp, der neben ihm Platz genommen hatte.

»Ich habe Angst«, sagte er leise.

Azra musste sich nach vorne beugen, um ihn zu verstehen.

»Sind Sie deswegen untergetaucht?«, fragte sie.

»Was heißt untergetaucht? Ich habe eins und eins zusammengezählt und weiß, dass ich der Nächste bin.«

»Wie kommen Sie darauf? Wer bedroht Sie?«

»Das habe ich Ihnen doch schon gesagt. Bodenfeld und seine Leute. Für sie sind wir Terroristen, die man beseitigen muss.«

Azra blickte Ivan Persic an, der seinem jüngeren Bruder so gar nicht ähnlich sah. Während Andrej groß, schlank und gut aussehend war, wirkte Ivan mit seinen kurzen Beinen, dem Bauchansatz und dem schütteren Haar plump. Sie schüttelte den Kopf: »Das glaube ich nicht. Sie werden doch nicht im Ernst behaupten, dass Bodenfeld alle Moslems in Bonn umbringen will? Warum ausgerechnet die Angehörigen der bosniakischen Gemeinde? Da muss etwas anderes dahinterstecken. Sind Sie besonders radikal? Oder haben Sie die Gruppe mit irgendetwas provoziert?«

Persic schüttelte entschlossen den Kopf: »Nein. Wie Ihnen der Imam sicher schon gesagt hat, sind wir in unserem Glauben sehr liberal. Mit Fundamentalisten haben wir nichts zu tun.«

»Das mag sein«, entgegnete Philipp. »Allerdings glaube ich nicht, dass Bodenfeld für solche Differenzierungen empfänglich ist. Meine Kollegin hat recht. Uns fehlt ein überzeugendes Motiv für die Morde. Ihr Bruder und Sie haben bisher nur vage Anschuldigungen geäußert. Um Bodenfeld endgültig hinter Gitter zu bringen, brauchen wir Beweise.«

Ivan Persic stand auf: »Wie viele von uns müssen sterben, bis Sie mir glauben?«, sagte er so laut, dass sich andere Besucher missbilligend umdrehten. Und dann wieder leise: »Ich schwöre Ihnen, dass Bodenfeld gedroht hat, mich zu töten.«

Philipp drückte ihn in die Bank zurück. Persic ließ es geschehen. »Was wollen Sie? Polizeischutz?«, fragte er. »Dann müssen Sie uns etwas Handfestes geben.«

Persic antwortete nicht. Azra hatte den Eindruck, dass er abwog, wie viel er ihnen sagen sollte. Endlich schien er zu einem Entschluss zu kommen. Er holte tief Luft: »Ich stand abends mit

Pavel und Dario im Laden. Er wollte gleich schließen. Wir tranken Kaffee und unterhielten uns. Da kam Bodenfeld.«

»Wann war das?«, unterbrach ihn Philipp.

Ivan Persic überlegte kurz: »Vor einer Woche, am letzten Dienstag. Wir redeten über Autos. Pavels alter Diesel ist kaputt, und er dachte daran, einen Benziner zu kaufen.«

»Was wollte Bodenfeld?«, fragte Azra.

»Er war nicht allein. Er hatte diesen Typen dabei, der aussieht wie ein Bodybuilder.«

»Nick Jonas?«

»Ich kenne seinen Namen nicht. Der Muskelmann fing an zu pöbeln. Er warf mehrere Obstkisten um.«

»Was tat Bodenfeld?«

»Er beschimpfte und beleidigte uns.«

»Was sagte er?«

»Unsere Mütter seien Huren. Auch Aisa, Darios Tochter, sei eine Nutte. Und als Beweis dafür würde er es mit ihr treiben. Dabei lachte er.«

»Wie haben Sie reagiert?«, wollte Philipp wissen.

Persic zögerte einen Moment. Dann sagte er: »Ich habe meine Pistole gezogen und sie ihm an den Kopf gehalten.«

»Was?«, fragte Philipp. »Sind Sie bei Sinnen? Woher haben Sie eine Waffe?«

»Er hat unsere Frauen beleidigt. Ich wollte sie und meine Freunde verteidigen«, erklärte Ivan Persic. »Bodenfeld hat uns nicht zum ersten Mal gedroht. Ich wollte einfach, dass er aufhört.«

»Die Pistole. Wo ist sie jetzt?«

»Es ist nur eine Gaspistole«, sagte Persic. »Sie liegt bei mir zu Hause. Ich habe sie besorgt, weil ich mich bedroht fühlte.«

»Wie hat Bodenfeld reagiert?«, wollte Azra wissen.

»Als ich die Pistole von seinem Kopf wegzog, lachte er nur und ging. Aber vorher sagte er noch etwas.«

»Was denn?«

»Dass wir dafür büßen müssten. Dass er uns töten würde, jeden einzeln. Und dass er es jedes Mal vorher ankündigen würde. Und dass wir ja nicht zur Polizei gehen sollten. Sonst würde er die Moschee während des Freitagsgebets in die Luft jagen.«

»Ich glaube ihm«, sagte Azra, als sie wieder im Auto saßen. »Warum hätte er sich eine solche Geschichte ausdenken sollen? Und sie erklärt seine Versuche, die Morde zu verhindern, ohne den potenziellen Täter zu nennen. Denn sonst hätte Bodenfeld möglicherweise die Moschee angezündet.«

»Ich weiß nicht«, sagte Philipp. »Mir scheint das eine Überreaktion zu sein. Das passt nicht zu Bodenfeld. Wenn er Dario, Pavel und Ivan aus dem Weg räumen wollte, warum dann nicht alle drei auf einmal? An einem anderen Tag im Obstladen? Oder in der Moschee? Die drei steckten doch ständig zusammen. Warum drei Morde nacheinander und mit Ansage?«

»Vielleicht ist er ein Sadist. Das würde ich bei ihm durchaus für möglich halten.«

Philipp seufzte: »Möglicherweise hat sich alles ja auch ganz anders abgespielt. Laut Persic war es kurz vor Ladenschluss, und es hielt sich sonst niemand im Geschäft auf. Also haben wir wieder keine Zeugen.«

»Wir müssen Bodenfeld mit Persics Aussage konfrontieren. Und wir brauchen eine Liste mit Bodenfelds Telefonaten kurz vor den beiden Morden. Dann sehen wir ja, ob er seine Opfer gewarnt hat, wie Persic behauptet. Wo er jetzt wohl hingeht?«, fragte Azra nachdenklich.

»Wir werden es sehen. Wenn mich mein Gefühl nicht trügt, zu jemandem, den wir kennen.«

7

Das Handy piepste, als er es am Ausgang des Flughafens Zagreb einschaltete. Er ließ das Smartphone, das er privat benutzte, in der Tasche und holte ein einfaches Handy mit Prepaid-Karte heraus, dessen Nummer nur drei Personen kannten. Eine davon war der General, der ihm eben eine SMS geschickt hatte. Die Nachricht war kurz: »Maksimir, Echo-Pavillon, 17.30« Mirko sah auf die Uhr. Sein Flug war pünktlich gewesen. Da er höchstens dreißig Minuten bis zum Treffpunkt brauchen würde, hatte er genug Zeit.

Der Maksimir-Park war eine der ältesten Parkanlagen Europas und lag mitten im Herzen der kroatischen Hauptstadt. Bei den Zagrebern war der Park als Ausflugsziel beliebt, auch weil sich auf einem Teil des Geländes der Zoo befand. Mirko nahm sich ein Taxi, das ihn nach der Überquerung des größten Flusses Kroatiens, der Save, über die Radnička Cesta zum Haupteingang brachte. Mirko bezahlte den Fahrer und sah auf die Uhr. Es war kurz nach fünf. Er kannte die Vorliebe des Generals für ungewöhnliche Treffpunkte, wahrscheinlich ein Überbleibsel aus seiner geheimdienstlichen Vergangenheit. Möglicherweise wollte er ihn, Mirko, der Zagreb nicht so gut kannte, auch beeindrucken. Da er nicht wusste, wo der Echo-Pavillon lag und dieser in Google Maps nicht zu finden war, blieb ihm nichts anderes übrig, als Passanten nach dem Weg zu fragen. Mirko hasste das, offenbarte es doch ein Problem, das mit seinem Job zusammenhing: Da er fast nur unterwegs war, war er eigentlich nirgendwo zuhause. Tatsächlich gab es keinen Ort, den er selbst als sein »Zuhause« bezeichnete und an dem ihm, so ein Teil seiner Definition dieses Ortes, jeder Winkel und jede Ecke vertraut waren. Natürlich kannte er sich in Zagreb aus, aber eben so, wie man sich auskennt, wenn man immer auf der Durchreise ist.

An manchen Abenden, wenn er allein in einer Hotelbar saß, wurde er melancholisch. Dann stellte er sich vor, wie er in der Herzegowina auf dem Land vor seinem kleinen, aber gemütlichen Haus mit Garten auf einer Bank saß und Wein trank. Das Haus existierte nur in seiner Fantasie. Auch Freunde hatte er keine. Die gab es in seinem Job nicht.

Jetzt war jedoch nicht der Zeitpunkt, sich trüben Gedanken hinzugeben. Entschlossen überquerte Mirko eine kleine Brücke und nahm an der nächsten Abzweigung rechterhand einen breiten Weg, der ihn nach Auskunft einer jungen Frau in zehn Minuten an sein Ziel bringen sollte. Der Weg dahin verlief unter großen, alten Bäumen und Teichen mit Springbrunnen vorbei. Der Pavillon mit halbrunden offenen Bögen lag an einer Wegkreuzung, sodass man ihn kaum verfehlen konnte.

Mirko blickte erneut auf die Uhr und sah sich um. Vor dem Pavillon stand ein Pärchen mit einem Reiseführer in der Hand. Auf der anderen Seite ging eine kleinere Gruppe von Besuchern sich angeregt unterhaltend davon. Auf dem gleichen Weg sah er einen älteren Mann, der langsam auf ihn zukam. Er hatte einen Bart, ging leicht gebeugt und trug einen schlechtsitzenden Anzug. Mirko erkannte ihn trotz der Verkleidung an seinem Bauch, der sich über der braunen Stoffhose wölbte.

Der General umarmte Mirko wie einen alten Freund, nahm ihn am Arm und führte ihn zum Pavillon, der jetzt leer war. Dort nahm er seine dunkle Brille ab. »Warst du erfolgreich?«, fragte er, ohne sich mit langen Vorreden aufzuhalten.

»Bedauerlicherweise wird auch der zweite Zeuge vor keinem Gericht mehr aussagen«, antwortete Mirko.

»Das ging schneller als erwartet.« Der General musterte ihn. »Ich hoffe, du hast keine Spuren hinterlassen, die auf uns hindeuten.«

»Keine Sorge«, antwortete Mirko. »Die Polizei hat jemand anderen in Verdacht.«

»Das ist gut. Wen denn?«

Mirko lächelte. »Eine Gruppe Neonazis.«

»Tatsächlich?« Er lächelte ebenfalls. »Steht es um Deutschland so schlecht?«

Er klopfte Mirko leicht auf die Schulter. »Was macht die zweite Sache, um die du dich kümmern solltest?«

»Ich weiß jetzt, wo das Geld ist«, antwortete Mirko. »Aber ich brauche noch etwas Zeit.«

»Die haben wir nicht«, sagte der General scharf. »Vergiss nicht: Pzov sieht das Geld als seines an. Und er wird langsam ungeduldig.«

Laut intonierte er den Schlachtruf der faschistischen Ustascha: »Für die Heimat – bereit!« Wenige Sekunden später warfen die Wände das Echo zurück: »… bereit, bereit …«

Der General lachte, als er sah, wie Mirko erschrocken zurückfuhr.

»Jaja, der Echo-Pavillon trägt seinen Namen zu Recht«, sagte er mit unverkennbarem Stolz in der Stimme, als hätte er den Pavillon selbst erbaut. Schnell wurde er wieder ernst: »Seit feststeht, dass die Untersuchungen über angebliche Kriegsverbrechen der kroatischen Armee in Bosnien weitergehen, ist Milan Pzov sehr besorgt. Zumal sein Prozess wahrscheinlich bald beginnt«

»Das verstehe ich«, sagte Mirko höflich.

Der General sah ihn an: »Du musst eine Weile untertauchen – bis sich die Wogen in Deutschland geglättet haben.«

»Das wäre ein Fehler«, antwortete Mirko höflich, aber bestimmt. »Damit würde ich meine Tarnexistenz gefährden und möglicherweise selbst in Verdacht geraten.«

Für einen kurzen Moment blitzten die Augen des Generals, und sein Unterkiefer schob sich nach vorne, als wollte er sein Gegenüber zurechtweisen. Dann entschied er sich jedoch anders.

»Einverstanden«, sagte er. »Aber nur für eine begrenzte Zeit. In der du dich um das Geld kümmerst.«

Als sich Mirko umdrehte, um zu gehen, rief ihn der General zurück: »Komm nicht auf die Idee, mit dem Geld zu verschwinden. Ich würde dich überall finden.«

***

Philipp hatte schlechte Laune. Direkt nach ihrem Treffen mit Ivan Persic im Münster konfrontierte er Bodenfeld mit dessen angeblicher Morddrohung in Kovacs Laden. Der Neonazi gab zu, dass er an dem Tag dort war. Nach seiner Schilderung hatte sich der Besuch jedoch ganz anders abgespielt: Es sei richtig, dass Nick und er die drei Bosnier provozieren wollten, um etwas Luft abzulassen, wie er sich ausdrückte. Allerdings sei nichts dabei herausgekommen, da Kovac und seine beiden Freunde ruhig blieben und sich nicht hätten reizen lassen. Schließlich sei er mit Nick Jonas unverrichteter Dinge wieder abgezogen. Jonas, den Azra und Philipp anschließend befragten, erzählte mehr oder minder die gleiche Geschichte. Da sie keine Handhabe hatten, ihn weiterhin festzuhalten, mussten sie ihn widerstrebend gehen lassen.

Immerhin hatte Philipp mit seiner Vermutung über Ivan Persic recht behalten: Die beiden Streifenbeamten in Zivil waren ihm gefolgt, als er zum Hauptbahnhof gelaufen und in die Mittelrheinbahn in Richtung Koblenz gestiegen war. Am Bahnhof Mehlem stieg er aus und ging zu Fuß weiter. Die beiden Polizisten folgten ihm bis in die Paracelsusstraße. Die Beamten sahen, wie ihn eine junge Frau mit Kopftuch ins Haus ließ. Dass Bodenfeld in U-Haft saß, hatten Azra und Philipp Ivan Persic nicht gesagt. Dachte er, dass ihn Bodenfeld bei den Kovacs momentan am wenigsten suchen würde? Andererseits musste ihm doch klar sein, dass er damit Fatima und Aisa zusätzlich in Gefahr brachte.

Philipps Laune sank noch weiter, als nach dem Gespräch mit Bodenfeld Rodenstock in sein Büro gekommen war und ihn gebeten hatte, an der Pressekonferenz teilzunehmen, die in wenigen Minuten beginnen sollte. Die Bitte war in einem fast befehlenden Tonfall geäußert worden, sodass Philipp schlecht ablehnen konnte. Seufzend stand er auf und ging die Treppe hinunter in den großen Konferenzraum.

Zu seinem Erstaunen waren die Plätze nur spärlich besetzt. Lediglich fünf Journalisten saßen gelangweilt auf ihren Stühlen. Philipp kannte nur den Redakteur des Bonner Tagesanzeigers, Thomas Bernhardt. Er hatte ihn bei einem anderen Fall kennengelernt und schätzte ihn als korrekten und seriösen Gesprächspartner, der sich beim Schreiben seiner Artikel weitgehend an die Tatsachen hielt.

Rodenstock stellte Philipp als leitenden Ermittler vor und präsentierte die wenigen Fakten. Ivan Persic und dessen vorherige Ankündigungen der Morde erwähnte er nicht. Bernhardt hob die Hand. »Wie haben Sie den zweiten Toten gefunden?«, fragte er.

Rodenstock sah Philipp an. Der überlegte kurz. Er wollte nicht lügen, konnte aber die Entscheidung seines Chefs nachvollziehen, über Ivan Persic erst einmal nichts zu sagen. Also antwortete er diplomatisch: »Wir haben einen Hinweis von einem Anwohner bekommen.«

Bernhardt gab sich damit zufrieden, fragte dann aber weiter: »Gibt es abgesehen von der Nationalität der beiden Opfer einen Zusammenhang zwischen den Morden?«

Rodenstock räusperte sich: »Wir haben Hinweise darauf, dass beide Morde von demselben Täter begangen wurden und dass dieser aus der rechtsextremen Szene kommt.« Mit einem Mal war das Auditorium hellwach. Alle redeten durcheinander. Eine junge, stark geschminkte Frau mit hochgesteckten Haaren in einem cremefarbenen Kleid stand auf: »Melanie Lange vom Bonner Rundblick«, sagte sie mit schriller Stimme. »Hat die Polizei schon einen konkreten Verdacht?«

Rodenstock erwiderte, dass sie verschiedenen Hinweisen nachgingen, aus ermittlungstaktischen Gründen aber nicht mehr sagen könnten.

Bernhardt erhob sich ebenfalls, sichtlich unzufrieden: »So können Sie uns nicht abspeisen. Sie müssen schon etwas mehr über Ihre angeblichen Hinweise auf die rechtsextreme Szene erzählen.«

Philipp sah Rodenstock an, der nickte. Ohne das »Aktionskomitee Rheinland« oder Bodenfeld namentlich zu nennen, sagte er, dass mehrere Zeugen von rechtsextremistisch begründeten Morddrohungen gegenüber den Opfern gesprochen hätten. Er sah Bernhardt an, dass dieser nicht überzeugt war. Philipp fügte hinzu, dass die Polizei das Messer gefunden hatte, mit dem Horvat erstochen wurde, und dass dieses ein Symbol auf dem Griff hatte, das ebenfalls auf die Nazi-Szene hindeutete.

»Wurde damit auch das andere Opfer getötet?«, wollte Bernhardt wissen.

»Die Ergebnisse der rechtsmedizinischen Untersuchung legen das nahe«, antwortete Philipp.

Melanie Lange hatte in der Zwischenzeit hektisch auf ihren Block gekritzelt. »Wissen Sie schon, welche Gruppe hinter den Morden steckt?«, fragte sie und sah Rodenstock schmachtend an.

Der erhob sich geschmeidig und verbeugte sich vor ihr: »Meine Dame, meine Herren, es tut mir leid, dass wir Ihnen momentan nicht mehr sagen können. Ich versichere Ihnen, dass wir mit Hochdruck an dem Fall arbeiten. Sobald es Neuigkeiten gibt, werden wir Sie umgehend informieren.«

***

Die Sonne war schon untergegangen, als Philipp nach Hause kam. Es hatte aufgehört zu regnen, und es war ein lauer Frühlingsabend. Er holte ein Bönnsch aus dem Kühlschrank und überlegte, etwas zu essen. Aber eigentlich hatte er keinen Hunger. Er fragte sich, ob ihm der Traum aus der letzten Nacht so auf den Magen geschlagen war. Oder war es die Mordermittlung, die zäh wie ein alter Kaugummi an ihm klebte und ihm einen üblen Geschmack im Mund verursachte? Philipp beschloss, nach seinen Schildkröten zu sehen. Vielleicht fand er ja im Garten ein wenig Entspannung. Er wollte gerade ins Wohnzimmer gehen, von dem aus man über eine Terrassentür nach draußen gelangen konnte, als er ein Geräusch hörte. Es war ein lautes Knacken, so als ob jemand einen Ast von einem der alten Obstbäume abbrechen würde. Philipp spähte durch das Küchenfenster nach außen, konnte aber nichts sehen. Er ging in den Flur und holte seine Pistole aus dem Schrank, in den er sie beim Betreten der Wohnung gelegt hatte. Stattete ihm das »Aktionskomitee Rheinland« einen Besuch ab? Quasi als Ausgleich dafür, dass er Rolf Bodenfeld ins Gefängnis gebracht hatte? Jemandem wie Nick Jonas war das zuzutrauen. Vorsichtig schlich er ins Wohnzimmer. Geräuschlos öffnete er die Terrassentür und trat auf die Veranda. Von da aus überblickte er den kleinen Garten. Mitten im Freigehege sah er etwas, das dort nicht hingehörte: Auf einem Stein saß eine junge Frau und streichelte eine Schildkröte. Philipp legte die Pistole zurück und ging zu ihr. Sie hörte ihn kommen und hob den Kopf. Wie bei ihrer ersten Begegnung trug Aisa Kovac ein dunkles Kleid und ein beigefarbenes Kopftuch.

»Warten Sie schon lange?«, fragte er.

»Vielleicht eine Stunde«, antwortete sie. »Aber die Schildkröten haben mir die Zeit vertrieben.« Mit Interesse beobachtete er, wie sie Agamemnon sanft unter dem Hals kraulte, was er offensichtlich genoss.

»Woher wissen Sie, wo ich wohne?«

»Ich habe Ihrer Kollegin gesagt, dass ich dringend mit Ihnen sprechen muss. Ihr Handy war ausgeschaltet, da hat sie mir Ihre Adresse gegeben. Also bin ich hierhergefahren. Weil ich nicht an der Tür warten wollte und das Gartentor offenstand, bin ich reingegangen.«

»Warum haben Sie nicht mit meiner Kollegin geredet?«

»Ich glaube, sie verdächtigt Andrej, meinen Vater umgebracht zu haben.«

Philipp setzte sich neben sie. »Was denken Sie? Hat er ihn getötet?«

»Natürlich nicht«, sagte sie entrüstet. »Aber der abgelehnte Heiratsantrag und der Streit zwischen den beiden machen ihn verdächtig, oder?«

»Nicht unbedingt«, antwortete Philipp diplomatisch. »Was hatte Ihr Vater gegen Andrej?«

»Eigentlich mochte er ihn. Er sagte immer, Andrej sei zielstrebig und würde es zu etwas bringen.«

»Der ideale Ehemann?«

»Das dachte ich auch. Ich mag Andrej, seit wir uns das erste Mal gesehen haben. Als er mir gestand, dass er mich liebt, war ich überglücklich. Als mein Vater hörte, dass wir heiraten wollten, geriet er außer sich. Andrej sei kein Mann für mich, sagte er. Er hätte schon viele andere Frauen gehabt und würde mich nur unglücklich machen. Ich habe geheult und ihm erklärt, wie gern ich Andrej habe und dass mir egal sei, was in seinem früheren Leben war. Aber er blieb hart.« Sie seufzte. »Vielleicht gehe ich ja mit Andrej nach Russland«, sagte sie.

»Nach Russland?«

»Ich meine Kiew.«

»Was wollen Sie denn in der Ukraine?«

»Andrej hat dort nach seinem Militärdienst gearbeitet. Er sagte, dass es ihm da gefallen habe.«

Philipp bemerkte, dass sie Tränen in den Augen hatte. Er gab ihr sein Taschentuch, das sie dankbar annahm.

»Sie haben doch gefragt, ob mein Vater in letzter Zeit anders war als sonst«, wechselte sie das Thema.

»Ja«, bestätigte Philipp.

»Ehrlich gesagt, habe ich Ihnen bei unserem letzten Gespräch etwas verschwiegen. Erinnern Sie sich an den Selbstmord Stjepan Novaks in Den Haag?«

Philipp sah sie erstaunt an. Hatte nicht Mustafa Maric ebenfalls Novak erwähnt, als Azra und er das bosniakische Gemeindezentrum besucht hatten?

»Novak war mit dafür verantwortlich, dass mein Vater, Pavel und Ivan aus Bosnien geflohen sind«, erklärte Aisa. »Nach seinem Tod wurde der Name Novak niemals wieder erwähnt, zumindest nicht in meiner Gegenwart. Nachdem Vater nicht über den Krieg und die Flucht sprechen wollte, habe ich selbst alles über den Angriff der Kroaten auf Bosnien gelesen. Auch von meiner Mutter habe ich etwas erfahren. Zumindest das Wenige, was sie weiß, denn sie war ja nicht dabei.«

Sie schwieg einen Moment, bevor sie fortfuhr: »Es war der 29. November 2017, ein Mittwoch. Die Nachrichten übertrugen den Selbstmord Novaks bei der Urteilsverkündung im Gerichtssaal quasi live. Meine Eltern und ich saßen vor dem Fernseher. Wir hatten zu Abend gegessen. Vater versuchte, sich nichts anmerken zu lassen. Plötzlich fing er an zu zittern. Später sprach ich ihn darauf an. Erst wollte er nichts sagen, aber dann erzählte er mir, was ich im Grunde schon wusste, nämlich dass Novak der Grund für seine Flucht aus Bosnien war. Ich erwiderte, dass mit seinem Tod doch alles vorbei sei. Er sah mich an und sagte: ›Leider nicht. Denn irgendwann wird auch sein Stellvertreter Milan Pzov angeklagt werden.‹

›Was hast du damit zu tun?‹, fragte ich.

›Pzov denkt, dass ich bestimmte Dinge weiß – über Kriegsverbrechen, die er in Mostar und anderswo begangen hat. Und dass ich darüber reden könnte.‹

›Aber Pzov sitzt doch wahrscheinlich längst im Gefängnis‹, versuchte ich, ihn zu beruhigen.

›Du hast keine Ahnung. Wie Novak hat Pzov Gefolgsleute, die alles für ihn tun. Auch einen Mord begehen.‹«

Aisa zitterte. Vielleicht fror sie nur. Sie stand auf. Philipp erhob sich ebenfalls. »Hat Ihr Vater später noch einmal über Pzov gesprochen?«, wollte er wissen.

»Ja, vor etwa vier Wochen. Er kam von der Arbeit zurück. Meine Mutter und ich waren in der Küche, um das Abendessen zuzubereiten. Da klingelte das Telefon. Vater hob ab. Als ich in den Flur ging, um ihn zum Essen zu holen, stand er immer noch da. Ich fragte ihn, was passiert sei. Er sagte, er habe eine Nachricht von einem Freund aus Bosnien bekommen. Der habe ihn davor gewarnt, bei einem Prozess gegen Pzov auszusagen. Eine Organisation mit Verbindungen zum kroatischen Geheimdienst würde ihn sonst umbringen. Als er sah, wie besorgt ich war, versicherte er mir, dass er auf keinen Fall als Zeuge auftreten würde – weder in Den Haag noch irgendwo anders. Das hat mich etwas beruhigt.«

»Der Freund, von dem Ihr Vater gesprochen hat: Nannte er einen Namen?«

Aisa schüttelte den Kopf.

»Und Sie wissen nicht, wen er gemeint haben könnte?«

Aisa verneinte erneut.

»Aber ich habe diese Notiz meines Vaters«, sagte sie.

Philipp sah sie verständnislos an.

»Sie stammt von dem Abend, als er den Anruf erhielt. Ich habe sie vor ein paar Tagen gefunden, als ich den Block mit seinen Telefonnotizen wegwerfen wollte. Ich habe sie eingesteckt. Ich weiß nicht, warum, aber ich dachte, sie könnte wichtig sein.«

Sie holte einen abgerissenen Notizzettel aus ihrer Tasche und gab ihn Philipp. Er konnte die drei Wörter auch ohne ihre Hilfe lesen: »HVO – General – Mirko.«

»Sagt Ihnen das etwas?«, fragte Philipp.

Sie zuckte mit den Schultern: »HVO ist die Abkürzung der Militärs der bosnischen Kroaten. Stjepan Novak war ihr Oberbefehlshaber. ›General‹ bezieht sich wahrscheinlich auf ihn – oder auf Milan Pzov. Mirko sagt mir nichts.«

»Mirko ist ein Name. Könnte nicht er mit ›General‹ gemeint sein?«

»Ich weiß es nicht. Mirko ist ein Vorname. Wer nennt schon einen General mit Vornamen?«

»Vielleicht haben Ihr Vater oder sein Freund diesen Mirko gut gekannt?«

Aisa schüttelte den Kopf: »Dann wäre der Zusatz ›General‹ überflüssig.«

»Hat Ihr Vater gesagt, welche Organisation ihn bedroht?«

»Nein. Aber sie hätte ein Tribunal, wie das in Den Haag. Nur entscheidet es nicht darüber, wer ins Gefängnis kommt, sondern wer sterben muss.«

Aisa schwieg. Philipp dachte nach. »Wieso sagen Sie mir das alles erst jetzt?«, fragte er. »Sie wollen doch auch, dass wir den Mörder Ihres Vaters finden.«

Aisa sah auf den Boden. »Meiner Mutter geht es wegen Vaters Tod sehr schlecht. Ich wollte sie nicht noch mehr beunruhigen. Aber dann habe ich nachgedacht. Vielleicht ist sie ja auch in Gefahr. Also habe ich beschlossen, Ihnen alles zu erzählen.«

Nachdem sie gegangen war, setzte sich Philipp auf die Terrasse und öffnete ein zweites Bönnsch. Inzwischen war es dunkel, und es wurde allmählich kalt. Er bemerkte es kaum. Aisas Worte gingen ihm nicht aus dem Sinn. Was war das für eine Organisation, die Menschen, die ihr gefährlich werden konnten, einfach umbringen ließ? Und welche Rolle hatten Kovac und Horvat damals in Mostar gespielt? Würde dieser Krieg, mit dem er durch den Tod seines Bruders bisher eher zufällig in Berührung gekommen war, jetzt erneut zu einer persönlichen Angelegenheit? War er es nicht schon längst?

8

»Bonner Neonazis ermorden zwei Muslime!« Fassungslos lasen Azra und Philipp den Aufmacher des »Rundblicks«. Sie saßen am Mittwochmorgen gegen halb acht in der Bonnerie, dem ehemaligen Café Schöner, gegenüber der Redoute, wo sie sich vor der Arbeit zu einem Kaffee getroffen hatten. Philipp hatte ihr von seinem Gespräch mit Aisa am Vorabend erzählt. Azra hatte eben ihren zweiten Cappuccino bestellt, als Philipp mit den Zeitungen wiederkam, die er ein paar Meter weiter am Theaterplatz gekauft hatte.

»Scheiße, sie haben Bodenfeld und das ›Aktionskomitee Rheinland‹ namentlich erwähnt«, sagte Philipp, schob den »Rundblick« beiseite und griff zum Handy.

»Warte«, bat Azra.

»Das war sicher Manke, der mal wieder seine Klappe nicht halten konnte«, sagte Philipp wütend. »Dem hetze ich Rodenstock auf den Hals.«

»Bevor du anrufst: Lass uns kurz überlegen, wie wir weiter vorgehen, damit wir nachher an einem Strang ziehen.«

Philipp sah sie an. »Wieso denkst du, dass wir nicht immer an einem Strang ziehen?«

»Du weißt selbst, wie impulsiv du manchmal reagierst. Außerdem habe ich das Gefühl, dass irgendwas mit dir los ist.«

»Wie kommst du darauf?«, fragte Philipp.

»Du wirkst häufig abwesend. Manke gegenüber verhältst du dich aggressiv. Das ist wenig professionell. Und dann dieser Ausbruch, nachdem du den Einkaufszettel von Kovac gelesen hast.« Sie holte Luft, als wollte sie noch etwas sagen, sah ihn dann aber nur an.

Ein Schweigen entstand. Eine Atempause, die ihm die Gelegenheit gab, etwas zu sagen. Er atmete tief ein und setzte zu einer Antwort an. Aus seinem Mund kam jedoch nur ein

Schnauben. Es geht nicht, dachte er. Ich kann es ihr nicht erzählen.

Azra sah ihn an, dann wandte sie ihren Blick ab.

Philipp gab sich einen Ruck: »Was ist eigentlich mit Bodenfelds Ankündigungen vor den Morden? Hat Heugel etwas herausgefunden?«, fragte er.

Azra ließ sich mit der Antwort Zeit. »Sven hat von Bodenfelds Telefongesellschaft eine Liste mit dessen Anrufen bekommen.«

»Und?«

»Fehlanzeige. Vor den Morden hat er weder bei Kovac noch bei Horvat angerufen. Übrigens auch nicht bei Ivan Persic.«

»Vielleicht hat er ja noch ein Prepaid-Handy, das sich nicht zurückverfolgen lässt.«

»Das ist möglich.«

Philipp überlegte: »Wir sollten uns nicht zu sehr auf Bodenfeld festlegen.«

»Was nach dem ›Rundblick‹-Aufmacher nicht leichter wird«, meinte Azra.

»Was hältst du von Aisas Hinweis?«, wollte Philipp wissen.

»Hört sich für mich ein bisschen weit hergeholt an. Aber wir sollten ihm trotzdem nachgehen.«

»Es wird nicht einfach sein, herauszubekommen, was Novak und Pzov im jugoslawischen Bürgerkrieg verbrochen haben.«

»Steht alles im Internet«, sagte Azra. »Zumindest über Novak. Wichtiger ist, herauszufinden, ob Kovac und Horvat etwas mit den beiden zu tun hatten.«

»Wir müssen Fatima fragen. Eventuell hat ihr Dario doch etwas erzählt. Möglicherweise weiß sie auch, wer der Freund ist, der Dario gewarnt hat.«

Als sie im Präsidium ankamen, war zu ihrer Überraschung alles ruhig. Kein Rodenstock, der wegen des »Rundblick«-

Artikels durch den Flur tobte. Manke und Heugel standen mit der Bedienungsanleitung an der neuen Kaffeemaschine, die ihr Chef in der letzten Woche für die Abteilung gekauft hatte. »Alles vollelektronisch«, hatte er stolz gesagt und auf das große Display gedeutet, auf dem animierte Abbildungen von verschiedensten Kaffeespezialitäten leuchteten. Er hatte ihnen allerdings verschwiegen, dass der neue Kaffeeautomat viel menschliche Aufmerksamkeit benötigte. »Die Maschine will, dass wir das Reinigungsprogramm laufen lassen«, erklärte Heugel.

»Könnt ihr das nicht später machen?«, fragte Philipp. »Ich brauche jetzt dringend einen Kaffee.«

»Leider nicht. Die Maschine hat sich selbst gesperrt, bis wir sie gereinigt haben. Aber dazu benötigt man spezielle Reinigungstabletten.« Azra, die Heugels Verzweiflung offenbar kalt ließ, zog die Zeitung aus der Tasche.

»Wer hat dem ›Rundblick‹ die Namen gegeben?«, fragte sie, um einen sachlichen Tonfall bemüht.

Manke sah sie an: »Frau Kaya und Herr Antoniou haben mal wieder nichts mitgekriegt«, sagte er herablassend.

»Was haben wir nicht mitbekommen?«, mischte sich Philipp wütend ein.

»Die Informationen hat der Chef höchstpersönlich herausgegeben«, sagte Manke.

»Warum denn das?«, fragte Philipp entsetzt.

»Wir waren uns einig, dass wir die Verpflichtung haben, die Öffentlichkeit zu unterrichten. Und dass das sicher auch die Ermittlung voranbringt.«

Sie trafen Rodenstock in seinem Büro an. Er telefonierte und bedeutete ihnen, Platz zu nehmen. Philipp sah sich um. Von allen Büros, die er kannte, war das ihres Chefs das unpersönlichste. Die Einrichtung war funktional – wie in den anderen

Räumen auch. Aber bei Rodenstock gab es nicht den kleinsten Hinweis auf den Bewohner des Raums, weder auf dem Schreibtisch, der bis auf eine schwarze Schreibunterlage und das Telefon leer war, noch an den Wänden, an denen kein einziges Bild hing oder auf dem schmucklosen Büroteppich oder der Fensterbank, die keine Pflanze schmückten. Wenn er arbeitete oder sich etwas ansah, tat er das anscheinend ausschließlich am Computer. Akten, Kladden, lose Blätter oder gar einen Tisch- oder Wandkalender hatte er aus seiner Arbeitswelt verbannt.

Rodenstock legte auf und sah die Besucher missbilligend an. Philipp warf den aufgeschlagenen »Rundblick« auf den Schreibtisch.

»Wir waren uns doch bei der Pressekonferenz einig, dass wir weder Bodenfeld noch das ›Aktionskomitee Rheinland‹ namentlich erwähnen«, sagte er.

»Stimmt«, antwortete Rodenstock. »Aber letztlich liegt es in meiner Verantwortung, welche Informationen nach draußen gehen.«

»Darf man erfahren, warum Sie Ihre Meinung geändert haben?«, fragte Philipp gereizt.

»Noch einmal: Ich bin derjenige, der hier die Entscheidungen trifft«, erwiderte Rodenstock im gleichen Tonfall. »Nach der Pressekonferenz hat mich diese Frau vom ›Rundblick‹ noch einmal angerufen«, erklärte er dann etwas freundlicher.

»Melanie Lange?«

»Ja. Sie fragte mich direkt, wen wir in Verdacht hätten. Sie sagte, sie müsse das wissen, um die Bedeutung unserer Informationen besser einschätzen zu können. Sie hat mir versichert, dass die Auskunft nur für sie sei und nicht veröffentlicht würde.«

»Und das haben Sie ihr geglaubt?«, fragte Azra zweifelnd.

»Ja, das habe ich.« Er nickte. »Wir haben bisher immer gut mit der Presse zusammengearbeitet.«

»Wir hatten aber auch niemals einen solchen Knaller«, sagte Philipp wütend.

»Jetzt kommen Sie mal wieder runter, Herr Antoniou. Nach wie vor bin ich der Meinung, dass es richtig war, der Öffentlichkeit das Signal zu geben, dass der Fall einen rechtsextremistischen Hintergrund hat und wir diesen ernst nehmen.«

»Das sehe ich anders«, antwortete Philipp. »Sie setzen uns völlig unnötig unter Druck. Wir haben bisher keinen Beweis für Bodenfelds Schuld.«

»Wir haben das Messer, mit dem Horvat und Kovac getötet wurden«, beharrte Rodenstock. »Ein Messer, auf dem ein eindeutig rechtsradikales Motiv eingraviert ist. Und wir haben die Aussagen der Zeugen, die Bodenfeld bedroht hat.«

»Das beweist weder, dass es sein Messer ist, noch dass er damit die Morde begangen hat. Die Spurensicherung hat keine brauchbaren Fingerabdrücke auf der Waffe gefunden. Und die Hinweise der Zeugen beruhen im Wesentlichen auf der Aussage von Andrej. Der hatte selbst ein Motiv, zumindest für den Mord an Kovac.«

»Aber er hat ein Alibi«, warf Azra ein. Ihr Handy klingelte. Nach einem Blick auf das Display nahm sie das Gespräch an. Das Telefonat war kurz. Sie wirkte besorgt. »In der Moschee der bosniakischen Gemeinde ist ein Feuer ausgebrochen«, sagte sie. »Die Kollegen und die Feuerwehr sind unterwegs.«

***

Schon von weitem sahen sie die Rauchwolke. Die Kollegen von der Verkehrspolizei hatten die Gegend weiträumig abgesperrt. Bis zur Drachenburgstraße kamen Azra und Philipp nicht, die Kreuzung zur Mallwitzstraße war gesperrt. Direkt dahinter stand eine lange Reihe von Feuerwehr- und Polizeiautos. Weiter hinten sahen sie einige Krankenwagen. Die Polizisten eilten von Haus zu Haus und versuchten, die Anwohner, die noch in ihren Wohnungen waren, zu evakuieren. An der Absperrung stand eine Traube Menschen, Bewohner der Nachbarhäuser, die aufgeregt durcheinanderriefen. Als Azra und Philipp vorbeieilten, erkannten sie in der Menschenmenge Mustafa Maric sowie Fatima und Aisa Kovac. Direkt neben ihnen standen die Persic-Brüder Andrej und Ivan. Azra registrierte, dass Andrej einen Arm um Aisa gelegt hatte und offensichtlich versuchte, sie zu beruhigen.

Das zweistöckige Gebäude, in dem sich das bosnische Kulturzentrum befand, brannte lichterloh. Durch die geborstenen Fensterscheiben züngelten die Flammen ins Freie. Mit aller Macht versuchte die Feuerwehr, ein Übergreifen des Brandes auf die umstehenden Häuser zu verhindern – bisher mit Erfolg.

»Gott sei Dank befanden sich bis auf einen jungen Mann keine Menschen im Gebäude. Und der ist rechtzeitig rausgekommen«, erklärte der Einsatzleiter der Feuerwehr und deutete auf den Imam, der allein ein Stück hinter der Menschentraube stand und völlig fassungslos auf das Haus blickte, das eben noch der Hort seiner Gemeinde und sein Zuhause gewesen war. Während Philipp zu ihm ging, bat Azra die zwei Polizisten, die an der Absperrung standen, ihr zu helfen, in der Menschenmenge direkte Anwohner der Moschee auszumachen und sie zu fragen, wie das Feuer ausgebrochen war.

Mustafa Maric hatte Mühe, sich auf Philipp zu konzentrieren, als der ihn ansprach. Immer wieder richtete sich sein Blick auf das brennende Gebäude. In seinen Augen standen Tränen.

»Dieses Schwein! Ich habe ihn gesehen!«, rief er.

»Wen haben Sie gesehen?«, fragte Philipp.

»Rolf Bodenfeld. Er hat etwas ins Fenster geworfen. Daraufhin fing es zu brennen an. Ich bin sofort rausgerannt.«

»Ein Brandbeschleuniger«, sagte Philipp. »Sind Sie sicher, dass es Bodenfeld war?«

»Ja. Ich war im Nebenraum am Fenster, als er plötzlich vor dem Haus stand. Er trug ein Kapuzenshirt, aber ich konnte sein Gesicht deutlich sehen. Er war es ganz sicher!«

»Nur dass Bodenfeld in der JVA Siegburg sitzt«, sagte Philipp. »Er kann es nicht gewesen sein.«

Im gleichen Moment kam Azra mit einer älteren Frau zu ihnen.

»Die Nachbarin hier hat gegen halb neun einen lauten Knall gehört und beobachtet, dass kurz darauf ein Mann in einem grauen Kapuzenshirt in ein Auto gestiegen und schnell davongefahren ist.«

»Herr Maric hat den Täter ebenfalls gesehen«, sagte Philipp. »Wahrscheinlich hat er eine Flasche mit einem Brandbeschleuniger durch ein Fenster im Erdgeschoss geworfen. Herr Maric glaubt, Rolf Bodenfeld erkannt zu haben.«

Azra überlegte. »Da irrt er sich. Oder es geht ihm wie uns und er hat Bodenfeld verwechselt mit …«

»… Nick Jonas«, ergänzte Philipp.

9

Während Nick Jonas im Vernehmungsraum wartete und die Polizei zeitgleich seine Wohnung durchsuchte, telefonierte Azra mit dem Einsatzleiter der Feuerwehr. Es war Mittag. Der Brand war noch immer nicht ganz gelöscht, aber unter Kontrolle. Glücklicherweise gab es keine Verletzten und auch keine weiteren beschädigten Gebäude. Das Haus, in dem bis gestern Mustafa Maric Gebete und Treffen für seine etwa dreißig Gemeindemitglieder abgehalten hatte, war nur noch eine Ruine. Es würde einige Zeit dauern, bis Experten mit Brandmittelspürhunden das Gebäude betreten konnten. Doch Azra war schon jetzt sicher, dass Brandstiftung die Ursache war – hervorgerufen durch einen Molotow-Cocktail, den Nick Jonas geworfen hatte. Azra spürte Wut auf Bodenfeld und seine Gesinnungsgenossen in sich aufsteigen. Das Gefühl verstärkte sich, als sie sich seinen Gesichtsausdruck in Erinnerung rief, nachdem er zwei Abende zuvor auf ihren Fiat aufgefahren war. Sie versuchte, die Bilder aus ihrem Kopf zu verdrängen, als sie Philipp in den Vernehmungsraum folgte.

Anders als Rolf Bodenfeld bei seiner Vernehmung wirkte Nick Jonas unsicher. Als die Polizei ihn gegen elf Uhr in der Wohnung seiner Mutter in der Konstantinstraße in Rüngsdorf festnahm, gab er vor, geschlafen zu haben. Seine Mutter begann zu schreien, als die Polizisten ihren Sohn mitnehmen wollten. Dem Durchsuchungsbeschluss, den Philipp kurz zuvor beim Staatsanwalt erwirkt hatte, widersetzte sie sich aber nicht. Dass die Polizei die Wohnung auf den Kopf stellen würde, schien ihr im Gegensatz zur Festnahme ihres Sohnes wenig auszumachen.

Philipp und Azra setzten sich Nick Jonas gegenüber, sagten jedoch nichts. Azra blätterte stattdessen stirnrunzelnd in einer dicken Mappe vor ihr, die, so ihre Hoffnung, als Akte über Jonas durchgehen konnte. Schließlich legte sie ein Blatt Papier so vor sich hin, dass er nichts lesen konnte. Als sie merkte, dass ihr Gegenüber zunehmend nervöser wurde, hob sie den Kopf. »Warum haben Sie heute früh das Zentrum der bosniakischen Gemeinschaft angezündet?«, sagte sie in einem Tonfall, der keinen Zweifel daran ließ, dass ihre Unterlagen handfeste Beweise enthielten.

In Nick Jonas Augen flackerte Angst.

»Ich war es nicht«, sagte er.

»Und woher wissen Sie, dass es dort gebrannt hat?«

»Die Nachricht kam vorhin im Radio«, erklärte er trotzig.

Philipp reichte es. Mit der rechten Hand schlug er heftig auf den Tisch. »Geben Sie es zu! Wir haben Zeugen, die Sie erkannt haben, als Sie eine Flasche mit Brandbeschleuniger durch das Fenster des Gemeindezentrums geworfen haben.«

»Ich habe damit nichts zu tun«, sagte Jonas, dieses Mal mit fester Stimme.

»Zeugen sagen aus, dass Sie schon länger gedroht haben, die Moschee anzuzünden«, warf Azra ein.

»Wir haben darüber geredet, etwas zu unternehmen. Aber nicht so was«, sagte er zögernd.

»Wer ist wir?«

»Na, Rolf, ich und ein paar andere.«

»Wer denn? Sagen Sie uns die Namen.«

Jonas schwieg.

Azra las ihm die Namen aus der WhatsApp-Gruppe vor.

Er sah sie erstaunt an.

»Sie sehen, wir wissen alles über Sie und Ihre Gruppe. Wer war denn bei den Treffen dabei?«

»Keine Ahnung – mal der, mal der«, antwortete Jonas. »Wir hängen häufig zusammen rum.«

»Und wer bestimmt, was gemacht wird?«, fragte Azra.

Die Antwort kam ohne Zögern. »Rolf. Er ist unser Führer.«

Azra und Philipp sahen sich an. »Und was wollten Sie unternehmen?«, fragte Philipp.

»Flugblätter verteilen, Infostände machen, mit Leuten reden, so was eben.«

Azra legte das Flugblatt, das sie von Mustafa Maric bekommen hatten, auf den Tisch. »Ist das von Ihnen?«

Jonas schüttelte den Kopf.

»Wie lange kennen Sie Rolf Bodenfeld?«, fragte Philipp.

»Seit er vor vier Jahren nach Bonn gezogen ist, um etwas gegen die Überfremdung hier zu tun.«

»Was meinen Sie damit? Haben Sie etwas gegen Ausländer?«

»Sie nehmen uns die Jobs weg. Sie treiben es mit Deutschen und verunreinigen unser Blut. Sie sind daran schuld, dass man in Bonn Angst haben muss, abends auf die Straße zu gehen.«

Nick Jonas sagte das im Brustton der Überzeugung. Azra spürte, dass er auch sie meinte, obwohl sie in Bonn geboren war. Sie holte Luft, um zu einer heftigen Erwiderung anzusetzen. Philipp legte eine Hand auf ihre Schulter. Sie schüttelte sie ab. Sie wollte sich nicht beruhigen. Sie musste diesem Schwein etwas entgegensetzen. Die Parolen, die sie so gut kannte, durften so nicht stehen bleiben. Doch Philipp ließ sie nicht zu Wort kommen: »Warum nehmen Sie sich ausgerechnet die Mitglieder der bosnischen Gemeinde vor? Es gibt genug andere Ausländer in Bonn.«

Erst schien es, als wollte Nick Jonas nicht antworten, aber dann tat er es doch: »Weil sie brutale und gewalttätige Schweine sind.«

Der Satz ausgerechnet aus dem Mund eines Neonazis hörte sich so merkwürdig an, dass Azra ihre Wut für einen Moment vergaß.

»Habe ich das richtig verstanden? Jemand aus der Gemeinde hat sich mit Ihnen geprügelt?«, fragte Philipp.

»Es gab eine Auseinandersetzung«, sagte Jonas vage.

»Sie meinen den Streit im Obstladen vor einer Woche?«

»Nein, lange vorher.«

Nick Jonas schien froh zu sein, einen Beweis für die berechtigte Wut seines Chefs auf die bosniakische Gemeinde gefunden zu haben.

»Ungefähr vor zwei Monaten«, erzählte er, »war Rolf allein im Gemeindezentrum.«

»Was wollte er dort?«

Jonas grinste. »Den Imam davon überzeugen, die Moschee zu verlegen.«

»Wie meinen Sie das?«, fragte Philipp.

»Es gibt genug bosnische Moscheen in der Gegend. In Köln ist sogar die größte in Deutschland. Sollen die Bosniaken doch dahin gehen.«

Philipp enthielt sich eines Kommentars. Stattdessen fragte er: »Was ist passiert?«

»Rolf kam zurück. Seine Nase war blutig. Maric war nicht allein. Er sagte, dass die Persic-Brüder auch da gewesen seien und ihn angegriffen hätten. Andrej habe ihm am Ende sogar ins Gesicht geschlagen. Er schwor Rache.«

Philipp grinste. »Schau an. Unser Rolf bedroht den Imam und bezieht am Ende selbst Prügel.«

Nick Jonas sah ihn wütend an. »Dafür müssen die Bosniaken bezahlen.«

»Das haben sie schon«, sagte Philipp kalt. »Kovac und Horvat sind tot. Die Moschee ist niedergebrannt. Und Sie stecken tief in der Scheiße. Vielleicht kriegen wir Sie ja auch noch wegen Mordes dran.«

»Damit habe ich nichts zu tun.« Jonas war aufgestanden. »Einen Mord werden Sie mir nicht anhängen!«, brüllte er.

»Setzen Sie sich«, sagte Philipp scharf. »Geben Sie zu, dass sie den Molotow-Cocktail in die Moschee geworfen haben.

Dann werden wir versuchen, Sie aus der Mordermittlung rauszuhalten. Es sei denn, Sie waren wirklich beteiligt. Also?«

Jonas schien ernsthaft über das Angebot nachzudenken. Schließlich sagte er: »Ich bin weder für das eine noch das andere verantwortlich.«

»Wie Sie wollen. Dann warten wir die weiteren Ermittlungen ab. Und sie kommen erst einmal in Untersuchungshaft.«

Azra stand auf, um den Beamten hereinzuholen, der Jonas abführen sollte.

»Einen Moment«, sagte Philipp. Er schob den Beutel mit dem Messer zu Jonas rüber.

»Kennen Sie das?«, fragte er.

Jonas betrachtete es gleichgültig.

»Nein, nie gesehen«, sagte er dann.

»Es gehört Rolf Bodenfeld, nicht wahr?«

»Keine Ahnung. Ich habe nie so eins bei ihm gesehen.«

»Und Sie selbst?«

»Was meinen Sie?«

Philipp sah ihn an. »Haben Sie ein Messer?«

»Nein, was soll ich damit?« Jonas grinste und strich zärtlich über seine Armmuskeln. »Ich kann mich auch so ganz gut wehren.«

»Er lügt«, sagte Azra wütend, als sie den Gang entlang in den Bürotrakt gingen. »Wieso hast du ihm versprochen, ihn aus der Mordermittlung rauszuhalten, wenn er den Brandanschlag gesteht?«

»Das war doch nur ein Köder«, antwortete Philipp. »Übrigens glaube ich wirklich nicht, dass er mit den Morden etwas zu tun hat.«

Er sah sie an: »Und wieso wolltest du mit ihm über seine politischen Ansichten diskutieren? Das bringt nicht nur nichts, sondern ist unprofessionell.«

»Da muss ich dir widersprechen«, fuhr sie auf. »Es gibt Grenzen – auch der freien Meinungsäußerung. Und wenn die überschritten werden, muss man den Mund aufmachen!«

»Willst du ihn jetzt wegen Volksverhetzung drankriegen?«, fragte Philipp spöttisch, als sie an ihrem Büro angekommen waren.

»Wenn es sein muss, ja«, sagte sie und schlug die Tür hinter sich zu.

***

Peter Kozlowski drehte die Stereoanlage auf. Der CD-Player spielte »Highway to Hell« von AC/DC. Hardrock vom Feinsten! Die Anlage hatte einen geilen Sound. Der integrierte Subwoofer im Kofferraum des Audi RS 4 Avant ließ die Bässe ordentlich wummern, ohne dass sich die Gitarrentöne unsauber anhörten. Im Innenraum gab es bestimmt mehr als zehn Lautsprecher, entsprechend voll war der Klang. Allein die Musikanlage musste einiges gekostet haben, von der restlichen Ausstattung des Sportwagens mit Ledersitzen und allem Pipapo ganz zu schweigen. Dabei war der Audi höchstens ein Jahr alt. »No stop signs, speedlimit, nobody's gonna slow me down …«, sang Kozlowski laut und trat aufs Gaspedal. Erneut beglückwünschte er sich. Was für einen Dusel er gehabt hatte.

Als er am Montagmorgen nach der Nachtschicht an der Total-Tankstelle zwischen den Parkhäusern zwei und drei am Flughafen vorbeiging, war ihm ein schwarzer Audi aufgefallen. Mit quietschenden Reifen fuhr er in die Tankstelle, aber nicht nach vorne an die Zapfsäulen, sondern hinter das Gebäude zu den Parkplätzen. Langsam schlenderte Kozlowski um die Ecke, so als wollte er in den Shop gehen. Er sah, wie ein Mann das Auto parkte, ausstieg und eilig davonging. Bevor er sich die

Kapuze seiner dunklen Regenjacke über den Kopf zog, sah er kurz sein Gesicht – offensichtlich ein Ausländer. Kozlowski fiel auf, dass er beim Weggehen aufmerksam seine Umgebung beobachtete. Er kannte diesen Blick. Jemand, der immer auf der Hut ist, dachte Kozlowski. Er spazierte am Shop vorbei und linker Hand um die Tankstelle herum. Langsam näherte er sich den Parkplätzen von hinten. Bis auf den Audi und einen alten Toyota Corolla waren sie leer. Er ging gemächlich weiter, als er von der anderen Seite ein Geräusch hörte. Schnell duckte er sich hinter die Mauer eines kleinen Geräteschuppens. Als er vorsichtig um die Ecke blickte, sah er, wie der Mann von eben wieder zurückkam, das Auto öffnete und sich auf den Fahrersitz setzte. Die Tür ließ er offen, sodass die Innenraumbeleuchtung etwas Licht in das Wageninnere warf. Kozlowski konnte sehen, dass sich der Mann bückte und dabei hin- und her rutschte. Vielleicht suchte er etwas. Schließlich stieg er wieder aus, schlug die Tür zu und eilte davon. Wegen der Kapuze konnte Kozlowski sein Gesicht nicht sehen. Er zündete sich eine Zigarette an und rauchte. Danach ließ er weitere fünf Minuten verstreichen. Von vorne konnte er das An- und Abfahren der Autos und die Tankgeräusche hören. Hinten war alles ruhig. Er fasste einen Entschluss. Schnell ging er zum Audi, öffnete die Tür, die unverschlossen war, und setzte sich ans Steuer. Er holte eine kleine Platine aus seiner Tasche, schloss sie an den Diagnosestecker des Audi an und startete die Hack-App auf seinem Smartphone. Nach etwa dreißig Sekunden hatte er einen elektronischen Schlüssel generiert, mit dem er den Motor starten konnte. Kurz darauf fuhr er los. Alles in allem hatte der Diebstahl weniger als zwei Minuten gedauert.

»Hey Mama, look at me, I'm on my way to the promised land.« Kozlowski wohnte in Rath, knapp fünf Kilomter vom Flughafen Köln-Bonn entfernt. Dort stellte er den Audi in die Garage. Praktischerweise besaß er zurzeit kein Auto, sondern fuhr mit dem Bus. Kozlwoski schloss die Garage ab und sah sich um. Wahrscheinlich hatte keiner der Nachbarn etwas mitbekommen, und wenn, war das auch egal. Schon mehrmals war er mit unterschiedlichen Autos angekommen und hatte erzählt, dass er diese von Kollegen bei der Arbeit geliehen hatte. Niemand hatte nachgefragt, obwohl es sich immer um teure Sportwagen handelte, die man normalerweise nicht mal so eben verleihen würde.

Jetzt, zwei Tage später, am Mittwochmittag, war es so weit. Um zwölf sollte er den Wagen in Sankt Augustin abgeben. Die Adresse war dieses Mal ein ehemaliges Industriegelände zwischen Niederpleis und Birlinghoven. Was danach mit dem Audi passierte, wusste er nicht. Aber es sprach einiges dafür, dass er, wie die anderen Luxusautos, die er vorher organisiert hatte, nach Rumänien gehen würde. Kozlowski pfiff vor sich hin. Für den Rückweg würde er sich ein Taxi gönnen. Und wenn er es vor Beginn der Nachtschicht schaffte, würde er im Reisebüro am Flughafen noch die Mittelmeerkreuzfahrt buchen, die er seiner Freundin so lange versprochen hatte. Kozlowski gab abermals Gas. Der Motor heulte auf. Er schoss auf der Pleistalstraße Richtung Birlinghoven davon. Das Navi zeigte fünf Kilometer bis zum Ziel. Plötzlich sah er vor sich am rechten Straßenrand mehrere Polizeiwagen stehen. Ein Polizist winkte mit der Kelle. Kozlowski fluchte. Kurz dachte er daran, weiterzufahren, trat dann aber doch auf die Bremse.

»Guten Tag«, sagte der Beamte. »Wir haben Sie mit mehr als einhundert Stundenkilometern geblitzt.« Er sah erst Kozlowski und dann den Audi an. »Führerschein und Fahrzeugpapiere, bitte.«

10

Philipp hatte Azra zu einem späten Mittagessen in die »Deutschlandreise« nach Bad Godesberg eingeladen. Er hatte das Gefühl, etwas wiedergutmachen zu müssen. Philipp mochte das kleine, aber ambitionierte Restaurant in den vor einigen Jahren aufwendig sanierten Bachhöfen hinter den Bahngleisen. Ihm gefiel das Konzept der Betreiber, die auf ihrer Speisekarte regionale Gerichte aus wechselnden deutschen Regionen stehen hatten.

Als Philipp eilig aus seinem Büro stürmte, um rechtzeitig zu seiner Verabredung zu kommen, lief er Rodenstock in die Arme. Der wollte wissen, was das Verhör von Jonas ergeben hatte. »Die Polizeipräsidentin ist wegen des Brandanschlags auf die Synagoge äußerst besorgt. Und die Presse will wissen, ob es einen Zusammenhang zwischen den beiden Morden und dem Feuer gibt. Diese aufdringliche Frau vom ›Rundblick‹ hat schon dreimal angerufen.« Philipp hatte seinen Chef selten so angespannt gesehen. Er versuchte, ihn zu beruhigen: »Ich bekomme gleich die Ergebnisse der Durchsuchung von Jonas' Wohnung. Ich bin sicher, dass wir dort Beweise für seine Beteiligung an dem Anschlag finden werden. Und über ihn kriegen wir auch Bodenfeld.« Woher er diese Zuversicht nahm, wusste Philipp nicht. Bevor ihn Rodenstock weiter in Beschlag nehmen konnte, murmelte er etwas von einem dringenden Termin und eilte die Treppe hinunter. Unten an der Pforte begegnete er Manke: »Na, nichts aus Jonas rausbekommen?«, fragte der hämisch. Anscheinend hatte ihm Sven Heugel vom Verlauf des Verhörs berichtet. »Wenn ich an deiner Stelle wäre, würde ich dieses braune Gesocks härter rannehmen«, fügte er hinzu.

»Selbst ein bisschen Nazi-Methoden anwenden, wie?«, entgegnete Philipp und ließ Manke stehen.

»Wenn ihr so weitermacht, ist die Balkan-Truppe bald raus!«, rief ihm dieser nach.

Als er um kurz nach zwei die »Deutschlandreise« betrat, war Azra schon da. Schweigend studierten sie die Speisekarte, auf der dieses Mal vor allem Gerichte aus Franken standen.

»Bei dem vielen Fleisch auf der Karte kann ich auch zum Döner-Imbiss gehen«, beschwerte sich Azra.

»Nein, nein«, beeilte sich Philipp zu sagen. »Das Essen hier ist wirklich gut, und du musst ja nicht gleich den Schweinebraten bestellen.«

Als die Bedienung später die leeren Teller abräumte, nickte Azra zufrieden.

»Du hast recht«, sagte sie. »Meine ›Bamberger Zwiebel‹ war ausgezeichnet. Und satt bin ich auch geworden.«

»Wo bist du vorhin gewesen?«, fragte er. »Ich wollte dich abholen.«

»War was Privates«, sagte sie. Weniger denn je hatte sie Lust, Philipp von ihren Problemen zu erzählen. Wieder einmal hatte sie einen Teil der Mittagspause damit verbracht, sich mit ihrem Vater am Telefon über seine Absicht zu streiten, ihre Mutter in ein Heim zu stecken. »Es gibt Neuigkeiten«, sagte sie. »Die Spurensicherung hat in Jonas' Garage Glasflaschen mit einer verdächtigen Flüssigkeit gefunden, wahrscheinlich eine Mischung aus Benzin und Öl.«

»Das wird Rodenstock freuen«, sagte Philipp. »Kann sich Jonas da rausreden?«

»Kaum. Die Techniker haben in der Moschee Reste von Brandbeschleunigern gefunden und im Gaschromatographen untersucht. Falls die Zusammensetzung der Flüssigkeiten identisch ist, haben wir ihn.«

Bei der Vorstellung, dass Nick Jonas für seine Tat ins Gefängnis kommen würde, empfand Azra Genugtuung. Dennoch: Einen Durchbruch bei ihren Mordermittlungen bedeutete das noch lange nicht. Philipp schien ihre Gedanken zu erraten: »Auch wenn sich herausstellt, dass Bodenfeld den Brandanschlag befohlen hat, heißt das nicht, dass er für die Morde verantwortlich ist.«

»Was ist mit der WhatsApp-Gruppe? Schließlich hat das ›Aktionskomitee Rheinland‹ noch mehr Mitglieder.«

»Du meinst, dass noch andere an dem Anschlag oder den Morden beteiligt waren?«, fragte Philipp. Azra nickte.

»Unwahrscheinlich. Ich habe vorhin Heugels Bericht gelesen. Nach der Auswertung der Posts und der Dokumente, die wir bei Bodenfeld gefunden haben, kommt er zu dem Ergebnis, dass die anderen Gruppenmitglieder nur Mitläufer sind, die vor allem bei Demonstrationen oder Infoständen eingesetzt werden. Soweit wir wissen, hatte keiner von ihnen bisher mit der bosniakischen Gemeinde zu tun.«

»Und die verschlüsselten Texte auf seinem Computer?«

»Haben wir inzwischen geknackt. Hasstexte, zum Teil mit pseudowissenschaftlichem Hintergrund, die die Ideologie der Gruppe legitimieren sollen. Aber keine konkreten Planungen für Straftaten.«

»Dann scheint die Auseinandersetzung mit der bosnischen Gemeinde ja tatsächlich so eine Art Privatfehde von Bodenfeld zu sein,« stellte Azra fest.

»Stimmt«, gab Philipp ihr recht. »Aber würde er dafür wirklich morden?«

Azra seufzte. »Ich weiß es nicht.« Sie lächelte.

»Was ist?«, fragte er.

»Als du mich vorhin angerufen und zum Essen eingeladen hast, habe ich doch glatt gedacht, du wolltest dich bei mir entschuldigen.«

»Wie kommst du darauf?«, grinste Philipp. Er wurde wieder ernst. »Du erinnerst dich an die Puzzleteile in meinem Büro?«

»Klar. Wenn du damit deinen Beitrag vom Montag zu Rodenstocks Konzept eines papierlosen Präsidiums meinst.«

Philipp ging auf ihre Frotzelei nicht ein. »Bei meiner kleinen Übung habe ich versucht, die Fakten mit dem möglichen Motiv des Täters zusammenzubringen. Kennen wir das Motiv, haben wir den Mörder.«

Azra nickte, sagte aber nichts. Philipp fuhr fort: »Nehmen wir Rolf Bodenfeld. Er hat Kovac und Horvat nachweislich gehasst. Aber wollte er sie tatsächlich umbringen? Dazu haben wir nur die Aussagen der Persic-Brüder. Und ist das Messer wirklich seins? Wenn ja, wieso versteckt er es dann so, dass man es sofort finden muss? Noch etwas: Beide Opfer sind mit einem einzigen Messerstich getötet worden. An den Tatorten gibt es keine Spuren. Der Täter ist genauso spurlos gekommen, wie er wieder verschwunden ist. Wir haben es hier mit einem Profi zu tun. Bodenfeld ist sicher rechtsradikal, wahrscheinlich auch gefährlich. Aber ist er ein professioneller Killer?«

»Immerhin wissen wir, dass er eine paramilitärische Ausbildung bekommen hat«, wandte Azra ein. »Außerdem ist bewiesen, dass das Messer die Tatwaffe ist.«

Philipp hob die Hand: »Ich weiß, was du sagen willst. Andrej hat ausgesagt, dass er von Bodenfeld mit einem Messer bedroht wurde. Er hat es beschrieben, und zwar so genau, dass es sich ohne Zweifel um dieselbe Waffe handelt.«

Azra hob die Arme: »Dann erklär mir bitte, wieso dieser Zusammenhang nicht eindeutig ist.«

»In meinem früheren Job habe ich gelernt, dass man jede angebliche Kausalität von allen Seiten beleuchten muss.«

»Und?«, fragte Azra ungeduldig.

»Es wäre doch möglich, dass Andrej gelogen hat.«

»Du meinst, er hat die Morddrohung gegen ihn und Dario nur erfunden?« Sie schüttelte den Kopf. »Wie hätte er dann das Messer so genau beschreiben können?«

Philipp seufzte: »Ich weiß es nicht. Irgendetwas sagt mir, dass Andrej etwas zu verbergen hat. Aber dass er Dario und Pavel wegen der geplatzten Hochzeit mit Aisa umgebracht hat, ist für mich kein überzeugendes Motiv. Außerdem hat er in der Nacht von Darios Tod in Hamburg geschlafen.«

»Das ist richtig. Aber wir haben ja noch seinen Bruder. Dass Ivan vorher von den geplanten Morden wusste, macht ihn verdächtig.«

»Als Mörder Darios kommt er nicht in Frage. Und mit den Drohungen Bodenfelds im Obstladen hat er eine plausible Begründung für sein Verhalten geliefert.«

»Für die es ebenfalls keinen Beweis gibt«, stellte Azra fest.

«Wir drehen uns im Kreis«, sagte Philipp resigniert. »Wir brauchen irgendetwas, was uns weiterbringt. Einen entscheidenden Hinweis oder eine neue Spur.«

Als hätte eine höhere Macht Einsehen mit den Ermittlern und ihrer misslichen Lage, klingelte in diesem Moment Philipps Handy.

»Die Kollegen von der Verkehrspolizei haben den schwarzen Audi A4 bei einer Radarkontrolle in Sankt Augustin geblitzt und den Fahrer festgenommen«, sagte er nach dem kurzen Telefonat.

»Und? Haben wir damit den Täter?«

Phillip zuckte mit den Achseln: »Der Zusammenhang mit unserem Fall ist unklar. Anscheinend ist der Fahrer nicht mit dem Audi am Tatort gewesen.«

»Dann ist er nicht der Dieb?«

»Doch. Er hat zugegeben, das Auto am Flughafen geklaut zu haben. Allerdings behauptet er, den Diebstahl erst am Montagmorgen gegen halb sieben begangen zu haben.«

»Also nach dem Mord an Dario.« Azra runzelte die Stirn. »Wenn das stimmt, muss jemand anderes in der Nacht zuvor das Auto in die Rüdigerstraße gefahren haben.«

Philipp stand auf und winkte der Bedienung: »Lass uns gehen! Fahrer und Wagen sind im Präsidium.«

***

Auch wenn Peter Kozlowski am liebsten Hard Rock hörte – ein harter Typ war er nicht. Als ihm Philipp eröffnete, dass Azra und er nicht wegen Autodiebstahls, sondern wegen Mordes ermittelten, fiel er buchstäblich in sich zusammen und packte aus. Er redete ohne Punkt und Komma, sodass die beiden Polizisten Mühe hatten, seiner Geschichte zu folgen. Als seine Aussage schließlich protokolliert und von ihm unterschrieben war, ergab sich endlich ein klares Bild: Kozloswki beging hin und wieder im Auftrag einer Schieberbande mit Bezug nach Rumänien Autodiebstähle. Seine Auftraggeber wollten Sportwagen, vor allem der Luxusklasse. Die Fahrzeuge suchte Kozlowski selbst aus, meist auf Parkplätzen in der Nähe des Flughafens. Dort, wo viele Autos standen, fühlten die Besitzer sich sicher. Kaum jemand wusste besser als Kozlowski, dass diese Sicherheit trügerisch war. Gerade die Anonymität großer Stellplätze bot Dieben einen idealen Schutz, zumal es manchmal Tage oder sogar Wochen dauerte, bis der Diebstahl entdeckt wurde. Auch Parkschranken und Überwachungskameras waren für Spezialisten wie ihn kein Problem.

Von Beruf war Kozlowski Schlosser. Er arbeitete in einem Zuliefererbetrieb, der für die Wartung der Rohrleitungssysteme des Köln-Bonner Flughafens verantwortlich war. Nach der Nachtschicht fiel ihm am Montagmorgen an der Total-Tankstelle am Flughafen ein schwarzer Audi auf. Er beobachtete, wie der Audi auf einem Parkplatz abgestellt wurde. Da das Auto perfekt in sein Beuteschema passte, nutzte er die Gelegenheit, den Audi zu entwenden, um ihn dann zu einem späteren Zeitpunkt seinem Auftraggeber an einem nicht genutzten Industriegelände in Sankt Augustin zu übergeben. Das waren die Fakten, die jedoch vor allem für die Kollegen vom KK 21, zuständig für Organisierte Kriminalität, interessant waren.

Für das Morddezernat KK 11 war eher die Frage bedeutsam, wie der Mann aussah, der das Auto am Flughafen abgestellt hatte. Der Zeitpunkt, zu dem Kozlowski ihn beobachtet haben wollte, passte ins Bild: Theoretisch hätte der Täter das Auto am Vorabend in Bonn stehlen und nach dem Mord am frühen Montagmorgen damit zum Flughafen fahren können.

Über das Aussehen des Mannes konnte Kozlowski leider keine genaueren Angaben machen. Eine schwarze oder dunkelblaue Regenjacke habe er getragen. Wegen der Kapuze habe er das Gesicht nur einmal kurz gesehen und den Eindruck gehabt, dass es sich um einen Ausländer handele. Sicher sei er jedoch nicht.

Ob ihm am Verhalten des Mannes etwas aufgefallen sei, wollte Azra wissen. Ja, der Fremde habe hektisch gewirkt, so als wäre er in großer Eile. Er habe den Audi abgestellt, sei schnell weggegangen, aber kurz darauf noch einmal zurückgekommen. Er habe sich in den Wagen gesetzt und die Innenraumbeleuchtung angelassen, so als würde er etwas suchen. Kurz darauf habe er die Tür zugeschlagen und sei eilig weggelaufen.

Nachdem zwei Beamte Kozlowski abgeführt hatten, gingen Azra und Philipp in die Tiefgarage. Der Audi stand in einem abgetrennten Bereich, der durch starke Neonlampen an der Decke beleuchtet wurde. Zwei Kollegen von der Spurensicherung in weißen Schutzanzügen durchsuchten das Auto.

»Wie sieht es aus?«, fragte Philipp. »Habt ihr etwas gefunden?«

»Im Kofferraum liegen eine leere Einkaufstasche, eine Werkzeugtasche und Verbandszeug. Im Handschuhfach haben wir außer der Bedienungsanleitung eine Parkscheibe und eine Dose mit Lutschbonbons gefunden – Zitronengeschmack, wenn ihr es genau wissen wollt.«

»Das hört sich ja nicht gerade spannend an«, sagte Philipp enttäuscht. »Fingerabdrücke?«

»Ja, vor allem an den Türgriffen und Armaturen. Die werten wir jetzt aus.«

Sein Kollege, der unterdessen im Fahrzeug herumkroch, kam wieder zum Vorschein.

»Ich habe etwas gefunden«, sagte er triumphierend und hielt eine leere Zigarettenschachtel hoch. »Muss zwischen den linken Vordersitz und die Mittelkonsole gerutscht sein.« Er schob die Schachtel in einen Spurensicherungsbeutel und gab ihn Philipp.

Die Verpackung war golden und hatte ein rotes Signet in der Mitte. »Walter Wolf«, las Azra vor.

Ratlos sah sie Philipp an. »Hört sich deutsch an. Aber den Namen habe ich noch nie gehört.«

»Ich schon«, sagte Philipp. »Das sind kroatische Zigaretten.« Azra beobachtete, wie er wieder diesen komischen Gesichtsausdruck bekam – genauso wie am Montagmorgen, als er den kleinen Zettel las, den sie aus Kovacs Hosentasche gefischt hatte.

»Jetzt verfluch nicht gleich wieder den Balkan«, sagte sie schnell.

Philipp sah sie an. Unwillkürlich musste er grinsen. Schnell wurde er wieder ernst: »Kozlowskis Zigaretten sind das sicher nicht. Was hat er über den Mann gesagt, den er beobachtet hat?«

»Dass er noch einmal zurückgekommen ist und im Innenraum etwas gesucht hat.«

»Genau«, sagte Philipp. »Wetten, dass es die Zigaretten waren?«

Azra wirkte nicht überzeugt: »Das kann doch auch Zufall sein. Oder der Besitzer des Wagens raucht Walter Wolf.«

»Nicht sehr wahrscheinlich. Ich glaube vielmehr, dass wir ein fehlendes Puzzleteil gefunden haben.« Er machte eine Pause. »Sieh es doch einmal so: Nach dem Selbstmord Stjepan Novaks in Den Haag sind andere Generäle der Kroaten ins Visier der Justiz geraten, darunter Milan Pzov. Aisa sagte, dass Pzov Angst vor einer möglichen Aussage Kovacs hatte. Vor etwa vier Wochen habe er eine direkte Warnung erhalten, dass der kroatische Geheimdienst hinter ihm her sei. Wenig später wird Kovac ermordet. Das Auto parkte zur fraglichen Zeit in der Nähe des Tatorts und wurde später am Flughafen abgestellt, von dem aus man das Land schnell wieder verlassen kann. Und jetzt finden wir in dem verdächtigen Audi eine Schachtel kroatische Zigaretten.«

Azra nickte. »Da ist was dran – wenn auch nicht mehr als an der Theorie, dass doch Bodenfeld der Täter ist. Warten wir ab, ob uns die Auswertung der Fingerabdrücke im Auto weiterbringt.«

»Hast du schon etwas über Milan Pzov oder Kovacs und Horvats Rolle bei der Besetzung Mostars herausbekommen?«, fragte Philipp. Azra schüttelte den Kopf. »Wenig. Heute war einfach zu viel los. Aber ich habe noch einmal mit Fatima telefoniert.«

»Und?«

»Viel weiß sie nicht. Dario und sie haben sich ja erst in Deutschland kennengelernt. Anscheinend hat er mit ihr kaum über den Krieg gesprochen. Deshalb kann sie nichts zu Novak oder Pzov sagen. Sie hat bestätigt, dass Dario bis zu seiner Flucht Bürgermeister von Mostar war.«

»Damit war er die wichtigste zivile Person der Stadt, also jemand, der mit Pzov und Novak zu tun gehabt haben könnte. Merkwürdig, dass ein Mann mit seinen Qualifikationen hier einen Obst- und Gemüseladen aufmacht.«

»Als Flüchtling ist es bestimmt nicht leicht, in Deutschland Fuß zu fassen.«

»Hast du sie nach dem Freund gefragt, der ihn vor einer möglichen Aussage im Prozess gegen Milan Pzov gewarnt haben könnte?«

»Ja, aber sie konnte mir nicht weiterhelfen. Sie sagt, seine Freunde seien in Deutschland, und er hätte kaum noch Kontakt nach Bosnien.«

»Was ist mit Horvat?«, wollte Philipp wissen.

»Hatte als Kämmerer ebenfalls eine einflussreiche Position in der Stadt.«

»Wir müssen mehr über die Rolle der beiden während des Angriffs der Kroaten auf Mostar herausbekommen.«

Er überlegte einen Moment. »Wozu sind wir bei der Polizei? Ich bitte einfach die Kollegen dort um Unterstützung.«

»Geht das denn?«, zweifelte Azra. »Musst du nicht erst Rodenstock fragen? Und dann einen offiziellen Antrag auf Amtshilfe stellen? Bosnien-Herzegowina ist doch noch nicht einmal in der Europäischen Union.«

Philipp verzog das Gesicht: »Wahrscheinlich hast du recht. Aber wir haben nicht so viel Zeit. Was kann schon passieren, wenn ich da anrufe?«

»Im besten Fall können sie dir nicht weiterhelfen. Und im schlechtesten werden sie sich über dich beschweren.«

»Das Risiko gehe ich ein.« Er sah Azra an: »Und du findest so schnell wie möglich alles über die Verbrechen Novaks und Pzovs in Mostar heraus.«

***

Um neun trank Azra ihr erstes Kölsch im »Namenlos«. Gegen acht hatte sie das Präsidium verlassen. Vorher hatte sie auf den Internetseiten des UN-Kriegsverbrechertribunals nach der Anklageschrift und dem Urteil gegen Stjepan Novak gesucht. Beides war seinerzeit veröffentlicht worden. Morgen würde sie sich ausführlich damit befassen. Der Tag war lang und sie müde. Kurz hatte sie daran gedacht, nach Friesdorf in ihre kleine Zweizimmerwohnung in der Annaberger Straße zu fahren. Aber sie hatte keine Lust, den Abend allein zu verbringen. Und so gern sie in Friesdorf wohnte, weil es angenehm dörflich war, dabei immer noch zentral lag und mit allen Geschäften ausgestattet war, die sie brauchte: Das Kneipenangebot entsprach nicht ihrem Geschmack. Also war sie über die Südbrücke auf die Adenauerallee in die Innenstadt gefahren. Um diese Zeit war im »Namenlos« noch nichts los. Sie saß allein an der Theke und ließ den Tag Revue passieren. Einiges war geschehen: erst der Brand in der Moschee und die Verhaftung von Nick Jonas, später die Entdeckung der kroatischen Zigaretten in dem gestohlenen Audi. Und dann am Nachmittag die von Rodenstock kurzfristig einberufene Pressekonferenz. Dieses Mal waren nicht fünf Journalisten gekommen, sondern zwanzig. Azra verfolgte von ihrem Platz in der letzten Reihe aus, wie sie Rodenstock und Philipp in die Mangel nahmen. Das Feuer in einer Bonner Moschee, die Morde an zwei Gemeindemitgliedern und der mögliche rechtsextremistische Hintergrund – das alles war ein gefundenes Fressen für die Medien. Und sie wollten sich nicht mit ein paar hingeworfenen Brocken zufriedengeben. Ihre Kollegen konnten ihnen jedoch nicht mehr bieten als zwei Verdächtige, für deren Beteiligung an den Morden es keine Beweise gab. Zum gegenwärtigen Zeitpunkt ließe sich, so erläuterte Rodenstock den Journalisten, nicht einmal ein eindeutiger Zusammenhang zwischen dem Brandanschlag und den Morden belegen.

Azra wusste, dass es der Polizei bisher nicht gelungen war, Jonas' Alibi zu knacken. Seine Mutter blieb bei ihrer Aussage, dass er sowohl am Sonntag als auch am Montag die ganze Nacht zuhause gewesen sei. Seine beiden Freunde, mit denen er am Montag bis gegen zwei Uhr Computer gespielt haben wollte, bestätigten das. Soweit man wusste, hatten sie nichts mit dem »Aktionskomitee Rheinland« zu tun.

Am Ende war die Pressekonferenz eskaliert. Einige Medienvertreter, darunter Melanie Lange vom »Rundblick«, warfen der Polizei Verschleierungstaktik vor. Wieder einmal sei die Staatsgewalt auf dem rechten Auge blind. Damit war das eingetreten, was Rodenstock eigentlich hatte verhindern wollen: dass die Polizei wieder einmal öffentlich in die rechte Ecke gestellt wurde. Als kleiner Lichtblick – aber zu spät für die Pressekonferenz – kam dann am Abend das Geständnis von Nick Jonas. Die gaschromatische Untersuchung hatte ergeben, dass die Zusammensetzung der Flüssigkeiten in seiner Garage die gleiche war wie bei den Molotow-Cocktails, die den Brand in der Moschee verursacht hatten. Damit konfrontiert, hatte Jonas zugegeben, das Feuer gelegt zu haben. Bei seinem Geständnis hatte er nicht das kleinste Zeichen von Reue gezeigt. Er war jedoch bei seiner Behauptung geblieben, dass Rolf Bodenfeld nichts mit dem Anschlag zu tun hatte.

Eigentlich bin ich nicht hergekommen, um über den Fall zu grübeln, dachte Azra und sah die zwei Männer abschätzend an, die sich nach ihr an die Theke gesetzt hatten. Azra schätzte sie auf Mitte zwanzig, etwas jünger als sie. Beide hatten kurze Haare, dafür umso längere Bärte. Sie trugen Jeans und Kapuzenshirts und gaben sich betont locker. Wahrscheinlich machen sie irgendwas mit Medien, dachte Azra. Als die zwei sie neugierig musterten, blickte sie schnell weg. Was will ich hier?, fragte sie sich. Mit den beiden etwas anfangen jedenfalls nicht. Sie hatte romantischere Vorstellungen davon, wie sie einen Mann kennenlernen wollte: Wenn sie sich für jemanden interessierte, sollte der Auserwählte sie ansprechen, und zwar so, dass sie gar nicht anders konnte, als sich in ihn zu verlieben. Auf gar keinen Fall durfte er durch plumpe Anmache gleich am Anfang alles verderben. Dabei musste der Traummann auch äußerlich ihrer Vorstellung eines solchen entsprechen: groß, schlank, nicht zu muskulös, längere Haare, und wenn einen Bart, dann kurz und gepflegt. Wahrscheinlich waren ihre Ansprüche einer der Gründe, warum sie seit Jahren solo war. Unverbindliche und meist enttäuschende One-Night-Stands waren nicht ihre Sache, auch wenn sie damit bereits Erfahrungen gesammelt hatte. Schon häufiger hatte sie sich gefragt, woher ihre Vorstellungen kamen und sie am Ende auf ihre Erziehung geschoben. Insbesondere ihre Mutter hatte ihr von klein auf beigebracht, dass ihre Bestimmung darin lag, später einmal einen Märchenprinzen zu heiraten. Obwohl sie das damit verbundene Frauenbild ablehnte und sich für emanzipiert hielt, schien es doch tief in ihr zu sitzen.

Wie verlogen dieses Ideal war, hatte sie mit siebzehn Jahren am eigenen Leib erfahren. Damals hatten ihre Eltern ihr eröffnet, dass sie sie mit einem Cousin in Izmir verheiraten wollten, dessen Vater einigen gesellschaftlichen Einfluss in der türkischen Metropole hatte. Daraufhin war sie von zuhause weggelaufen und erst nach wochenlangem Flehen der Mutter zurückgekommen. Ihr Vater hatte ein halbes Jahr lang nicht mehr mit ihr gesprochen. Als Azra an Damla dachte, schossen ihr die Tränen in die Augen. Azra liebte ihre Mutter trotz allem. Dass ihr Vater sie in ein Pflegeheim abschieben wollte, konnte sie nicht zulassen!

Sie stand auf und ging zur Theke, um zu zahlen. Dabei registrierte sie, dass die Blicke der Männer ihr folgten. Pech gehabt, dachte sie. Ihr seid eurer Traumfrau begegnet – aber sie will euch nicht.

Sie schlenderte über die Oxfordstraße in Richtung Rhein. Es war angenehm warm und roch nach Frühling. Allmählich entspannte sie sich. Am Bertha-von-Suttner-Platz hielt eine Straßenbahn. Fahrgäste stiegen aus. Azra fielen zwei Männer mit längeren Haaren in Jeans und Lederjacken auf, die sich angeregt unterhielten und wie sie in Richtung Rhein gingen. Erst konnte sie sie nur von hinten sehen, doch plötzlich drehte sich der eine der beiden halb zur Seite und wandte ihr sein Profil zu. Er war groß, schlank, hatte lange braune, lockige Haare und einen kurz geschnittenen Bart. Kein Zweifel, es war Philipp.

Sie hatte ihr Auto in der Opern-Tiefgarage geparkt, hätte also geradeaus weitergehen müssen. Die beiden Männer bogen links in die Sandkaule ab. Azra folgte ihnen. »Was mache ich hier eigentlich?«, fragte sie sich. Unwillkürlich ließ sie sich zurückfallen, um nicht entdeckt zu werden. Doch die beiden unterhielten sich angeregt und dachten nicht daran, sich umzudrehen.

Nach einigen Metern bogen Philipp und der Unbekannte rechts in die Josefstraße ab. Azra wurde neugierig. Wo sie wohl hinwollten? In ihrem geistigen Kneipenatlas war in der Nähe keine zu Philipp passende Lokalität angesiedelt. Vielleicht wohnte Philipps Bekannter hier. Plötzlich blieben die beiden vor einem Haus stehen. Philipp drehte sich um. Schnell duckte sich Azra hinter einem Strauch. Dann öffnete sich eine Tür und sie gingen hinein. Kurz darauf erreichte sie das Gebäude. »Bobas« stand auf dem Kneipenschild über der Tür. Und darunter: »Gay Club No. 1«. Azra schüttelte den Kopf. Kein Zweifel: Die beiden waren in Bonns älteste Schwulenbar gegangen.

11

Philipp wurde gegen sieben vom Klingeln des Weckers wach. Sein Kopf fühlte sich an wie ein vollgesogener Schwamm. Er hatte fürchterliche Kopfschmerzen. Nachdem er sich mit seiner La Pavoni einen Espresso gekocht hatte, ging es ihm besser. Er dachte an den gestrigen Abend. Wie hatte er nur so enden können? Er erinnerte sich, dass Jannis und er nach einem vielversprechenden Auftakt mit einigen Kölsch im Machold ins Bobas weitergezogen waren. Obwohl sie beide dem weiblichen Geschlecht durchaus zugeneigt waren, machten sie das häufiger. Im Bobas war es nicht so laut wie in anderen Kneipen, und man konnte sich gut unterhalten. Die Stimmung war zwanglos, und in der Regel wurde man nicht angemacht. Zudem gab es dort eine Dartscheibe, und beide waren begeisterte Spieler. Philipp grinste. Wie gut, dass seine Kollegen nicht wussten, wo er abends verkehrte. Das hätte den ohnehin schon florierenden Flurfunk über ihn und seinen wenig beamtenhaften Lebensstil sicher weiter befeuert.

Philipp erinnerte sich, dass er mit Jannis über eine gemeinsame Griechenlandreise vor ein paar Jahren gesprochen hatte. Damals waren sie zu den Wurzeln der griechischen Kultur und damit ihren eigenen gereist: Athen, Delphi, Epidauros, Olympia … Der Kellner brachte ein Kölsch nach dem anderen, und sie redeten sich in Begeisterung. Da sie beide am nächsten Tag arbeiten mussten, hatten sie sich darauf verständigt, spätestens um zwölf aufzubrechen. Aber dann hatten sie den Absprung verpasst. Was danach passiert und wie er in sein Bett gekommen war, daran konnte er sich nicht erinnern.

Nachdem er sich wieder halbwegs munter fühlte, beschloss er, ins Präsidium zu fahren. Er hatte einen wichtigen Anruf zu erledigen. Trotz des morgendlichen Berufsverkehrs brauchte er auf der Ludwig-Erhard-Allee nicht länger als fünfzehn Minuten bis zur Königswinterer Straße. Nachdem er in seinem Büro einen weiteren Espresso getrunken hatte, der geschmacklich nicht an den vom frühen Morgen herankam, setzte er sich kurz nach neun an den Computer. Er gab in Google die Suchworte »Polizei« und »Mostar« ein und deaktivierte die Einstellung, die ihm nur deutschsprachige Ergebnisse anzeigte. Mithilfe seines lückenhaften serbokroatischen Wortschatzes, den er sich früher einmal bei Ausgrabungen südlich von Sarajevo angeeignet hatte, überlas er die angezeigten Seiten. Innerhalb von wenigen Minuten hatte er drei unterschiedliche Rufnummern und eine E-Mail-Adresse der Polizeidienststelle in Mostar gefunden. Er notierte sich die Ergebnisse und wählte die erste Telefonnummer. Eine Frauenstimme meldete sich, und er bat darum, mit der Kriminalpolizei verbunden zu werden. Sie sagte etwas, das er nicht verstand, es knackte, und kurz darauf ertönte das Besetztzeichen. Philipp probierte die zweite Nummer. Dieses Mal kam das Freizeichen, aber es nahm niemand ab. Beim dritten Versuch landete er bei einer anderen Frau, die ihn umgehend weiterverband. Kurz darauf nahm jemand auf der Gegenseite ab. Die Frau am anderen Ende der Leitung hörte sich sehr bestimmt an. Sie nannte ihre Funktion und ihren Namen, den Philipp nicht verstand. Er sagte in holprigem Serbokroatisch die zwei Sätze, die er sich vorher notiert hatte.

»Hier spricht Marija Illic von der Kriminalpolizei in Mostar«, antwortete die Frau auf Englisch. »Wenn ich Sie richtig verstanden habe, sind Sie von der deutschen Polizei und möchten eine Auskunft haben.« Philipp wechselte ebenfalls ins Englische und erläuterte sein Anliegen. Als er fertig war, schwieg sie erst einmal. Philipp dachte schon, die Verbindung wäre unterbrochen, als sie endlich antwortete: »Ihr Anruf ist ziemlich ungewöhnlich.« Ihr Englisch war gut, wenn auch mit starkem Akzent. »Die Namen Stjepan Novak und Milan Pzov sind mir bekannt. Sie stehen für einen dunklen Teil unserer Geschichte, an den hier niemand gerne erinnert werden möchte. Vor allem aber wollen Sie Informationen über den damaligen Bürgermeister von Mostar Dario Kovac und einen gewissen Pavel Horvat. Können Sie mir bitte noch einmal erklären, warum?«

Philipp sagte es ihr. Ohne in Einzelheiten zu gehen, erzählte er von den beiden Morden und dem Verdacht, sie könnten etwas mit den Verbrechen von Novak und Pzov zu tun haben.

»Und Sie denken wirklich, dass der kroatische Geheimdienst dahintersteckt?« Die Skepsis in ihrer Stimme war unüberhörbar.

»Oder eine Organisation, die ihm nahesteht«, sagte Philipp.

»Tatsächlich gibt es in Kroatien Bestrebungen, die früheren Kriegsverbrecher zu schützen und ihre Taten zu vertuschen«, sagte Marija Illic. »Teilweise werden diese von höchster Stelle unterstützt. Aber selbst wenn Sie recht haben: Wie sollte ich Ihnen helfen können? Ich bin nur eine kleine Kriminalbeamtin in Mostar. Und Sie sind Kommissar in Bonn. Oder behaupten es zumindest. Denn woher soll ich wissen, dass Ihre Geschichte stimmt?«

Philipp entgegnete, dass sie ihn ja über seine Dienststelle anrufen könne.

Sie schwieg einen Moment, bevor sie fortfuhr: »Gut, ich setze mal voraus, dass Sie wirklich von der deutschen Polizei sind. Aber auch wenn ich wollte, kann ich Ihnen nicht einfach Informationen geben, die unser Land betreffen. Dafür gibt es internationale Abkommen. Und um diesen gerecht zu werden, müssen Sie offiziell über das Innenministerium um Amtshilfe bitten. Wenn diese genehmigt wird, kann Ihnen jemand von der Regierung oder den örtlichen Behörden helfen. Verstehen Sie das?«

Philipp überlegte. Was sollte er sagen? Dass ihn sein Chef nicht unterstützte? Oder dass ihnen die Zeit davonlief? Sie deutete sein Schweigen richtig: »Sie brauchen die Informationen möglichst schnell, Herr …? Sagen Sie mir noch einmal Ihren Namen.«

Philipp nannte ihn. »Das ist ein griechischer Name, oder? Wieso sprechen Sie unsere Sprache?«

Sie hörte aufmerksam zu, als er es erklärte.

»Philipp, ich darf Sie doch so nennen? Ich mag Ihre Stimme, sie klingen sympathisch. Aber um Ihnen helfen zu können, brauche ich etwas Offizielles. Sie müssen Ihre Hausaufgaben machen. Dann können Sie mich gerne noch einmal anrufen.« Bevor sie auflegte, gab sie ihm ihre Telefonnummer.

Philipp blieb einige Minuten sitzen, den Telefonhörer in der Hand. Er war frustriert. Was hatte ihm das Gespräch gebracht? Gar nichts. Im Gegenteil hatte er sich bei der toughen Polizistin in Mostar zum Narren gemacht. Und sie hatte klar zum Ausdruck gebracht, dass sie ihm inoffiziell nicht helfen würde. Azra, die plötzlich in der Tür stand, riss ihn aus seinen Gedanken.

»Guten Morgen«, sagte sie. Er nickte kurz. Nach dem erfolglosen Telefonat hatte er keine Lust auf Smalltalk.

»Ist Rodenstock schon da?«, fragte er kurz angebunden.

»Ja«, antwortete sie ebenso einsilbig. »Er will übrigens mit dir sprechen.«

Philipp hatte den Eindruck, dass sie ihn sonderbar ansah. »Ist etwas?«, fragte er.

Azra zögerte. »Nein, alles okay«, sagte sie dann.

»Hast du schon etwas über Pzov und Novak herausbekommen?«, wollte er wissen.

»Die Anklage gegen Novak habe ich gelesen. Und noch einiges über die beiden recherchiert. Willst du es hören?«

Philipp nickte.

Sie setzte sich an den kleinen Konferenztisch mit den drei Stühlen.

»Fangen wir mit Stjepan Novak an. Nach meinen Recherchen war er eine schillernde Figur, die sich nicht mit normalen militärischen Maßstäben messen lässt.«

»Wie meinst du das?«

»Novak war eigentlich kein Soldat. Er hat Elektrotechnik, Philosophie und Theaterwissenschaften studiert. Bis in die 1980er-Jahre arbeitete er als Regisseur und Intendant an verschiedenen Theatern und drehte Filme.«

»Das hast du aber nicht aus der Anklageschrift.«

»Nein, natürlich nicht. Das Netz ist voll mit Artikeln über ihn.«

»Warum ist er dann zum Militär gegangen?«

»Novak war glühender Nationalist, träumte von einem großkroatischen Reich. 1991 schloss er sich als Freiwilliger der kroatischen Armee an und machte dort eine steile Karriere. Nach Ausbruch des Bosnienkrieges 1992 kommandierte er die Truppen des HVO.«

»Also der militärischen Organisation der bosnischen Kroaten?«

»Richtig. Als deren zeitweiliger Oberbefehlshaber wurden ihm Morde, Vergewaltigungen, Folter und ethnische Säuberungen vorgeworfen. Für diese Verbrechen und die Zerstörung der berühmten historischen Brücke, des Wahrzeichens von Mostar, verurteilten ihn die Richter am Ende zu zwanzig Jahren Haft.«

»Und Pzov?«

»Jetzt wird es interessant. Gegen ihn ist bisher in Den Haag keine Anklage erhoben worden. Sein Prozess soll aber bald beginnen. Ein genaues Datum wird in Kürze bekannt gegeben.«

»Was ist daran so spannend?«

»Novak hat zwanzig Jahre bekommen. Wird er für schuldig erklärt, hat Pzov kaum weniger zu erwarten. Deshalb hat er viel zu verlieren. Nach meinen Informationen war er derjenige, der als Stellvertreter Novaks die eigentliche Drecksarbeit gemacht hat. Das heißt, dass er für die Vertreibungen und Erschießungen mitverantwortlich war. Bewiesen ist das allerdings nicht. Viel wird von den Zeugen abhängen, die im Prozess zu Wort kommen.«

»Du meinst, da kommt es ihm gelegen, dass Kovac und Horvat nicht mehr gegen ihn aussagen können?«

»Vielleicht haben die beiden während des Angriffs auf Mostar Verbrechen Pzovs und Novaks mitbekommen oder wurden sogar zur Kollaboration gezwungen – zum Beispiel, als es darum ging, die Zwangsvertreibungen der Bosniaken zu organisieren. Das wäre nicht ungewöhnlich. Aber noch sind das alles nur Vermutungen.«

Philipp nickte nachdenklich: »Mehr werden wir ohne die Unterstützung der Behörden vor Ort kaum herausbekommen. Und dafür müssen wir wohl offiziell Amtshilfe beantragen. Rodenstock wird aber nicht zustimmen, solange er davon überzeugt ist, dass das ›Aktionskomitee Rheinland‹ hinter den Morden steckt.«

»Frag ihn trotzdem«, sagte Azra. »Er wollte doch ohnehin mit dir sprechen.«

»Ja, das werde ich. Übrigens: Danke, das war gute Arbeit.«

»Nichts zu danken«, sagte sie förmlich. Erneut hatte er das Gefühl, dass sie ihn komisch ansah.

***

Falls das überhaupt möglich war, sah Rodenstocks Büro noch geleckter aus als sonst. Kein noch so kleines Blatt Papier beeinträchtigte die perfekte Ordnung auf seinem Schreibtisch. Neben Laptop und Telefon lag nur ein silberner Füller. Philipp fragte sich, was Rodenstock damit vorhatte. Vielleicht musste er ja doch von Zeit zu Zeit etwas unterschreiben. Das war zwar nicht papierlos, unterstrich aber seine Bedeutung als Leiter der Direktion Kriminalität. Als Philipp den Raum betrat, telefonierte Rodenstock. Unaufgefordert setzte sich Philipp an den vor Sauberkeit spiegelnden Konferenztisch. Mit einer ebenso höflichen wie umständlichen Verabschiedung beendete Rodenstock das Gespräch. Das kann keiner seiner Mitarbeiter gewesen sein, dachte Philipp.

»Wo stecken Sie denn?« Rodenstock kam sofort zur Sache. »Ich habe mit der Polizeipräsidentin gesprochen. Sie wollte wissen, wie die Pressekonferenz gelaufen ist.«

Er wartete einen Moment, um Philipp die Gelegenheit zu geben, etwas zu sagen, aber der schwieg.

»Das ist eine Katastrophe!«, erregte sich Rodenstock. »Jetzt werden wir sogar beschuldigt, rechten Terroristen Vorschub zu leisten. Wie stehen wir gegenüber der Öffentlichkeit da? Es gibt zwei potenzielle Täter aus der rechten Szene in Bonn, und wir sind nicht in der Lage, ihnen etwas nachzuweisen.«

»Immerhin haben wir Jonas überführt, die Moschee angezündet zu haben.«

»Leider erst nach der Pressekonferenz«, sagte Rodenstock kühl.

Philipp sah ihn fragend an: »Wie meinen Sie das?«

»Sie haben noch keine Zeitung gelesen, oder? Die Journalisten haben direkt nach der Pressekonferenz gestern die Artikel geschrieben, mit denen sie uns in der heutigen Ausgabe zerreißen. Dass der Brandanschlag aufgeklärt ist, ist schön und gut, aber damit stellt sich die Frage nach dem Verantwortlichen für die beiden Morde noch drängender. Und da ein Zusammenhang zwischen den Taten naheliegt, wird man jetzt umso lauter fragen, wieso wir immer noch kein Geständnis von Bodenfeld haben.«

»Sie gehen davon aus, dass er der Mörder ist?«

»Das ist doch offensichtlich.« Offensichtlich war auch, dass sein Chef die Geduld verlor. »Sie haben mir doch seinerzeit erklärt, wie erfolgreich Ihre archäologische Vorgehensweise in der Kriminalistik ist. Wie war das noch? Sie legen die Dinge frei, indem Sie alles nicht Dazugehörige eliminieren. Dann machen Sie das doch endlich! Konzentrieren Sie sich auf Bodenfeld und seine Neonazi-Bande! Schließlich ist sein Messer die Tatwaffe.«

»Selbst wenn es seins wäre, was er bestreitet, ist nicht bewiesen, dass er damit die Morde begangen hat«, widersprach Philipp.

»Eine Gruppe wie das ›Aktionskomitee Rheinland‹ entsteht nicht aus dem Nichts«, insistierte Rodenstock. »Die Anschläge wurden vorbereitet – es muss Spuren und eine Kommunikation der Mitglieder untereinander gegeben haben.«

»Letzteres gibt es natürlich«, sagte Philipp. »Aber vieles deutet darauf hin, dass das ›Aktionskomitee‹ eher ein loser Haufen von Verbalextremisten ist und keine straff organisierte terroristische Vereinigung.«

»Und der Anschlag auf die Moschee?«

»Aller Wahrscheinlichkeit nach hat ihn Jonas allein durchgeführt – möglicherweise auf Befehl von Bodenfeld.«

Rodenstock sah ihn zweifelnd an: »Für mich klingt das so, als würden Sie noch immer im Dunkeln tappen.«

»Und ich habe den Eindruck, Sie wollen unter allen Umständen einen Täter mit rechtsextremistischem Hintergrund haben. Und dabei ignorieren Sie alle Hinweise, die in eine andere Richtung deuten.«

Einen Augenblick lang sah Peter Rodenstock aus, als würde er platzen. Dann holte er tief Luft und fragte: »Und welche Hinweise ignoriere ich?«

Philipp fasste sein Gespräch mit Aisa zusammen und berichtete, was sie bisher über Novaks und Pzovs Taten im Bosnienkrieg wussten.

Rodenstock wirkte nicht überzeugt: »Niemand weiß, wie ernsthaft diese angebliche Drohung gegen Kovac ist. Und die Notiz kann er zu einer ganz anderen Zeit geschrieben haben.«

Philipp schüttelte den Kopf: »Die Tochter ist sicher, dass sie vom Tag des Anrufs stammt. Außerdem haben wir in dem Auto, das am Morgen des Mordes an Kovac in unmittelbarer Nähe des Tatorts stand, kroatische Zigaretten gefunden. Wahrscheinlich sind sie dem Mörder, ohne dass er es anfangs gemerkt hat, zwischen die Vordersitze gerutscht.«

»Was wollen Sie jetzt unternehmen?«, wollte Rodenstock wissen.

»Ich bin sicher, dass das Motiv für die Morde in Bosnien oder Kroatien zu finden ist. Um herauszubekommen, welche Rolle die beiden Mordopfer bei dem Angriff der kroatischen Armee auf Mostar gespielt haben, brauche ich Informationen von der dortigen Polizei. Und die bekomme ich nur über eine offizielle Amtshilfe. Außerdem will ich beim kroatischen Innenministerium anfragen, ob man dort Erkenntnisse über eine Organisation in Zusammenhang mit dem Geheimdienst bzw. der früheren kroatischen Armee in Bosnien hat.«

»Und dafür brauchen Sie meine Unterstützung?«

»Wenn wir das Amtshilfeersuchen über Sie laufen lassen, wird es vermutlich schneller gehen.«

Rodenstock dachte eine Weile nach. »Gut, ich helfe Ihnen«, sagte er schließlich. »Ich beantrage Amtshilfe bei den kroatischen und bosnischen Behörden. Ich habe allerdings keine Ahnung, wie lange das dauert. Zumal Ihre Anliegen gelinde gesagt ungewöhnlich sind. Ich glaube immer noch, dass Sie sich da in etwas hineinsteigern. Ich will mir später jedoch nicht nachsagen lassen, ich hätte Ihre Hinweise ignoriert.« Er stand auf. »Ich stelle aber eine Bedingung. Ich verlange, dass Sie sich vorrangig um die Neonazi-Spur kümmern.«

Philipp nickte und ging zur Tür. Rodenstock rief ihn zurück. »Ab jetzt stehen Sie unter verschärfter Beobachtung.«

»Was heißt das?«

»Uns läuft die Zeit davon. Die Polizeipräsidentin hat einen Anruf vom Innenminister bekommen, in dem er seine Besorgnis über einen möglichen terroristischen Hintergrund der Morde äußert. Wenn Sie bis Anfang kommender Woche keine greifbaren Ergebnisse vorlegen, werde ich die Leitung der Ermittlung jemand anderem übertragen. Oder …«

Rodenstock stand auf, ohne den Satz zu vollenden.

»Oder?«, fragte Philipp.

»Sind Sie wirklich so naiv, wie Sie tun? Oder der Generalbundesanwalt und das BKA nehmen uns den Fall weg.«

12

Mirko saß am frühen Nachmittag im Kult-Lokal »Ständige Vertretung« am Terminal eins des Köln-Bonner Flughafens und trank einen Kaffee. Alles war nach Plan verlaufen. Er hatte die Aufträge des Generals erledigt – schnell und effizient, wie man das von ihm erwartete. Bevor er endgültig reinen Tisch machen konnte, hatte er noch etwas zu erledigen, etwas Privates, von dem der General nichts wissen durfte.

Eine kleine Unachtsamkeit hatte er sich erlaubt: die Zigarettenschachtel, die ihm zwischen die Sitze des geklauten Audi gerutscht war. Er hatte sie nicht mehr herausbekommen. Der Zwischenraum zwischen Sitz und Mittelkonsole war für seine großen Hände zu schmal. Irgendwann hatte er es aufgegeben. Mirko lächelte. Selbst wenn die Polizei sie finden würde: Was sollten sie schon damit anfangen? Nach der letzten Zigarette hatte er die Schachtel gewohnheitsmäßig abgewischt. Außerdem schärften solche kleinen Fehler das Bewusstsein dafür, beim nächsten Mal noch vorsichtiger zu sein.

Seinen Beruf hatte sich Mirko nicht ausgesucht. Der Beruf hatte sich ihn ausgewählt. Bereits im Bosnienkrieg, den er als Kind miterlebte, war er fasziniert von Kampf und Gewalt und der damit verbundenen Macht. Nie würde er den Tag Anfang November 1993 vergessen, als die kroatische Armee die Brücke von Mostar, Stari Most, so lange mit Panzern beschoss, bis sie zusammenbrach – das jahrhundertealte Symbol für die Verbindung zwischen Christenheit und muslimischer Welt. Er hatte damals bei seinem Onkel im Westteil der Stadt gewohnt und insgeheim gejubelt. Was für ein Spektakel, und welche Demonstration der Macht!

Jahre später – er war inzwischen ein kräftiger junger Mann – beschloss er, sich der Seite der Sieger anzuschließen. Und diese waren für ihn die Kroaten. Im Sommer 1995 war es der kroatischen Regierungsarmee gelungen, die Republik Serbische Krajina zu erobern und die Serben auch in Bosnien in die Defensive zu bringen. Für ihn wie für viele andere Kroaten war das der Befreiungsschlag, der zum Ende des Krieges führte.

2008 beschloss Mirko, sich vom kroatischen Geheimdienst anwerben zu lassen. Entsprechende Kontakte hatte er während seines Militärdienstes beim bosnischen Militär aufgebaut, den er im kroatischen Regiment abgeleistet hatte. Die drei Regimenter (es gab noch ein bosniakisches und ein serbisches) waren 1995 mit dem Abkommen von Dayton geschaffen worden und sollten die Traditionen der historischen Streitkräfte der drei Nationen fortsetzen.

Gegen Ende seiner Militärzeit lernte er über seinen Vorgesetzten den General kennen. Dieser hatte als aktiver Soldat im kroatischen Heer seine letzten Dienstjahre damit verbracht, eine kleine, aber schlagkräftige Geheimorganisation aus Kriegsveteranen, jungen glühenden Patrioten aus dem Militär und Geheimdienstlern des SOA aufzubauen. »Crna legija«‹, auf Deutsch »Schwarze Legion«, war ihr Name.

Mirko erhielt in einem befreundeten Land eine spezielle Agentenausbildung, die seine militärischen Fähigkeiten, die er bereits als Soldat unter Beweis gestellt hatte, vervollkommnete. In seiner Freizeit lernte er Sprachen, unter anderem Deutsch und Russisch. Der General, der in dieser Zeit zu seinem persönlichen Mentor wurde, war es auch, der auf den Gedanken kam, ihn nach Deutschland zu schicken. Vor allem im Köln-Bonner Raum lebten viele Bosniaken, die während des Krieges geflohen waren. Die meisten von ihnen hatten die Übergriffe der HVO und ihrer Generäle am eigenen Leib erlebt. Mirko bekam den Auftrag, die bosniakischen Gemeinden und ihre aktiven Vertreter mit politischen Kontakten in die Heimat zu beobachten, Äußerungen im Hinblick auf

Kriegsverbrechen kroatischer Führer genauestens festzuhalten – und falls nötig zu unterbinden.

Mirko winkte den Kellner herbei, um zu zahlen. Aus den Augenwinkeln sah er, dass ein Mann südländischer Herkunft am anderen Ende des Raumes von seiner Zeitung aufblickte. War das ein Zufall? Oder beobachtete ihn jemand? Mirko setzte sich wieder und wartete. Einige Minuten später stand der Fremde auf, zahlte und verließ die »Ständige Vertretung«. Mirko entspannte sich. Bisher war alles nach Plan gelaufen. Jetzt musste er nur noch das Geld beschaffen.

***

Die Pistole, die der Mann in den Händen hielt, war auf Azras Herz gerichtet. Erschrocken wich sie zurück.

Nach einer längeren Mittagspause, in der sie bei ihrer Mutter in Duisdorf nach dem Rechten gesehen hatte, hatte sie beschlossen, in Richtung Bad Godesberg zu fahren. Sie würde sich noch einmal die Kovacs, Persics und Mustafa Maric vornehmen. Azra war unzufrieden. Sie kamen nicht weiter. Die Nazi-Spur entwickelte sich zu einer Sackgasse, während der Druck, der Öffentlichkeit endlich den Mörder der beiden Kroaten zu präsentieren, zunahm – vor allem auf Philipp, der als leitender Ermittler am ehesten im Fokus stand. Sie musste ihm helfen, mehr, als sie das bisher vermocht hatte! Aber wie? Der Ausgang des Amtshilfeverfahrens, das Rodenstock eingeleitet hatte, war ungewiss. Ohne Hilfe von außen würde jedoch auch die Bosnien-Spur im Sande verlaufen. Deshalb erschien es ihr als das Erfolgversprechendste, sich die Beziehungen der ehemaligen Flüchtlingsfamilien untereinander anzusehen. Fragen gab es genug: War Ivan Persic, der die Morde vorab bei der Polizei gemeldet hatte, wirklich von Bodenfeld bedroht worden? Oder deckte er jemanden? Vielleicht doch seinen Bruder Andrej, dessen Hochzeit mit Aisa Dario hatte verhindern wollen? Und wie passte Pavel Horvat ins Bild?

Sie beschloss, zuerst die Persics aufzusuchen. Möglicherweise war ja Ivan wieder zuhause. Und Andrej auch. Dann erfuhr sie vielleicht etwas mehr über die Beziehung der beiden ungleichen Brüder.

Auf dem Weg in die Paracelsusstraße fuhr sie einen Bogen über die Drachenburgstraße. Das frühere Gemeindezentrum der Bosniaken war nur noch eine Ruine. Im ersten Stock sah man die schwarzen Brandflecken unter den glaslosen Fensterreihen. Zur Straße hin war das Gebäude durch einen Bretterzaun abgesperrt. Sie fand, dass das Haus gespenstisch aussah. Wo Mustafa Maric jetzt wohl wohnte?

Langsam hob sie die Hände. Dabei sah sie Ivan Persic ins Gesicht.

»Legen Sie die Waffe weg«, sagte sie. »Ich will nur mit Ihnen reden.«

»Aber ich nicht mit Ihnen«, erwiderte der stämmige Bosniake. »Erst warne ich Sie vor dem Mörder, und dann liefern Sie mich einfach diesem Monster aus.«

»Wenn Sie Rolf Bodenfeld meinen: Der sitzt in Untersuchungshaft, genauso wie Nick Jonas.«

»Stimmt das?«, fragte Persic immer noch unruhig.

»Warum sollte ich Sie belügen?« Bedächtig ging Azra auf Ivan Persic zu. »Lassen Sie mich jetzt rein?«

Persic kniff für einen Moment die Augen zusammen, dann senkte er die Pistole und trat einen Schritt beiseite. Ohne zu zögern, ging Azra an ihm vorbei durch den Flur ins Wohnzimmer. Anders als bei der Familie Kovac wirkte dieses leer und unpersönlich. An den Wänden hingen weder Bilder noch Teppiche. Die einzigen Einrichtungsgegenstände waren ein billig wirkender Tisch mit vier Stühlen und ein Sofa auf der anderen Seite des Zimmers, vor dem ein großer Fernseher stand. Der Raum sieht aus, dachte Azra, als wären die Persics nicht hier angekommen – oder, als ob sie bald wieder wegwollten.

Ohne eine Aufforderung setzte sie sich an den Tisch. »Ist ihr Bruder auch da?«, fragte sie.

»Nein, er ist heute den ganzen Tag unterwegs. Er arbeitet im Außendienst, deshalb ist er selten zuhause.«

»Wie ist Ihr Verhältnis zu Andrej?«, fragte sie.

Ivan Persic zögerte. »Warum wollen Sie das wissen?«

»Reine Routine. Antworten Sie einfach auf meine Frage.«

»Wir stehen uns nah. Obwohl wir unterschiedlich sind.«

»Warum ist Ihr Bruder nach Deutschland gekommen?«

»Er hat zuhause keine berufliche Zukunft gesehen. Der Wirtschaft in Bosnien-Herzegowina geht es schlecht. Viele junge Menschen sind arbeitslos.«

»Warum sind Sie damals mit Kovac und Horvat geflüchtet? Und haben Ihren Bruder, der zu der Zeit noch ein Kind war, allein zurückgelassen?«

»Die Soldaten der HVO beobachteten seit Tagen Darios Haus. Er hatte Angst, dass sie ihn festnehmen würden.«

»Gab es dafür einen Grund?«

Ivan Persic zögerte: »Das ist sechsundzwanzig Jahre her«, sagte er dann. »Was haben die Ereignisse von damals mit den Morden an Dario und Pavel zu tun?«

»Bitte beantworten Sie meine Frage.«

»Es war der Morgen des 9. November 1993 – der Tag, an dem die alte Brücke Stari Most zerstört wurde. General Milan Pzov hatte auf Befehl Stjepan Novaks Dario und Pavel gezwungen, bei diesem Ereignis dabei zu sein.«

»Warum diese beiden?«

»Dario war zu der Zeit Bürgermeister, Pavel sein Stellvertreter. Novak fand es passend, sie zusehen zu lassen, wie das Wahrzeichen ihrer Stadt in der Neretva versank. Schon vorher hatte er sie gezwungen, mit der HVO zu kollaborieren, und bei der Vertreibung der Bosniaken aus der Stadt zu helfen.«

»Und das haben sie gemacht?«

»Was blieb ihnen anderes übrig? Damals wurden mehrere tausend Bosniaken verjagt und in Lagern interniert. Ihre Häuser wurden zerstört. Hätten die beiden sich widersetzt, wären sie von Pzov erschossen worden.«

»Woher wissen Sie das alles?«, fragte Azra.

»Dario hat es mir erzählt.« Ivan Persic schwieg einen Moment, bevor er fortfuhr: »Dario musste mit ansehen, wie Soldaten eine Sprengladung im östlichen Bogen der Brücke befestigten. Dann begann ein Panzer mit dem Beschuss. Plötzlich liefen zwei junge Männer von hinten auf den Panzer zu und bewarfen ihn mit Steinen.« Er sah Azra in die Augen: »Pzov zog eine Pistole und erschoss die beiden.«

Azra schwieg einen Moment. »Haben Sie auch zugesehen?«, fragte sie dann leise.

Ivan Persic schüttelte mit dem Kopf: »Nein, das weiß ich von Dario.«

»War Pavel ebenfalls Zeuge der Morde?«

»Soweit ich weiß, ja.«

»Warum sind Sie mit den beiden geflohen?«

»Ich wohnte bei Dario. Wir sind Cousins und hatten schon immer ein enges Verhältnis zueinander. Ich habe ihm geholfen, sein Haus zu bauen. Als Pzovs Schergen begannen, das Haus zu beobachten, bekam ich es mit der Angst zu tun. Dario und Pavel beschlossen, mich mitzunehmen. Andrej war noch zu klein. Deshalb blieb er bei seinem Onkel, wo ich ihn in sicherer Obhut wusste.«

Ivan schwieg. Azra versuchte, das Gehörte zu verdauen. Schließlich fragte sie: »Nach Novaks Tod muss sich jetzt Milan Pzov in Den Haag verantworten. Halten Sie es für möglich, dass Pzov Kovac und Horvat wegen der Ereignisse von damals hat beseitigen lassen?«

Er schüttelte entschieden den Kopf: »Nein, es war Bodenfeld. Er hat meine Freunde aus Hass umgebracht.«

»Können Sie das belegen? Beweisen Sie mir, dass er derjenige war, von dem Sie erfahren haben, wann Kovac und Horvat sterben würden.«

Ivan Persic stand auf: »Sie glauben mir doch sowieso nicht. Ich habe schon genug gesagt.«

Azra erhob sich ebenfalls. Persic hielt sie auf: »Ich habe vorhin mit dem Imam gesprochen. Er macht sich große Sorgen.«

»Glauben Sie mir, ich finde es genauso verabscheuungswürdig wie Sie, was mit Ihrer Moschee passiert ist.«

Persic nickte. »Ich glaube Ihnen. Aber das meine ich nicht. Mustafa ist davon überzeugt, dass uns die islamische Gemeinschaft der Bosniaken in Deutschland helfen wird, eine neue Moschee zu errichten. Nein, es geht um Dario und Pavel. Nach den Gesetzen des Islam müssen sie innerhalb von vierundzwanzig Stunden bestattet werden. Fatima und Aisa haben deswegen mit dem Imam gesprochen.«

»Ich weiß. Aber wir sind in Deutschland. Und nach den deutschen Bestimmungen müssen mindestens zwei Tage zwischen Tod und Begräbnis liegen. Außerdem sind die beiden ermordet worden. Aber natürlich hoffe ich, dass die Leichen bald freigegeben werden können.«

Sie ging zur Tür. Irgendwie war sie froh, das triste Heim der Brüder verlassen zu können. Ivan Persics Gaspistole nahm sie trotz seiner Proteste mit.

Azra sah auf die Uhr. Es war bereits vier. Sie stieg in ihren verbeulten Fiat. Freunden und Kollegen, die sie darauf angesprochen hatten, erzählte sie etwas von einem Auffahrunfall – ärgerlich, aber keine große Sache. Warum sie auch Philipp nichts gesagt hatte, wusste sie selbst nicht. Leider war das nicht das Einzige, was zwischen ihnen stand. Sie dachte daran, wie sie Philipp gestern Abend nachgegangen war. Was zum Teufel hatte sie da geritten? Und wieso irritierte sie so, dass er zusammen mit einem anderen Mann ins Bobas gegangen war? Erstens besagte der Besuch allein überhaupt nichts. Und zweitens: Was ging es sie an, ob Philipp Männer oder Frauen liebte?

Sie holte ihr Handy aus der Tasche und wählte seine Nummer. Sie sah förmlich, wie er am Telefon strahlte, als sie ihm berichtete, was Ivan über Pzovs kaltblütige Exekution der beiden Steinewerfer erzählte. »Also hatte Pzov allen Grund, ihre Aussage vor Gericht zu fürchten. Und mit Ivan Persic haben wir sogar einen Zeugen für den Mord«, sagte er triumphierend.

»Leider nur indirekt«, korrigierte ihn Azra. »Er hat die Erschießungen nicht mit eigenen Augen gesehen.«

»Stimmt«, gab Philipp zu. »Trotzdem ist es ein Beleg dafür, dass wir mit der bosnischen Spur richtig liegen. Ich habe übrigens auch eine gute Nachricht.«

»Und welche?«, fragte Azra gespannt.

»Rodenstock hat mich eben angerufen. Das Innenministerium von Bosnien-Herzegowina hat unser Amtshilfeersuchen direkt an die zuständige Verwaltung des Kantons Herzegowina-Neretva weitergeleitet, zu dem Mostar gehört. Die Behörden dort haben den Eingang unseres Schreibens per E-Mail bestätigt und erklärt, dass man sich bereits mit der Polizei in Mostar in Verbindung gesetzt habe.«

»So schnell?«, staunte Azra.

»Das ist noch keine endgültige Zusage«, bremste Philipp. »Rodenstock meint, er hätte darauf hingewiesen, wie wichtig eine rasche Unterstützung für die Ermittlungen sei. Daraufhin habe man ihm signalisiert, dass der Antrag als informelle Bitte angesehen und deshalb auf dem kleinen Dienstweg bearbeitet werde.«

»Aber warum?«

»Vielleicht hat man dort nur darauf gewartet, dass sich jemand mit den Verbrechen Milan Pzovs im Bosnienkrieg beschäftigt.«

13

»Wir haben mit dem Landeanflug auf Split begonnen. Bitte klappen Sie die Tische hoch und stellen Sie die Rückenlehnen senkrecht.« Die Durchsage der Stewardess weckte Philipp. Fast die gesamten zwei Stunden Flugzeit von Köln-Bonn hatte er geschlafen. Es dauerte eine Weile, bis er wieder einen klaren Gedanken fassen konnte. Er holte ein Zitronenbonbon aus der Hosentasche und steckte es in den Mund. Die junge Kroatin, die neben ihm saß, sah aus dem Fenster aufs Meer. Dabei lächelte sie verträumt. Es war Sonntagmittag, und der Himmel war strahlend blau.

Zwei Tage waren vergangen, seitdem die bosnischen Behörden ihre Unterstützung signalisiert hatten. Am Ende war alles sehr schnell gegangen. Am Freitagnachmittag hatte ihn die sympathische Polizistin aus Mostar angerufen. Die Kantonsverwaltung würde der Bonner Polizei nach Rücksprache mit dem Innenministerium Amtshilfe gewähren. Sie sei gebeten worden, ihn nach besten Kräften zu unterstützen. Wann er denn nach Mostar kommen könne?

Philipp fühlte sich überrumpelt. Er war davon ausgegangen, dass die Amtshilfe auf dem üblichen Weg über E-Mails oder den telefonischen Austausch von Informationen laufen würde. Er befinde sich mitten in einer schwierigen Morderermittlung, und ob denn eine aufwendige Reise wirklich notwendig sei, antwortete er zögerlich.

Nach ihrem Telefonat habe sie den Eindruck gehabt, entgegnete Marija Illic, dass die Ermittlungen in Bonn in einer Sackgasse steckten und er für weitere Fortschritte die Unterstützung der Behörden in Mostar brauche. Die Anreise über Split sei schnell und problemlos zu bewerkstelligen. Vor Ort könne man gemeinsam viel effektiver die benötigten Informationen beschaffen und zeitraubende Missverständnisse vermeiden. Was er von ihrem Vorschlag halte?

Philipp überlegte nur kurz. Die Erwähnung der kroatischen Küstenstadt Split hatte etwas in ihm ausgelöst. Vor sechs Jahren war er mit seinem Bruder Nikos auf ihrer letzten gemeinsamen Reise auch über Split gefahren. Spontan sagte er zu. Sie versprach, sich um eine Unterkunft in Mostar zu kümmern, er würde sich nach einem passenden Flug erkundigen.

Die Boeing 737 setzte hart auf der Landebahn des etwa zwanzig Kilometer westlich von Split gelegenen Flughafens auf. Als er das Flugzeug verließ, registrierte Philipp, dass es deutlich wärmer war als in Bonn. Ein milder Wind strich ihm um die Nase. Auf dem Weg ins Flughafengebäude sah er auf die Adria und die nahe gelegene Insel Čiovo. In der Ankunftshalle mietete er einen Leihwagen, mit dem er – gegen einen saftigen Aufschlag – auch über die Grenze nach Bosnien-Herzegowina fahren durfte. Auf der Küstenstraße war viel Verkehr, und eine Dreiviertelstunde später passierte Philipp die Hauptstadt Dalmatiens. Vor sechs Jahren hatten sie hier in einem kleinen Hotel am Rande der Altstadt Station gemacht. Am ersten Abend aßen Nikos und er in einem kleinen Restaurant am Hafen und landeten danach in einer Disco. Bis ein Uhr morgens waren sie mit zwei kroatischen Studentinnen durch die Straßen gebummelt und hatten sich gegenseitig Geschichten erzählt. Mehr war nicht passiert. Was kostet die Welt, so hatten sie damals gedacht, und hübsche Mädchen würde es auf ihrer Reise noch genügend geben.

Hinter Split nahm der Verkehr ab, und Philipp genoss den Blick auf die dalmatinische Küste mit ihren vorgelagerten Inseln und dem karstigen Hochland. Auf Höhe des Ortes Baška Voda verließ Philipp die Küstenstraße und gelangte durch einen langen Tunnel bei Zagvozd auf die Autobahn A1, die »Dalmatina«. Auf seinen ersten Fahrten nach Griechenland war sie größtenteils noch eine kurvenreiche Landstraße gewesen. Inzwischen war die Autobahn bis nach Metković, kurz vor dem schmalen Küstenstreifen, der Bosnien-Herzegowina den Zugang zum Meer sicherte, ausgebaut.

Entlang des Neretva-Deltas wurde die Landschaft grün, und Mandarinenplantagen säumten die Straße. Gegen vier erreichte Philipp hinter Metković die Grenze. Der Zöllner sah sich seinen Pass lange und genau an. Auf bosnischer Seite wiederholte sich die Prozedur. Der Zollbeamte hier wollte auch noch die Fahrzeugpapiere sehen. Endlich winkte er Philipp durch. Hinter Metković veränderte sich die Gegend erneut. Die Landschaft um ihn herum wurde bergig. Der Weg führte Philipp weiter an der Neretva entlang. Die Orte an der Straße mit ihren Minaretten und ihrem osmanischen Charme machten ihm bewusst, dass er den mehrheitlich muslimisch besiedelten Teil der Herzegowina erreicht hatte. Obwohl Philipp die Fahrt genoss, schweiften seine Gedanken immer wieder ab.

»Wir müssen mehr über die bosnischen Familien wissen«, hatte Azra am Freitagmorgen gesagt. Fast den ganzen Tag hatten sie mit Gesprächen verbracht, erst mit Fatima und Aisa, dann erneut mit Ivan und am Ende mit Mustafa Maric, dem Imam. Mit Andrej konnten sie nicht sprechen. Ivan hatte erklärt, dass er erst am Montag wieder zurück sei.

Allmählich verfestigte sich in ihren Köpfen das Bild einer kleinen muslimischen Gemeinschaft, die durch einen starken Zusammenhalt geprägt war. Von Zeit zu Zeit organisierte Mustafa Maric Fahrten nach Köln, wo die Gemeindemitglieder gemeinsam den Gottesdienst in der größten bosnischen Moschee in Deutschland besuchten. Auch zur Gemeinde dort gab es enge Kontakte.

Dabei waren Fatima und Dario Kovac durchaus im Viertel integriert, wie man so schön sagt. Über den Laden hatte sie viele Kontakte geknüpft. Azra und Philipp hatten auch mit den Nachbarn gesprochen, die die Kovacs, Persics und Pavel

Horvat durchweg als freundlich und zugewandt beschrieben. Letzterer war im in der Nähe gelegenen Sportpark Pennenfeld als Hausmeister angestellt gewesen. Seit dem Tod seiner Frau lebte er zurückgezogen und hatte außer bei den Gottesdienstbesuchen kaum noch mit der Außenwelt verkehrt. Lediglich Mustafa Maric, der nach dem Tod von Pavels Frau das Amt des Imams übernommen hatte, schien noch regelmäßigen Kontakt zu Horvat gehabt zu haben.

Gegen vier hatten sich Philipp und Azra ins Café Bonnerie an der Fronhofer Galeria in eine ruhige Ecke zurückgezogen und ihre Eindrücke zusammengefasst. Anscheinend lebten die Bosniaken untereinander und mit ihrer Umgebung weitgehend harmonisch zusammen und wurden auch von ihren deutschen Nachbarn akzeptiert. Mustafa Maric veranstaltete sogar einmal im Jahr einen Tag der offenen Tür in der Moschee, der in der Nachbarschaft gut angenommen wurde. Vielleicht war es ja das, was Bodenfeld und seine Gesinnungsgenossen so provozierte. Dario Kovac schien die unangefochtene Autorität der Gemeinde gewesen zu sein, weswegen er Bodenfeld auch die meiste Angriffsfläche geboten hatte. Philipp dachte an Fatima Kovac, die ihnen am Ende des Gesprächs weinend erzählt hatte, dass sie und ihr Mann vor kurzem beschlossen hatten, im kommenden Jahr zurück nach Bosnien zu gehen. Dario habe sich sogar schon nach einem Haus in Sarajevo umgesehen. Philipp fragte sich, wie wohl Aisa darüber dachte, dass ihre Eltern in die Heimat zurückkehren wollten, während ihr Vater ihre gemeinsame Zukunft mit Andrej zu verhindern trachtete. Gegen vier waren sie wieder im Präsidium, wo Philipp der Anruf aus Bosnien erreichte.

***

Wenige Kilometer vor Mostar hatte sich an einer Kreuzung ein Unfall ereignet. Offenbar waren auch Tote zu beklagen. Ein muslimischer Geistlicher sprach neben einem völlig zerstörten Auto ein Gebet. Eine gespenstische Szene, die Philipp tief berührte. Erneut musste er an die letzte Reise mit Nikos denken, die so optimistisch begonnen und so schrecklich geendet hatte. Damals war er ein junger Archäologe gewesen, voller Entdeckerdrang und Begeisterung für die Schätze, die die Welt bereithielt. Auf ihrer Fahrt in Richtung Athen wollten Nikos und er auch einen Abstecher nach Mostar machen. Doch so weit waren sie nicht gekommen. Ihre Reise endete in dem kleinen Dorf Gradnići. Damals waren sie von der kroatischen Küste aus eine andere Route gefahren, die Philipp dieses Mal vermieden hatte.

Kurz vor Einbruch der Abenddämmerung erreichte er Mostar. Im muslimischen Ostteil der Stadt empfing ihn weit hörbar der Ruf des Muezzins zum Abendgebet. Das Hotel »Shangri La« lag direkt oberhalb der alten Brücke. Philipp, der eine einfache Unterkunft erwartet hatte, war überrascht, als er plötzlich vor einer eindrucksvoll beleuchteten Villa im Stil eines italienischen Landgutes stand. Marija Illics Schwager Hasan begrüßte ihn überschwänglich und bot ihm ein Abendessen im Hotel an. »Meine Frau ist die beste Köchin der Stadt«, sagte er stolz. »Sie müssen einfach bei uns essen.« Trotz der Gefahr, Hasan zu kränken, lehnte Philipp ab. Bevor er sich am nächsten Morgen mit Marija Illic traf, wollte er sich selbst ein Bild von der Stadt machen. Sein Zimmer war groß und geschmackvoll eingerichtet, auch wenn ihm die modernen Möbel nicht richtig zum Charakter des Gebäudes zu passen schienen. Dafür entschädigte ihn der Blick von der weiträumigen Dachterrasse des Hotels über das Lichtermeer der Altstadt.

Nachdem Philipp geduscht und ein frisches T-Shirt und die Lederjacke angezogen hatte, verließ er das Hotel. Eine Treppe führte ihn nach fünfzig Metern zum Aufgang der »Stari most«. Im Strom der Touristen ließ er sich über die Brücke treiben. Auf der westlichen Seite der Neretva geriet er in ein Gewirr von Souvenirläden, Restaurants, Cafés und Bars, aus denen laute Musik ertönte. Ohne echtes Interesse blieb Philipp vor dem einen oder anderen Laden stehen, in den ihn sofort aufdringliche Verkäufer zu komplimentieren versuchten. Die Auswahl an Souvenirs erschien ihm endlos. Es gab türkische Mokkatassen, bunte Ledertaschen, Silberschmuck, Magneten mit Tito-Motiv oder der Aufschrift „I love Bosnia". An einem Imbiss bestellte er sich Ćevapčići, die traditionellen gegrillten Röllchen aus Hackfleisch, dazu Wasser und Joghurt.

Philipp lief ziellos durch die Straßen. Ein Stück hinter der Brücke blieb er vor einem großen Stein stehen. »Don't forget '93«, hatte jemand darauf geschrieben. Er ließ die »Stari most« hinter sich liegen und begegnete nur noch wenigen Menschen. Er atmete tief durch und genoss die frische Luft. Er stieg eine kleine Treppe hoch und ging entlang einer größeren Straße weiter. Plötzlich sah er Einschusslöcher in den Hauswänden. Zwischendurch halbzerstörte Gebäude, von denen nur noch die Fassaden standen. Im Inneren, dort, wo früher Menschen gewohnt hatten, wuchsen Sträucher und Bäume in das brüchige Mauerwerk hinein. Ein Stück weiter in Richtung Zentrum stand er unvermittelt vor einem Friedhof. Fassungslos blickte er auf Hunderte weiße Stelen, in die Geburts- und Sterbedaten der Toten eingraviert waren. Fast alle hier Begrabenen waren 1993 umgekommen, kaum jemand war älter als fünfundzwanzig Jahre geworden.

Später in seinem Hotelzimmer konnte Philipp nicht schlafen. Vor dem Hotel lärmten Jugendliche, die ihre Handys mit einem mobilen Lautsprecher verstärkt hatten. Endlich, schon fast im Morgengrauen, träumte er sich in einen unruhigen Dämmerschlaf. Nikos und er waren in Mostar. Es war Krieg. Vor einer riesigen uralten Kanone stehend erhielten sie den Befehl, die alte Brücke zu beschießen. Ein Stück vor ihnen stand Dario Kovac, der eine Soldatenuniform trug. Er schrie sie an: »Nennt mich gefälligst General Mirko.« Nikos bediente die Kanone. Bei jedem Fehlschuss lachte Kovac hämisch. »Los jetzt, weiter schießen!«, brüllte er. Nikos traf und traf nicht. Verzweifelt sah er seinen Bruder an. Kovac zog eine Pistole und richtete sie auf Nikos. Philipp erwachte. Er dachte an den Traum und an seinen Bruder. Plötzlich war er hellwach. Mit einem Mal wusste er, warum er eigentlich hierhergekommen war.

***

Das Polizeipräsidium von Mostar war ein gesichtsloses graues Bürogebäude, das inmitten einer ebenso tristen Hochhaussiedlung nördlich des Stadtzentrums lag. Als ihn Marija Illic in ihrem Büro begrüßte, war er überrascht. Ihrer dunklen rauchigen Stimme nach hatte er sie auf Anfang vierzig geschätzt. Die Frau, die ihm am Montagmorgen gegen zehn in Uniform an ihrem Schreibtisch gegenübersaß, konnte jedoch höchstens Anfang dreißig sein. Unwillkürlich verglich er sie mit Azra. Beide waren ungefähr einen Meter siebzig groß, schlank und hatten lange schwarze Haare. Doch während Azra sie offen trug, hatte Marija Illic sie hinten zu einem Zopf zusammengebunden. Am meisten unterschieden sie jedoch ihre Gesichtszüge. Während die von Azra fast klassisch fein wirkten, war Marijas Schönheit eher herb. Dazu trug vor allem der im Verhältnis zu Augen und Nase etwas zu große Mund bei. Ein Mund, der sie, wenn sie lachte, ausgesprochen sympathisch erscheinen ließ.

Marija bot Philipp einen Kaffee an und fragte ihn auf Englisch, ob er gut geschlafen habe. Philipp bedankte sich, lobte das Hotel und ihren Schwager, deutete jedoch an, dass die Nacht eher unruhig war. Marija nickte verständnisvoll: »Manchmal denke ich, dass unsere Jugendlichen ihren Frust einfach nur wegfeiern wollen«, sagte sie.

Philipp sah sie fragend an.

»Vielleicht haben Sie noch nicht bemerkt, wie zerrissen unser Land ist«, sagte sie.

Philipp erzählte ihr von seinem abendlichen Spaziergang. Erneut nickte Marija: »Unsere unbewältigte Vergangenheit sieht man am besten hier in Mostar. Wobei ich die faktische Teilung der Stadt fast schlimmer finde als die immer noch sichtbaren Wunden an den Häusern.« Ihr Mund wurde schmal. »Sehen Sie sich die alte Brücke an. Lange war sie ein Symbol dafür, dass Bosniaken, Kroaten, Serben, Muslime und Christen friedlich in einem Land zusammenleben können. Und heute? Kroaten und Bosniaken wohnen streng getrennt auf der jeweils anderen Seite der Brücke. Beide Seiten haben ihre eigenen Stromlieferanten, Postdienste, Krankenhäuser und Universitäten. Und die Jugendlichen? Viele haben keine Arbeit und wollen so schnell wie möglich weg.« Sie hob entschuldigend die Arme. »Aber lassen Sie uns nicht über Politik reden. Schließlich sind Sie wegen etwas ganz anderem hier.«

»Es könnte sein, dass dieser Fall viel mit Politik zu tun hat«, sagte Philipp.

Der starke Kaffee, den sie ihm servierte, schmeckte ausgezeichnet. Philipp bedankte sich für die Unterstützung.

»Kein Problem. Was Sie mir erzählt haben, macht mich neugierig. Wobei ich Ihnen keine allzu großen Hoffnungen machen möchte, dass ich Ihnen helfen kann.«

»Dieses Risiko nehme ich gern in Kauf«, antwortete Philipp. Sie sah ihn spitzbübisch an. »Das hört sich ein wenig so an, als wären Sie noch aus einem anderen Grund in unserem Land.«

Philipp antwortete nicht, sondern fragte Marija, ob es normal sei, dass ein Amtshilfeverfahren in Bosnien so schnell in Gang käme.

»Ehrlich gesagt weiß ich es nicht. Das hier ist für mich die erste länderübergreifende Zusammenarbeit. Mein Chef hatte nach dem Anruf der Kantonsverwaltung die Idee, Ihre Anfrage eher als informelle Bitte anzusehen. Das hat denen da oben gut gefallen, da sie damit aus der Verantwortung raus sind.«

Marija stellte das Geschirr auf ein Tablett und holte zwei dünne Akten aus ihrer Schreibtischschublade.

»Dario Kovac« stand auf der einen, »Pavel Horvat« auf der anderen.

»Hier finden Sie das, was ich in der kurzen Zeit herausgefunden habe«, sagte sie. »Aber bevor wir über die beiden reden, bringen Sie mich doch bitte auf den aktuellen Stand Ihrer Ermittlungen in Bonn.«

Philipp rutschte auf dem unbequemen Schreibtischstuhl herum, bis er eine einigermaßen günstige Sitzposition gefunden hatte. Dann erzählte er, angefangen mit der Anzeige Ivan Persics bis zum Brand der Moschee und der Festnahme von Nick Jonas. Marija hörte konzentriert zu und machte sich Notizen. Als er den Zettel erwähnte, den er von Aisa bekommen hatte, sah sie auf. »Sind Sie sicher, was die drei Worte auf der Notiz betrifft?«, fragte sie. Philipp öffnete die Foto-App auf seinem Smartphone und zeigte ihr eine Aufnahme des Zettels.

Nachdenklich blickte sie auf das Bild: »Den Namen Mirko habe ich schon einmal gehört. Interessanterweise in Verbindung mit einer geheimdienstlichen Ermittlung.«

»Was haben Sie als Kriminalpolizistin mit dem Geheimdienst zu tun?«, fragte er.

»Nichts«, sagte sie. »Aber ich kenne jemanden, der viel über solche Dinge weiß.«

»Das ist ja wunderbar. Wäre es möglich, dass ich mit der Person sprechen kann?«

»Schwierig. Sie sind nur kurz hier, und mein Kontakt hat wenig Zeit«, antwortete sie ausweichend.

»Aber es ist sehr wichtig für mich«, insistierte Philipp. »Können Sie nicht wenigstens versuchen, ein Gespräch zu vermitteln? Ich habe ein Auto und könnte auch nach Sarajevo oder sonst wohin fahren.«

»Ich tue, was ich kann«, sagte Marija unbestimmt.

Sie öffnete die Akte von Dario Kovac. Geboren war er 1955, also zur Zeit des Bosnienkrieges nicht ganz vierzig Jahre alt. Zunächst hatte er in Sarajevo an der Fakultät für Verwaltungswissenschaften studiert. Danach schlug er eine klassische Verwaltungslaufbahn ein, erst in der bosnischen Hauptstadt, später in Mostar. Dabei zeigte er schnell eine außergewöhnliche Begabung zur Lösung schwieriger Aufgaben. Diese, gepaart mit einer für einen jungen Mann ungewöhnlichen Durchsetzungskraft, überzeugten den Gemeinderat in Mostar, ihn 1990 mit nur fünfunddreißig Jahren zum Bürgermeister zu wählen. Diese Position behielt er bis zu seiner Flucht nach Deutschland im November 1993.

Die Zeitungsartikel, die Marija Illic aus dem Stadtarchiv kopiert hatte, beschrieben Dario Kovac als engagierten Politiker, der bei den Bürgern beliebt war. Ein Zeitungsausschnitt zeigte ihn, wie er mit einem routinierten Lächeln auf den Lippen inmitten einer Gruppe von Erwachsenen und Kindern ein rotes Band zerschnitt. Das Foto, erklärte Marija, sei bei der Eröffnung einer Grundschule entstanden. Philipp legte den Artikel beiseite, während er den Dario Kovac von damals mit dem alternden Obstverkäufer verglich, der er kurz vor seiner Ermordung gewesen war. Nachdenklich schüttelte er den Kopf. Fast schien es ihm, als habe sich Kovac in Bonn verstecken wollen.

Marija Illic hatte in der Zwischenzeit weitergesprochen: »Bis hierher gibt es, zumindest auf den ersten Blick, keine Auffälligkeiten in Kovacs Lebenslauf. Er war ein erfolgreicher Lokalpolitiker, der häufig im Licht der Öffentlichkeit stand.« Sie sah Philipp an: »Was man von Pavel Horvat nicht sagen kann.« Sie öffnete die zweite, deutlich dünnere Akte. »Horvat war drei Jahre älter als Kovac. Nach einer Bankenlehre studierte er BWL und schlug danach ebenfalls den Verwaltungsweg ein. 1988 wurde er Stadtkämmerer von Mostar. Trotz seiner hervorgehobenen Position in der Stadtverwaltung damals ist er ein unbeschriebenes Blatt.«

»Aber irgendetwas über ihn muss es doch geben?«, fragte Philipp.

»Einen interessanten Artikel habe ich gefunden«, sagte sie und legte einen weiteren Zeitungsausschnitt auf den Tisch. Philipp versuchte, den Text zu lesen, verstand aber den Inhalt nicht. »Es geht um eine anonyme Anzeige wegen der Unterschlagung öffentlicher Gelder«, erklärte Marija. »1989 wurde er deswegen angeklagt. Die Ermittlungen verliefen allerdings im Sande. Und auch in seiner Personalakte steht nichts darüber.«

»Haben Sie auch etwas über eine Beziehung der beiden zu Stjepan Novak und Milan Pzov während der Belagerung Mostars herausgefunden?«, wollte Philipp wissen.

Sie sah ihn ein wenig spöttisch an: »Das ist es, was Sie wirklich interessiert, nicht? Aber dazu gibt es keine Unterlagen. Soll ich Pzov, den Einzigen, der aus diesem Kreis noch am Leben ist, anrufen und ihn persönlich fragen?«

Als sie seine Enttäuschung sah, musste sie lachen. »Möglicherweise kann ich Ihnen doch helfen«, sagte sie. »Es gibt jemanden aus der Stadtverwaltung, der damals eng mit Kovac zusammengearbeitet hat. Wie Sie sich vorstellen können, hat er jedoch keine große Lust, über diese Zeit zu reden.«

»Aber er tut es doch?«

»Ja, ich kenne ihn durch meinen Vater. Die beiden waren früher befreundet.«

»Hat ihr Vater auch bei der Stadt gearbeitet?«, fragte Philipp neugierig.

»Nein, hat er nicht«. Offensichtlich wollte sie nicht mehr sagen.

14

Am Montagmorgen um halb neun lag Azra noch im Bett. Eigentlich hätte sie längst im Präsidium sein müssen, um sich auf die morgendliche Besprechung vorzubereiten, bei der sie festlegen wollten, wie es mit der Ermittlung weitergehen sollte. Rodenstock hatte etwas von neuen Wegen gemurmelt, die sie jetzt gehen müssten. Manke und Heugel hatten pflichtschuldig genickt.

Doch Azra fühlte sich nicht in der Lage, aufzustehen. Als sie gestern Abend ihre Mutter besuchen wollte, war sie nicht in der Wohnung gewesen. Und ein Teil ihrer Sachen war ebenfalls weg. Außer sich vor Angst hatte sie ihre Tante Selin angerufen. Sie schien ihren Anruf erwartet zu haben. Zögernd sagte sie, dass ihr Vater Damla in das Heim, in dem er sie schon vor Wochen angemeldet habe, gebracht hätte. Azra solle sich keine Sorgen machen. Dort werde bestens für sie gesorgt. Ohne ein weiteres Wort legte Azra auf. So schnell sie konnte, fuhr sie zum Heim am Wesselpütz. Wenn du sie ohne meine Zustimmung da reingebracht hast, kann ich sie genauso wieder rausholen, dachte sie.

Als sie eine halbe Stunde später am Empfang stand, erlebte sie die nächste böse Überraschung. Nach einem Blick in den Computer erklärte ihr eine freundliche Mitarbeiterin, dass niemand mit dem Namen Kaya in den letzten Tagen eingezogen sei. Es müsse sich um einen Irrtum handeln.

Außer sich vor Wut rief sie ihren Vater an. Offenbar hatte er ihr verschwiegen, dass er Damla in einem anderen Heim angemeldet hatte – und das schon vor Wochen. Er ließ sie nicht zu Wort kommen. Was sie denn wolle, fragte er kalt. Als gesetzlicher Betreuer habe er das Recht, über den Aufenthaltsort seiner kranken Frau zu bestimmen. Und außerdem habe er versucht, mit ihr zu reden. Doch sie wollte ja an der unhaltbaren Wohnsituation festhalten. Am Ende fuhr Azra nach Hause, ohne dass ihr Vater ihr den Aufenthaltsort ihrer Mutter genannt hatte. Ohne etwas gegessen zu haben, trank sie eine ganze Flasche Wein. Trotz des Alkohols konnte sie nicht einschlafen. Morgen muss ich herausfinden, wo er Damla eingesperrt hat, dachte sie, bevor sie, schon im Morgengrauen, in einen unruhigen Schlaf fiel.

Um neun machte sie sich auf den Weg ins Präsidium. Vorher hatte sie bei mehreren Pflegeheimen in der Umgebung angerufen, ohne etwas über den Aufenthaltsort ihrer Mutter herauszubekommen. Bevor sie fuhr, suchte sie ihre Tante Selin auf. Doch diese öffnete weder die Tür noch ging sie ans Telefon.

Wie immer um diese Zeit war die Abfahrt Bonn-Ramersdorf von zahlreichen Telekom-Mitarbeitern verstopft, die zum direkt an der A562 gelegenen Telekom-Campus wollten. Als sie um halb zehn den Besprechungsraum betrat, saßen Manke und Heugel schon auf ihren Plätzen. Von Rodenstock war nichts zu sehen. Er würde wegen eines wichtigen Telefonats später kommen, erklärte Sven Heugel.

»Es gibt Neuigkeiten«, verkündete Manke, als sich Azra mit einem Kaffee und ihrem Tablet an den Tisch gesetzt hatte.

Azra antwortete nicht. Manke fuhr fort: »Die Techniker haben die Fingerabdrücke im Audi ausgewertet. Die meisten stammen von Kozlowski. Es sind aber auch andere dabei, möglicherweise vom Besitzer. Das prüfen wir gerade.«

»Gibt es Abdrücke auf der Zigarettenschachtel?«, fragte Azra gespannt.

»Keine brauchbaren. Es sieht so aus, als hätte jemand die Schachtel abgewischt. Die Kollegen versuchen weiter, die Abdrücke zu rekonstruieren. Ich persönlich verspreche mir nichts davon.«

»Wieso?«

»Ich glaube nicht, dass der gestohlene Audi etwas mit dem Fall zu tun hat.«

»Weil du davon überzeugt bist, dass Bodenfeld der Täter ist?«

»Sehr scharfsinnig, Frau Kommissarin«, spottete Manke.

»Da halte ich eine andere Spur für erfolgversprechender.« Er schwieg einen Moment, bevor er genüsslich fortfuhr: »Wir haben wahrscheinlich das Geschäft gefunden, in dem Bodenfeld das Messer gekauft hat.«

»Wahrscheinlich?«

»Das Waffengeschäft ist in Plittersdorf in der Wurzerstraße, kaum mehr als fünf Gehminuten von Bodenfelds Wohnung in der Zietenstraße entfernt. Wir gehen davon aus, dass Bodenfeld den Laden kennt. Sicher ist, dass der Inhaber vor etwa zwei Monaten genau die gleiche Waffe verkauft hat. Ein so aufwendig gestaltetes Messer geht bestimmt nicht jeden Tag über den Ladentisch.«

»Und ist Bodenfeld der Käufer?«

»Etwas Geduld, Kollegin. Ich habe dem Besitzer ein Foto von Bodenfeld gemailt. Er wird sicher gleich zurückrufen.«

Azra schwieg. Mehr denn je war sie davon überzeugt, dass nicht Bodenfeld, sondern Ivan Persic der Schlüssel zur Lösung des Falls war. Deswegen hatte sie gestern Mittag eine WhatsApp an Philipp geschickt. Eigentlich hatte sie ihn ja anrufen wollen, um zu hören, ob er gut in Mostar angekommen war. Aber ihr Verhältnis war nicht mehr so unbeschwert wie früher. Also hatte sie nur vier Worte geschrieben: »Ivan ist der Schlüssel.« Sie war sicher, dass Philipp sie verstehen würde. Und vielleicht konnte er in Bosnien auch etwas über die Vergangenheit der Persic-Brüder herausfinden.

Azra schreckte auf, als zwei Dinge gleichzeitig passierten: Mankes Handy schrillte und Rodenstock betrat den Raum. Azra fand, dass ihr Chef ungewohnt nervös, ja fast fahrig wirkte. Noch in der Tür setzte er an, etwas zu sagen, aber Manke war schneller. Er hatte den Anruf bereits entgegengenommen und telefonierte laut.

»Das war der Inhaber des Waffengeschäfts in Plittersdorf«, erklärte er. »Leider ist er sicher, dass der Käufer zwar ein junger Mann war, jedoch völlig anders aussah als Bodenfeld.«

»Vielleicht hat jemand vom ›Aktionskomitee Rheinland‹ das Messer für ihn gekauft?«, meinte Heugel.

Ohne auf den Einwurf einzugehen, fuhr Manke fort: »Der Besitzer sagte auch, dass das Messer doch nicht so selten sei. Er habe es in einem amerikanischen Internetshop bestellt. Bei den Nazianhängern dort ist es der Renner.«

»Hast du ihn gefragt, wieso er ausgerechnet ein solches Messer verkauft?«

»Habe ich. Er fand nichts dabei. Schließlich sei das Keltenkreuz kein offizielles Nazi-Symbol.«

»Weiß er denn den Namen des Käufers?«

»Nein. Da es sich um ein Jagdmesser handelt, ist es frei verkäuflich.«

Die Enttäuschung stand Manke ins Gesicht geschrieben.

»Also wieder nichts«, sagte Azra.

»Es ist sowieso zu spät«, mischte sich Rodenstock ein.

»Wieso?«, fragte Manke. »Wir kriegen Bodenfeld schon noch dran.«

Rodenstock schüttelte den Kopf. »Ich habe eben mit dem Haftrichter gesprochen. Weil wir die Verdachtsmomente gegen Bodenfeld bisher nicht erhärten konnten, sieht er keinen dringenden Tatverdacht mehr. Deshalb will er ihn aus der Untersuchungshaft entlassen.«

»Obwohl er wahrscheinlich mitverantwortlich für den Brand in der Moschee ist?«, fragte Azra.

»Die Ermittlungen dazu gehen weiter«, sagte Rodenstock. »Aber der Untersuchungsrichter ist der Meinung, dass keine

Fluchtgefahr besteht, da er einen festen Wohnsitz und eine Arbeitsstelle hat.«

»Wo arbeitet er denn?«, wollte Heugel wissen.

»Er hat einen Teilzeitjob als Fahrer im Kameha Grand Hotel.«

»Ausgerechnet«, meinte Azra.

»Er macht keine Personenfahrten, sondern ist für Materialtransporte zuständig. Möbel und Soundanlagen für Events, Deko, Raumausstattung, Lebensmittel – alles, was so anfällt«, erklärte Manke.

»Wie dem auch sei«, sagte Rodenstock. »Bodenfeld kommt schon heute Nachmittag raus.«

»Damit läuft der Mörder wieder frei rum«, schloss Manke düster.

***

Mittags gingen Marija und Philipp zusammen essen. Das Restaurant lag im muslimischen Teil am Rand der Altstadt und hatte nur sechs Tische. Es gab »Bosanski lonac«, einen Fleischeintopf mit gekochtem Gemüse in einer kräftigen Tomatensoße, vorher »Grah«, eine bosnische Bohnensuppe, und am Ende klebrig-süßes »Baklava«-Gebäck. Er genoss das Essen mit Marija. Gerne hätte er mehr über sie erfahren. Wie lebte sie in Mostar, was dachte sie über den Krieg? Hatte sie ihn bewusst miterlebt? Damals war sie ein Kind gewesen. Und warum war sie Polizistin geworden? Aber er fühlte sich merkwürdig befangen und traute sich nicht zu fragen.

Sie selbst schien solche Hemmungen nicht zu haben und wollte alles über seine Arbeit bei der Polizei und das Leben in Bonn wissen.

»Sie haben mir erzählt, dass Sie früher als Archäologe gearbeitet haben. Aber das ist doch ein spannender Beruf, bei dem man viel reisen und andere Länder sehen kann! Wie um alles in der Welt sind Sie zur Polizei gekommen?«

Philipp hatte diese Frage befürchtet. Zu seinem eigenen Erstaunen kam die Wahrheit wie von selbst aus ihm heraus: »Vor sechs Jahren kam mein Bruder bei einem Unfall ums Leben. Bis dahin war die Archäologie das verbindende Glied zwischen uns. Wir sind viel zusammen gereist, und häufig hat er mir bei Ausgrabungen geholfen.«

»War Ihr Bruder auch Archäologe?«

Philipp musste lachen: »Nein, das wäre ein bisschen zu viel des Guten gewesen. Nikos war Reisejournalist und hatte sich auf den Balkan spezialisiert. Häufig hat er über unsere Fahrten geschrieben.« Er wurde wieder ernst: »Nach seinem Tod wollte ich nicht mehr als Archäologe arbeiten. Also habe ich einen Beruf gesucht, der ähnlich ist und mich schließlich für die Polizei entschieden.«

»Und wo sehen Sie die Ähnlichkeit zwischen beiden Berufen?«, fragte sie neugierig.

»Kennen Sie ›Tod auf dem Nil?‹«

»Den Krimi von Agatha Christie?«

»Ja, genau. Dort sagt Hercule Poirot an einer Stelle, dass die Arbeit des Archäologen darin besteht, die gefundenen Gegenstände so lange von Erde und Schmutz zu säubern, bis sie nackt und rein vor ihm liegen. Und genauso sieht er die Arbeit des Detektivs: Er befreit das Sichtbare von allem Unwichtigen, von falschen Tatsachen und irreführenden Spuren, bis nur die Wahrheit übrigbleibt.«

»Und was ist die Wahrheit in Ihrem Fall?«

»Ich weiß es noch nicht«, antwortete Philipp. »Mein Instinkt sagt mir, dass sie hier in Bosnien liegt – und nicht im braunen Bonner Sumpf. Aber vielleicht irre ich mich auch.«

»Was taugt Ihre Methode, wenn ich die Wahrheit vor Augen habe, sie jedoch nicht erkennen kann?«

»Es ist wie bei der griechischen Vase, die ich zu rekonstruieren versuche. Nur wenn ich alle Teile habe und sie richtig zusammensetze, ist sie vollständig.«

»Das heißt, Sie haben nicht alle Teile zusammen?«

»Das ist nur das eine Problem. Das andere ist, dass nicht alle Teile, die ich schon habe, zur Vase gehören.«

Marija lachte ihn an, und er merkte, wie gut ihm das tat.

Als der Kellner die Teller abgeräumt hatte, wollte Philipp bezahlen, doch sie winkte ab. »Das ist nett von Ihnen, aber das Essen geht aufs Haus.«

»Ist das hier so üblich, oder ist der Besitzer auch mit Ihnen verwandt?«, fragte Philipp.

»Weder noch«, grinste sie. »Er hat einmal versucht, die Polizei zu bestechen. Nicht für sich, sondern für seinen Bruder, der eine Dummheit begangen hatte. Ich habe ihn damals nicht angezeigt, sondern seinen Bruder dazu gebracht, sich freiwillig zu stellen. Er bekam nur eine Bewährungsstrafe. Jetzt schulden sie mir beide etwas.«

Marijas Handy klingelte. Sie sprach serbokroatisch und so schnell, dass Philipp nichts verstand. Sie stand auf: »Kommen Sie, wir machen eine kleine Spazierfahrt.«

In Marijas weißem Seat fuhren sie südlich aus der Stadt heraus. Die Straße ging stetig bergauf, und Philipp konnte zwischendurch einen Blick auf die Neretva erhaschen. Auf dem Schild an einer Straßenkreuzung stand »Križ na Humu.« Nach zwanzig Minuten erreichten sie den Gipfel. Sie stiegen aus und liefen zu einem mehr als dreißig Meter hohen Betonkreuz. Philipp bewunderte die Aussicht auf Mostar und die Neretva. Marija stand nahe neben ihm. Sie deutete auf das Kreuz: »Das Millenniumskreuz«, erklärte sie. »Es ist nicht nur ein christliches Symbol, sondern steht auch für das Leid, das die Stadt und ihre Bewohner im Krieg durchgemacht haben.«

Sie sah ihn an: »Ich selbst bin Muslimin, aber nicht gläubig. Dennoch bin ich stolz auf unsere Geschichte, die sich vor allem durch religiöse Toleranz auszeichnet. Leider ist davon heute nichts mehr übrig.«

Langsam gingen sie zum Auto. Phillip wollte einsteigen, doch Marija hielt ihn zurück. Ein orangefarbener Yugo bremste neben ihnen. Der Fahrer sah sich um, dann öffnete er die Beifahrertür. Ohne zu zögern, kletterte Marija auf die schmale Rückbank, während sich Philipp nach vorn setzte. Der Motor heulte auf, als der Fahrer Gas gab und in halsbrecherischem Tempo den Berg herunterfuhr. Mitten in einer Serpentine bog er, ohne nur einen Gedanken an den Gegenverkehr zu verschwenden, scharf nach links in einen Waldweg ab. Da die Stoßdämpfer des Wagens ihre besten Tage hinter sich hatten, wurden Marija und Philipp kräftig hin und her geschüttelt. Nach einigen hundert Metern hielt der Fahrer an und stieg aus. Am Rand des Weges stand ein verwitterter Holztisch mit zwei Bänken. Der Mann setzte sich auf eine Bank, Marija und Philipp nahmen auf der anderen Platz. Philipp sah sich den Fremden genauer an. Er war groß, schlank und hatte lange graue Haare, die er hinten zu einem Zopf zusammengebunden hatte. Er trug Jeans und ein rotgemustertes Holzfällerhemd. Philipp schätzte ihn auf Mitte sechzig.

»Wie finden Sie mein Auto?«, fragte er auf Englisch.

»Ich kenne den Yugo aus Erzählungen, bin aber nie in einem gefahren«, sagte Philipp.

»Eines der wenigen guten Dinge von früher. Zwar wird der Zastava Yugo nicht mehr gebaut, aber man bekommt noch Ersatzteile. Das Auto ist unverwüstlich, auch wenn es seine Macken hat.« Er sah Philipp an: »Kennen Sie den Yugo-Witz?«

Philipp schüttelte den Kopf.

»Yugo, but it doesn't«, sagte der Mann grinsend (frei übersetzt: »Du fährst, aber er nicht«).

»Das ist Goran«, ergriff Marija das Wort und der Mann nickte Philipp zu. »Er war viele Jahre bei der Stadtverwaltung von Mostar angestellt.«

»Dann haben Sie mit Dario Kovac und Pavel Horvat zusammengearbeitet?«, fragte Philipp.

Goran antwortete nicht.

»Ich habe Goran gesagt, dass die beiden tot sind«, sagte Marija. »Nur deshalb hat er zugestimmt, mit uns zu reden. Er hat zur Bedingung gemacht, dass das, was er uns erzählt, nicht offiziell im Rahmen der Ermittlung verwendet werden darf. Keinesfalls möchte er mit einer bosnischen Polizistin und einem deutschen Kommissar in der Öffentlichkeit gesehen werden. Deswegen haben wir uns hier getroffen«, erklärte Marija.

Philipp nickte zum Zeichen, dass er einverstanden war. »Marija hat mir erzählt, was Sie wissen wollen«, sagte Goran auf Englisch. »Ich rede nicht gern vom Krieg. Niemand hier tut das. Aber Marija meint, dass Ihre Ermittlung dazu beitragen kann, Milan Pzov hinter Gitter zu bringen.«

Philipp sah ihn an: »Würden Sie bei einem Prozess gegen ihn aussagen?«

Goran schüttelte den Kopf: »Noch ist mir mein Leben zu lieb, um es vorzeitig zu verlieren.«

»Wovor haben Sie Angst?«

»So zu enden wie Kovac und Horvat«, sagte er knapp.

»Glauben Sie, dass Pzov etwas mit ihrem Tod zu tun hat?«

Goran ignorierte die Frage. »Sagen Sie mir, was Sie wissen möchten.«

»Okay. Wie war Ihre Beziehung zu Kovac und Horvat?«

»Ich habe eine Zeit lang mit Dario Kovac zusammengearbeitet.«

Er zögerte einen Moment, bevor er fortfuhr: »Es war Anfang November 1993. Die kroatische HVO unter dem Befehl Stjepan Novaks griff die Stadt an. Schon vorher hatte es in Ahmići und Vitez Massaker gegeben. Unter der Leitung von Pzov gingen die Soldaten von Haus zu Haus. Sie vergewaltigten die Frauen und brachten ihre Männer um. Dann brannten sie die Häuser nieder.«

Goran machte eine Pause. Umständlich nahm er eine alte verbeulte Feldflasche aus seinem Rucksack und trank einen Schluck. Philipp roch deutlich, dass der Inhalt kein Wasser war.

»Auch in Mostar begann die HVO umgehend, die Bosniaken zu vertreiben und ihre Häuser zu plündern. Die Männer kamen ins Lager Dretelj.«

»Inwieweit hatte Kovac damit zu tun?«, fragte Philipp.

Ohne auf die Frage einzugehen, redete Goran weiter: »Ich war damals so etwas wie der persönliche Referent Kovacs. Wir waren ungefähr gleich alt, und aus irgendeinem Grund schätzte er meine Meinung. General Pzov kam eines Morgens zu Kovac und forderte Zugang zur Einwohnermeldekartei. Angeblich wollte er prüfen, ob sich gesuchte Kriegsverbrecher in Mostar aufhielten. Ich wusste sofort, dass er die Einwohnerlisten haben wollte, um die Vertreibung der Bosniaken effektiver organisieren zu können. Trotzdem riet ich Kovac, mit Pzov zusammenzuarbeiten.«

Zum ersten Mal sah Goran Philipp direkt an: »Mir ist klar, dass ich mich damit mitschuldig an den Vertreibungen, vielleicht sogar an Schlimmerem gemacht habe. Aber was hätte ich tun sollen? Pzov hätte sich die Listen so oder so geholt.«

»Und wie reagierte Kovac?«

Goran überlegte kurz: »Ich glaube, er hatte diese Skrupel nicht. Zumindest ließ er sich nichts anmerken. In der Folge traf er häufig mit Milan Pzov zusammen, manchmal sogar mit Novak. Ich hatte den Eindruck, dass er gut mit ihnen zurechtkam.«

Philipp dachte daran, was Ivan Persic zu Azra über Kovacs und Horvats Rolle bei dem Angriff auf Mostar gesagt hatte.

»Können Sie etwas über eine mögliche Beteiligung von Kovac an der Zerstörung der alten Brücke sagen?«, fragte Philipp.

Goran schüttelte den Kopf. »Nein, davon habe ich nichts mitbekommen. Kovac agierte in dieser Zeit weitgehend allein. Zumindest hat er mich nicht mehr ins Vertrauen gezogen.«

»Dann wissen Sie auch nichts darüber, dass Kovac und Horvat am Tag der Zerstörung der Brücke Augenzeugen eines Mordes von Pzov an zwei jungen Männern geworden sein sollen?«

Goran verneinte. »Nein. Von direkten Kontakten zu Novak und Pzov war ich ausgeschlossen.«

»Können Sie mir etwas über Pavel Horvat und seine Beteiligung an den Ereignissen damals sagen?«

»Wenig. Ich hatte kaum mit ihm zu tun. Aber als Stellvertreter Kovacs war er sicher in viele Dinge eingeweiht. Er war jedenfalls häufig bei den Gesprächen mit Novak und Pzov dabei.«

»Mehr wissen Sie nicht über ihn?«

»Nur, dass er eine unrühmliche Rolle beim Verschwinden der Stadtkasse spielte.«

»Erzählen Sie«, bat Philipp.

»Es war Krieg. Die Banken arbeiteten nicht mehr. Kovac und Horvat beschlossen, städtischen Angestellten und Firmen, die für die Gemeinde tätig waren, ihr Geld bis auf Weiteres in bar auszuzahlen. Die entsprechende Summe für mehrere Monate wurde im Tresor der Stadtverwaltung deponiert.«

»Um wie viel Geld handelte es sich?«

»Das weiß keiner genau. Bei einer nach dem Krieg durchgeführten offiziellen Untersuchung war von ungefähr 580.000 Mark die Rede.«

»Mark?«, fragte Philipp.

»Unser Geld heißt Mark, wie Ihre frühere Währung«, erläuterte Marija. »Sie ist bis heute an den Euro gekoppelt. Umgerechnet sind das ungefähr 300.000 Euro.«

Philipp pfiff durch die Zähne. »Sprechen Sie weiter«, bat er Goran.

»Viel gibt es nicht zu erzählen. Am Tag der Zerstörung der alten Brücke verschwand die Stadtkasse spurlos. Man vermutete, dass die kroatische Armee das Geld genommen hatte, um ihre Kosten für die Besatzung Mostars zu decken.«

»Das heißt, die Stadtkasse kam an dem Tag abhanden, an dem Dario Kovac und Pavel Horvat geflohen sind?«

»Genau. Später bei der Untersuchung des Vorfalls warf man Horvat vor, das Geld nicht ausreichend gesichert zu haben. Der Tresor war alt und leicht zu knacken. Theoretisch konnte man ihn einfach aufstemmen – was dann auch geschah. Als die Vorwürfe gegen ihn aufkamen, war Horvat jedoch längst außer Landes.«

»Denken Sie, dass er und Kovac etwas damit zu tun hatten?«

»Ich weiß es nicht«, sagte Goran. »Die Kommission, die den Vorfall untersuchte, fand dafür keine stichhaltigen Anhaltspunkte. Am Ende kam sie zu dem Schluss, dass die HVO das Geld genommen hat – was für alle die bequemste Erklärung war.«

Auf der Rückfahrt in die Stadt erhielt Philipp einen Anruf von Azra. »Wie läuft es?«, fragte sie.

»Gut. Ich habe einiges über Kovac erfahren.« Er fasste die Informationen zusammen, die Goran ihm gegeben hatte, ohne diesen zu erwähnen.

Azra hörte aufmerksam zu: »Das klingt vielversprechend. Deine Polizistin scheint ja sehr tüchtig zu sein.«

»Das ist sie«, bestätigte Philipp und sah Marija an, die ihm zulächelte.

»Die Sache mit der Stadtkasse geht mir nicht aus dem Kopf. Vielleicht wissen Fatima oder Ivan etwas darüber.«

»Ich frage sie«, sagte Azra. »Hast du denn noch etwas über Ivan Persic herausgefunden?«

»Nein, dazu bin ich bisher nicht gekommen. Aber danke für deine Nachricht.«

Azra schien enttäuscht: »Du glaubst nicht, dass es wichtig ist, mehr über Ivan zu erfahren?«, fragte sie.

»Doch, doch«, antwortete er schnell. »Ich kümmere mich darum.«

Kurzes Schweigen. »Hier läuft es leider nicht so gut«, sagte sie dann. »Der Untersuchungsrichter hat Bodenfeld auf freien Fuß gesetzt.«

Philipp seufzte: »Das habe ich befürchtet. Wir sollten ihn im Auge behalten.«

»Du meinst, ihn observieren? Das ist eine gute Idee. Ich rede gleich mit Rodenstock.«

Sie beendete das Gespräch. Philipp sah Marija an.

»Was denken Sie?«, fragte sie.

»Dass langsam Bewegung in die Sache kommt. Und dass ich Sie gern zum Abendessen einladen würde.«

»Das geht leider nicht«, sagte sie.

»Haben Sie schon etwas vor?«, fragte er enttäuscht.

»Ja, ich lade Sie ein. Sie sind heute Abend mein Gast. Ich koche für Sie. Widerrede hat keinen Zweck.«

Philipp sah ein, dass er sie nicht würde umstimmen können. Erstaunt stellte er fest, wie sehr er sich auf den Abend freute.

15

In der Mittagspause hatte Azra mit einem türkischen Freund gesprochen, der als Anwalt in der Nähe das Stadthauses arbeitete. Geduldig hörte er sich Azras Geschichte an. Dann seufzte Ergün. »Leider kann ich da nichts machen. Dein Vater hat sich gerichtlich als Betreuer deiner Mutter einsetzen lassen. Die Kopie, die du mitgebracht hast, ist eine Vorsorgevollmacht, die sie unterschrieben hat. Diese gibt ihm nicht nur die Möglichkeit, über ihr Geld zu verfügen, sondern er kann auch darüber bestimmen, ob sie zuhause leben darf oder in ein Heim muss.«

»Das ist unmöglich!« Azra schrie fast. »Er kann sie doch nicht einfach wegsperren. Kann man da nichts gegen tun?«

»Du könntest die Rechtmäßigkeit der Unterschrift anzweifeln und behaupten, dass deine Mutter nicht mehr im Vollbesitz ihrer geistigen Kräfte war, als sie der Vollmacht zugestimmt hat. Aber das kann dauern, und der Ausgang ist ungewiss. Möglicherweise setzt das Gericht am Ende einen anderen Betreuer ein. Es ist jedoch keinesfalls sicher, dass du das bist.«

Enttäuscht verabschiedete sich Azra. »Wir sollten mal wieder zusammen essen gehen«, sagte Ergün zum Abschied.

»Irgendwann«, antwortete sie und rang sich ein schmales Lächeln ab.

Das Telefongespräch mit Philipp hatte ihre Stimmung nicht verbessert. Sie hatte das Gefühl, dass sich die Ermittlung in eine Richtung bewegte, die sie von Bonn aus nicht beeinflussen konnte. Das gefiel ihr genauso wenig wie Philipps offensichtlicher Flirt mit der bosnischen Kommissarin. Aber bevor sie herumsaß und Däumchen drehte, konnte sie ebenso gut etwas tun. Außerdem lenkte sie das von ihren Problemen ab.

Sie setzte sich in ihren Fiat und fuhr erneut zur Familie Kovac. Dort traf sie neben Fatima und Aisa auch Mustafa Maric an, der zusammen mit den beiden Frauen Kaffee trank. Die Stimmung wirkte gedrückt, als Azra das Wohnzimmer betrat.

»Ich wollte mich gerade verabschieden«, sagte der Imam. »Sind Sie mit den Ermittlungen weitergekommen?«

Azra nickte. »Ja, aber leider kann ich zum gegenwärtigen Zeitpunkt nicht mehr sagen. Was ist mit Ihnen? Wo werden Sie jetzt wohnen?«

»Keine Sorge. Der Zentralverband der bosniakischen Gemeinden in Wiesbaden hat ein Gebäude gefunden, in dem wir in Bonn vorübergehend Gottesdienste abhalten und unsere Gemeindearbeit machen können. Dort kann ich bis auf Weiteres unterkommen.« Azra war erstaunt über die Solidarität der Bosniaken untereinander.

Nachdem Maric gegangen war, setzte sich Azra an den Tisch. Aisa goss Tee ein. Beide Frauen schwiegen. Azra fiel auf, dass sich Mutter und Tochter nicht ansahen. Sie schob das auf die Trauer um den Tod Dario Kovacs. Schließlich brach Aisa das Schweigen.

»Verzeihen Sie, dass wir so unhöflich sind.«

Azra wehrte ab. »Aber nein, Ihr Schweigen ist angesichts des Todes Ihres Vaters absolut verständlich.«

Aisa sah sie an. »Das ist es nicht allein«, sagte sie. »Ich habe gerade erfahren, dass meine Eltern zurück nach Bosnien wollten. Vater hatte bereits ein Haus in Sarajevo gefunden und sogar schon angezahlt«, sagte sie mit einem vorwurfsvollen Blick auf ihre Mutter. »Ich weiß das nur, weil Mustafa sich versprochen hat und nicht, weil sie es mir gesagt hat.«

»Stimmt das?«, fragte Azra Fatima, die gedrückt wirkte.

»Ja«, sagte sie schließlich. »Ich hätte noch eine Zeit lang gewartet, aber Dario wollte so schnell wie möglich nach Bosnien zurück. ›Ich will in meiner Heimat sterben, nicht hier in Deutschland‹, hat er gesagt.«

Azra war hellhörig geworden. »Ich weiß, es ist Ihre private Angelegenheit. Aber trotzdem wüsste ich gern, woher Ihr Mann das Geld hatte, um ein Haus zu kaufen. Oder haben Sie mit dem Obstladen so viel verdient?«

Fatima sah sie unglücklich an. »Ich weiß es nicht«, sagte sie schließlich. »Dario hat nie mit mir über Geld gesprochen.«

»Kann es sein, dass sich Ihr Mann das Geld geliehen hat? Von Pavel Horvat vielleicht? Oder von einem anderen Mitglied der Gemeinde?«

Fatima zuckte mit den Schultern.

»Wissen Sie etwas über den Verbleib der Stadtkasse, die am Tag der Flucht Ihres Mannes aus Mostar verschwunden ist?«

»Wollen Sie damit sagen, dass mein Vater das Geld gestohlen hat?«, fragte Aisa entsetzt.

»Nein«, beruhigte sie Azra. »Ich will nur wissen, ob Dario jemals mit Ihnen über den Verbleib des Geldes gesprochen hat.«

Beide schüttelten den Kopf.

Azra trank Ihren Kaffee aus. Die Frauen begleiteten sie zur Tür. Als sie im Auto saß, öffnete sie vorsichtig den gefalteten Zettel in der rechten Hand, den ihr Aisa beim Abschied zugesteckt hatte.

»20.00 Uhr, Beethoven-Denkmal« stand darauf. Azra dachte einen Moment nach. Dann startete sie das Auto. Es war Zeit, eine offene Rechnung zu begleichen.

***

Rolf Bodenfeld saß zuhause auf der Couch. Ein Gefühl des Triumphs durchströmte ihn. Heute Morgen hatte ihm sein Anwalt mitgeteilt, dass er noch am gleichen Tag freikommen würde. Um zwei hatten sich die Tore der JVA Siegburg geöffnet. Der Beamte am Tor hatte ihn gefragt, ob er ein Taxi rufen solle. Bodenfeld hatte nach einem raschen Blick auf die Straße abgelehnt. Auf der anderen Seite stand ein schwarzer BMW. Allerdings saß nicht Nick am Steuer, sondern Thorsten, der Dritte in der strengen Hierarchie des »Aktionskomitees Rheinland«. Thorsten war erst zwanzig und vor einem Jahr von Bodenfeld nach einer Versammlung in Bad Godesberg rekrutiert worden. Ihm fehlte es an Erfahrung, aber er war hoch motiviert, für die rechte Sache und gegen die zunehmende Islamisierung in Bonn zu kämpfen. Die Tatsache, dass ihn Thorsten nicht nur abholte, sondern ihn auch besonders ehrerbietig behandelte, bewies, dass sein kurzer Gefängnisaufenthalt seinen Nimbus als unbestrittener Kopf und Führer des »Aktionskomitees« eher noch gestärkt hatte.

Die Sache mit Nick war ärgerlich, aber nicht zu ändern. Warum war er so dumm gewesen, die Glasflaschen bei seiner Mutter in der Garage aufzuheben? Ihm, Rolf Bodenfeld, wäre das nicht passiert. Überhaupt würde ihn niemand mehr aufhalten. Er fühlte sich unbesiegbar, voller Kraft. Und diese Energie würde er nutzen.

Bis vor zehn Minuten hatte er sich in seinem Haus mit Thorsten besprochen. Danach war dieser gegangen. In der Tasche hatte er etwa eintausend der Flugblätter, die die Polizisten vergeblich bei ihm in der Wohnung gesucht hatten. Klugerweise waren sie bei Thorsten deponiert. Der stand nicht auf der Liste der WhatsApp-Kontakte, die die Polizei bei ihm gefunden hatte. Zufrieden sah er sich die Überschrift an: »Islamische Hassprediger raus aus Bonn!« Und dann den Schluss: »Genug ist genug! Wenn uns niemand hilft, helfen wir uns selbst! Brennen wir die Moscheen, in denen Hass und Terror verbreitet werden, nieder!« Thorsten würde die Flugblätter zusammen mit einer kleinen Gruppe vertrauenswürdiger Gefolgsleute überall in Bonn verteilen.

Bodenfeld lachte grimmig. Eine Moschee hatte bereits gebrannt. Es sollte nicht die letzte sein! Und auch mit den Bosniaken war er noch nicht fertig.

Er stand auf und holte den Autoschlüssel, den Thorsten auf den Wohnzimmertisch gelegt hatte. Durch den Keller ging er in die Garage, öffnete das Tor und setzte sich ans Steuer des rückwärts geparkten BMWs. Er startete den Motor und wollte wie immer rasant die steile Auffahrt hochfahren, als er aus den Augenwinkeln ein Hindernis wahrnahm. Ein alter Stuhl stand mitten in der Einfahrt. Bodenfeld bremste hart. Wie kommt der da hin?, fragte er sich, als es einen fürchterlichen Krach gab und die Frontscheibe splitterte. Instinktiv dachte Bodenfeld an einen Schuss. Er gab Vollgas und versuchte gleichzeitig, auszuweichen. Als Folge des Manövers verfehlte er die Einfahrt um etwa einen halben Meter und krachte gegen einen der beiden Begrenzungspfeiler. Der massive Beton hielt dem Aufprall stand. Der BMW kam zum Stehen.

Benommen sah Bodenfeld auf. Verwirrt schüttelte er den Kopf. Was war passiert? Langsam öffnete er die Tür und blickte zurück. Neben dem zersplitterten Holzstuhl lag ein großer runder Stein von etwa dreißig Zentimetern Durchmesser auf dem Boden. Kein Schuss, dachte er. Aber wer zum Teufel hatte einen solchen Brocken auf sein Auto geworfen? Er drehte sich um. Da war niemand. Oder doch? Vor der Einfahrt stand eine schmale Gestalt, die Kapuze ihres dunklen Shirts weit nach unten geschoben. Langsam hob sie die Arme und zeigte ihr Gesicht. Trotz des Outfits erkannte er sie sofort. Sie grinste ihn an und streckte ihm den erhobenen Mittelfinger der rechten Hand entgegen. Einen Moment später war sie verschwunden.

***

Kurz nach sieben kam Heugel, um sie abzulösen. »War was Besonderes?«, fragte er.

»Nein, nichts«, antwortete Azra und löste sich aus ihrem Versteck. Sie schob die Kapuze aus dem Gesicht und gab ihm die Kamera. »Einer seiner Gefolgsleute hat ihn in der JVA Siegburg abgeholt. Ich habe Fotos gemacht.«

»Und Bodenfeld?«

»Ist im Haus. Vorhin hatte er wohl überlegt, wegzufahren. Dann hat er sich doch anders entschieden.«

Auf dem Weg zu ihrer Verabredung mit Aisa machte Azra einen Stopp beim Burgerrestaurant »Herr Lehmann«. Den Fiat hatte sie in der Münsterplatzgarage abgestellt. Eigentlich hatte sie ja geschworen, sich gesünder zu ernähren. Aber zum einen aß sie nun mal gern Burger, und zum anderen würde sie bei diesem Stress keinen Salat oder etwas anderes Grünes herunterbekommen. Danach schlenderte sie die Budapester Straße entlang zum Münsterplatz. Es war ein schöner Frühlingsabend und die Straßen waren voll mit Menschen, die vom Einkaufen kamen oder zum Essen gingen. Vor dem Beethoven-Denkmal stand eine Gruppe französischer Jugendlicher mit Rucksäcken, die sich gegenseitig fotografierten. Azra ging einmal um den Platz herum. Als sie wieder zurück war, stand Aisa vor dem Denkmal. Azra schlug vor, sich an einen der Tische des direkt danebenliegenden Cafés Midi zu setzen. Sie bestellte für Aisa eine Rhabarberlimonade und für sich einen Cappuccino. Nachdem die Kellnerin die Getränke gebracht und Aisa einen Schluck von ihrer Limo getrunken hatte, seufzte sie tief. Dabei sah sie Azra schuldbewusst an.

»Ich hätte es schon früher erzählen sollen«, sagte sie.

»Was denn?«

»Die Sache mit dem Geld. Sie wollten doch wissen, woher mein Vater die finanziellen Mittel hat, um ein Haus zu kaufen.«

Azra horchte auf. »Das stimmt«, sagte sie. »Es könnte wichtig für die Ermittlungen sein.«

»Das Geld liegt in einem Schließfach auf der Bank.«

»Woher wissen Sie das?«

»Mein Vater hat es mir vor vier Wochen erzählt, am gleichen Tag, an dem er davor gewarnt wurde, gegen Milan Pzov auszusagen.«

»Das hätten Sie mir allerdings sagen müssen«, sagte Azra verärgert.

»Sie haben recht. Aber ich bin nicht darauf gekommen, dass das etwas mit dem Tod meines Vaters zu tun haben könnte.«

»Woher kommt das Geld im Schließfach?«, wollte Azra wissen.

»Ich weiß es nicht.«

»Aber wieso hat er es nicht einfach auf sein Konto eingezahlt?«

»Er sagte, es sei eine erhebliche Summe. Und er wolle keine Probleme mit der Steuer bekommen.«

»Eine erhebliche Summe? Wissen Sie denn, wo das Geld liegt?«

Aisa nickte. »Und ich weiß auch, wo der Schlüssel für das Schließfach ist.«

»Wo denn?«, fragte Azra geduldig.

»Bei uns zuhause.«

»Gut, dann fahren wir jetzt hin und holen ihn.«

Da Aisa mit dem Bus gekommen war, nahm Azra sie in ihrem Fiat mit. Während sie die Adenauerallee entlangfuhren, merkte Azra, wie die Spannung in ihr wuchs. Geld war immer ein mögliches Motiv für einen Mord. Vielleicht führte die Bosnienspur doch ins Leere und die Lösung des Falls war einfacher, als sie angenommen hatten.

Azra bog hinter der König-Fahd-Akademie mit ihrer goldenen Kuppel in die Paracelsusstraße ein und parkte direkt vor dem Haus der Kovacs. Aisa schloss die Wohnungstür auf und rief nach ihrer Mutter. Als diese nicht antwortete, nickte sie Azra zu. Sie zog ihre Schuhe aus und folgte der jungen Frau ins Wohnzimmer. Zielstrebig ging Aisa auf eine halbhohe Vitrine in der Ecke zu. Sie öffnete die Glastür und holte eine Matrjoschka heraus, wie Azra sie aus Russland kannte. Die Holzpuppe war zwanzig Zentimeter groß und kunstvoll bemalt. Aisa drehte sie in der Mitte auf. Darin befand sich eine weitere, etwas kleinere Puppe. Sie hob sie hoch und schüttelte sie. Als kein Geräusch zu hören war, sah sie Azra erschrocken an. Schnell öffnete sie auch diese Matrjoschka. Ungläubig drehte sie die beiden Teile um. Doch die Puppe war leer.

16

Marijas Haus lag im Norden der Stadt auf der östlichen Seite der Neretva, ein Stück hinter der Fakultät für Informationstechnologie der Universität Mostar. Die Gebäude in dem Viertel waren zumeist helle oder ockerfarbene Einfamilienhäuser mit roten Dächern und kleinen Gärten.

Philipp hatte sich ein weißes Hemd und eine saubere Jeans angezogen. Darüber trug er wie immer seine abgewetzte Lederjacke. Marija begrüßte ihn mit einem warmen Lächeln. In ihrem roten Kleid sah sie umwerfend aus. Die langen schwarzen Haare hatte sie hochgesteckt.

»Ich freue mich, dass Sie den Weg zu mir gefunden haben, Herr Hauptkommissar«, sagte sie und hielt ihm ihre Wange hin, sodass er gar nicht anders konnte, als ihr einen Begrüßungskuss zu geben.

Marija führte ihn auf eine große Terrasse mit schweren Holzstühlen und einem Tisch, an die sich ein kleiner Garten mit Rasen und Stauden anschloss. Da die Veranda leicht erhöht lag, hatte Philipp von seinem Platz aus einen guten Blick auf die Neretva, die ein Stück hinter dem Haus träge dahinfloss. Marija und Philipp tranken Wein und sahen der Sonne zu, die über dem Fluss unterging.

»Das Haus habe ich vor vier Jahren gekauft«, sagte sie. »Aufgewachsen bin ich in der Altstadt. Da meine Familie wohlhabend war, hatten wir dort ein großes Anwesen mit einem Garten voller alter Bäume. Als die kroatische Armee nach Mostar kam, haben sie uns verjagt und kurzerhand ein Offizierscasino daraus gemacht.«

»Können Sie sich an den Krieg erinnern?«, fragte Philipp.

»1993 war ich sieben«, antwortete Marija. »Da bekommt man schon einiges mit. Ich erinnere mich an die Panzer und die Soldaten, die von Haus zu Haus gingen. Und an unsere früheren Nachbarn, die uns bespuckt haben, als wir sagten, dass wir gegen Novak seien. Eines Morgens ging ich mit meiner Mutter einkaufen. Plötzlich hörten wir Schüsse. Wenige Meter neben uns brach eine Frau auf der Straße blutend zusammen. Schnell waren Leute mit einer Trage da. Sie brachten sie ins Krankenhaus. Dort starb sie. Später hörten wir, dass sie schwanger war und die Ärzte das Kind retten konnten.«

»Und Ihre Familie?«, wollte Philipp wissen.

»Wir hatten Glück. Nachdem die HVO unser Haus requiriert hatte, wollten die Soldaten meinen Vater ins Lager Dretelj bringen. Zu dieser Zeit war er ein bekannter bosnischer Politiker. Die Kroaten hassten ihn. Aber er hatte viele Freunde. Sie haben uns gewarnt. So konnten wir rechtzeitig fliehen.«

Marija sah ihn an: »Nun haben wir genug über den Krieg gesprochen.« Sie stand auf und schenkte Philipp Wein nach. »Ich lasse Sie jetzt allein und bereite das Essen vor.«

»Kann ich Ihnen helfen?«, fragte Philipp.

Marija lachte. »Ich bin es gewohnt, allein zu kochen. Sie würden mich nur durcheinanderbringen.«

Philipp saß auf der Terrasse und trank Wein. Er fühlte sich leicht und unbeschwert wie schon lange nicht mehr.

Als Marija wiederkam, um den Tisch zu decken, war Philipp beinahe eingeschlafen. Als Vorspeise gab es »Dolma«, gefüllte Paprika mit Hackfleisch, danach »Kobasica«, pikante Lammwürstchen mit »Lepinje«, bosnischem Fladenbrot, und Salat. Philipp aß mit großem Appetit und konnte am Ende von dem »Baklava« mit Honig und Nüssen kaum noch probieren.

Marija selbst nahm wenig, registrierte jedoch zufrieden, dass Philipp den Teller mehrmals nachfüllte.

»Ich kann mich nicht erinnern, wann ich das letzte Mal so gut gegessen habe«, sagte er und lehnte sich entspannt zurück.

Marija freute sich über das Kompliment. »Sie mögen die bosnische Küche schwer finden«, lachte sie. »Als Muslime essen wir traditionell kein Schweinefleisch, dafür Lamm, Hähnchen und Rind umso mehr. Am Ende spülen wir alles mit einem Schnaps runter.«

Sie stand auf und kam mit einer Flasche Sliwowitz und Zigaretten wieder. Mit Erstaunen sah Philipp, dass sie Walter Wolf rauchte. Er erzählte ihr von der Zigarettenschachtel, die sie zwischen den Vordersitzen des schwarzen Audis gefunden hatten. Marija nickte. »Bei uns sind die Walter Wolf immer noch beliebt. Aber raucht man sie auch in Deutschland?«

»Nein, meines Wissens nach nicht. Deswegen vermuten wir, dass der Besitzer der Schachtel aus Bosnien oder Kroatien kommt.«

Der Slibowitz schmeckte erstaunlich mild. Die Sonne war längst untergegangen, und es wurde schnell dunkel. Nachdem sie genüsslich zu Ende geraucht hatte, schlug Marija vor, ins Haus zu gehen. Sie bat Philipp, in einem dunkelbraunen Ledersessel Platz zu nehmen. Marija zündete das vorbereitete Holz im Kamin an. Schnell breitete sich eine behagliche Wärme aus. Einige Kerzen beleuchteten zusätzlich die Sitzecke mit einer Couch und einem alten Holztisch. Der Rest des Wohnzimmers lag im Dunkeln.

Marija setzte sich in den anderen Sessel und sah ins Feuer. Das Schweigen war Philipp nicht unangenehm, sondern hatte etwas Vertrautes.

»Ich hoffe, das Gespräch mit Goran hat Sie weitergebracht«, sagte sie schließlich.

»Das hat es«, antwortete Philipp. »Ich bin mehr denn je überzeugt, dass die fehlenden Puzzleteile in Bosnien zu finden sind und nicht in Bonn.«

»Dann haben Sie Ihre Vase fast zusammengesetzt?«

»Ein paar Teile passen noch nicht«, antwortete Philipp. »Eins davon ist Ivan Persic. Konnten Sie über ihn und seinen Bruder Andrej etwas herausfinden?«

»Nichts, was Sie nicht schon wissen. Ivan ist am gleichen Tag wie Kovac und Horvat aus Mostar geflohen. Andrej ist vor etwa sechs Monaten nach Bonn gezogen. Davor war er hier in Mostar gemeldet. Irgendjemand dort muss ihm geholfen haben, eine Aufenthaltsgenehmigung und einen Job zu bekommen, denn Bosnien-Herzegowina gehört nicht zur Europäischen Union.«

»Er hat gesagt, dass ihn Dario Kovac unterstützt hat – vielleicht auch die bosnische Gemeinde. Sie scheint einigen Einfluss zu haben. Aber das alles wusste ich tatsächlich schon«, sagte er etwas enttäuscht.

»Eine Sache ist allerdings sonderbar«, meinte Marija nachdenklich.

»Was meinen Sie?«

»Normalerweise enthalten die Personeneinträge des Einwohnermeldeamtes alle Angaben, die von Amts wegen gespeichert werden müssen. Also Geburtsdatum, Familienstand und Änderungen des Wohnsitzes.«

Philipp nickte. »Das ist in Deutschland ähnlich.«

»Komischerweise fehlen sowohl bei Ivan als auch bei Andrej Persic wichtige Informationen, wie der Geburtstag, der Familienstand oder frühere Wohnsitze.«

»Wie kann das sein?«

»Keine Ahnung. Ich habe das noch nie erlebt. Es wirkt fast so, als hätte jemand die Daten gelöscht. Bei Kovac und Horvat sind alle Angaben vorhanden.«

»Wer kann das gewesen sein?«

»Keine Ahnung«, sagte Marija. »Ich werde noch einmal in den alten Karteikarten im Archiv nachsehen. Allerdings sind diese zum Teil im Krieg verloren gegangen.«

Philipp nickte. Klar war, dass zwischen Dario Kovac und Pavel Horvat auf der einen und Stjepan Novak und Milan Pzov auf der anderen Seite während des Krieges eine Verbindung bestanden hatte. Wahrscheinlich waren Erstere dabei Zeugen von Kriegsverbrechen geworden, möglicherweise – ob freiwillig oder gezwungen – auch Mittäter. Aber wie hing das Verschwinden der Stadtkasse an dem Tag, an dem Kovac, Horvat und Ivan Persic geflüchtet waren, damit zusammen? Gab es überhaupt einen Zusammenhang?

»Vielen Dank für den schönen Abend«, sagte Philipp.

»Sie wollen schon gehen?«, fragte Marija.

»Sie haben mir sehr geholfen«, antwortete er. »Mehr, als ich erwartet habe. Aber ich fliege morgen Mittag zurück. Bis dahin muss ich versuchen, die fehlenden Puzzlestücke zu finden.«

»Aber wollen Sie nicht mehr mit meinem Kontakt beim Geheimdienst sprechen?«

»Ist das denn in der kurzen Zeit möglich?«, fragte Philipp.

»Bedanken Sie sich bei Marija. Sie hat es möglich gemacht.«

Philipp sah in die Richtung, aus der die Stimme kam. In der Dunkelheit konnte er einen Schatten sehen, der sich bewegte. Marija stand auf und zündete eine weitere Kerze an. Im Kerzenschein sah Philipp in der Zimmerecke einen Mann in einem Lehnstuhl sitzen. Er stand auf und schob den Stuhl näher an das Licht heran. Er trug einen dunklen Anzug und darunter ein weißes Hemd. Sein halblanges Haar war grau und sein Gesicht, soweit es Philipp im flackernden Kerzenlicht erkennen konnte, markant. Ähnlich wie bei Marija störte ein etwas zu großer Mund die ansonsten harmonischen Gesichtszüge.

»Sie sind Marijas Vater«, sagte Philipp. Das war keine Frage, sondern eine Feststellung. Der Mann nickte. »Mein Name ist Ranko Illic. Bitte nennen Sie mich Ranko.« Er musterte Philipp. »Entschuldigen Sie die Umstände unseres Gesprächs. Es war unhöflich von mir, mich hier im Dunkeln zu verstecken. Aber ehrlich gesagt wollte ich mir erst ein Bild von Ihnen machen.«

»Umso mehr freue ich mich, dass ich die Prüfung bestanden habe«, sagte Philipp.

Ranko lächelte. »Sie meinen, dass ich sonst wieder gegangen wäre? Ich bitte Sie noch einmal um Verzeihung.«

»Mein Vater war schon während des Krieges Politiker«, ergriff Marija das Wort. »Bereits damals hat er sich für die bosnische Sache stark gemacht und den Angriff der HVO auf unser Land verurteilt.«

Philipp sah Ranko an: »Entschuldigen Sie, dass ich so direkt frage. Haben Sie denn auch auf der Seite der Bosniaken gekämpft?«

Marija wollte antworten, aber Ranko fiel ihr ins Wort. »Marija, er hat mich gefragt.« Seine Stimme war weich, aber Philipp spürte eine starke Autorität darin.

»Ja, ich war von Anfang an dabei. Bereits nach dem Zerfall der jugoslawischen Republik war mir klar, dass es Krieg geben würde. Nationalistische Gruppen in Serbien, Kroatien und auch bei uns heizten den Konflikt an. Wir waren schlecht auf eine Auseinandersetzung vorbereitet und hatten kaum Waffen, während Serben und Kroaten von ihren jeweiligen Verbündeten unterstützt wurden. Im Falle Kroatiens kamen die Waffen übrigens auch aus Deutschland.«

Er schwieg einen Moment.

»Anfangs kämpften die Bosniaken noch zusammen mit den Kroaten gegen die Serben und die jugoslawische Volksarmee. Im Mai 1992 wurde ich während der Belagerung Sarajevos verwundet. Ich hatte Glück, kam in ein Krankenhaus nach Mostar und konnte mich später zuhause von meiner Verletzung erholen.«

Ranko sah Philipp an: »Ich weiß nicht, wie gut Sie über den Bosnienkrieg informiert sind. Ich will Sie nicht mit einer

Geschichtsstunde langweilen. Aber Sie müssen wissen, dass es der grausamste Krieg in Europa nach dem Zweiten Weltkrieg mit mehr als 100.000 Toten und über zwei Millionen Vertriebenen war.«

»An dem aber, soweit ich weiß, nicht nur die Kroaten die Schuld trugen«, sagte Philipp.

Marijas Vater nickte. »Ich bin weder auf meine Beteiligung als Soldat stolz noch auf die Rolle der Bosniaken. Dass heute von diesem Krieg niemand mehr etwas wissen will, liegt auch daran, dass sich alle Seiten die Hände schmutzig gemacht haben. Es gab die Kriegsverbrechen der HVO ebenso wie das entsetzliche Massaker der Serben in Srebrenica. Und auch die bosnische Armee hat schlimme Greueltaten begangen.« Ranko holte Luft: »Wenn ich das sage, bin ich mir bewusst, dass mich viele Bosniaken deswegen für einen Vaterlandsverräter halten. Sechsundzwanzig Jahre danach hat die Aufarbeitung des Krieges nicht einmal richtig begonnen. Nur wenige Schuldige für die Kriegsgräuel wurden in Den Haag verurteilt. Die allermeisten leben weiter unbehelligt auf freiem Fuß.«

»Was haben Sie nach dem Krieg gemacht?«, fragte Philipp.

»Wider besseres Wissen bin ich in der Politik geblieben.«

»Wie meinen Sie das?«

»Der Friedensvertrag von Dayton hat einen lebensunfähigen Staat Bosnien-Herzegowina geschaffen, in dem sich die Vertreter der drei Volksgruppen von Anfang an gegenseitig blockiert haben. Damit hat er die ethnischen Gegensätze zementiert, nicht aufgelöst. Ich weiß, wovon ich rede. Immerhin habe ich zehn Jahre für die bosnischen Muslime im Abgeordnetenhaus gesessen. Der Wirtschaft geht es schlecht, und noch immer sind mehr als zwei Prozent der Landesfläche vermint. Bosniaken, Serben und Kroaten leben nach wie vor weitgehend getrennt. Ein schlimmes Beispiel dafür ist das

Konzept der ›zwei Schulen unter einem Dach.‹ Das bedeutet, dass bosnische und kroatische Jugendliche in der gleichen Schule lernen, aber in getrennten Räumen und nach unterschiedlichen Lehrplänen.«

»Marija sagte, dass Sie Kontakte zum Geheimdienst haben?«

Ranko lächelte: »Sie wollen, dass ich endlich zur Sache komme, nicht wahr? Marija hat mir von der Notiz erzählt.«

»Sie erwähnte, dass sie den Namen Mirko schon einmal in Zusammenhang mit einer geheimdienstlichen Ermittlung gehört hat.«

Ranko sah seine Tochter zärtlich an. »Was sie einmal aufgeschnappt hat, vergisst sie nicht. Auch wenn ich sie gebeten hatte, das, was ich ihr erzählt habe, gleich wieder zu vergessen.«

Er stand auf und setzte sich Philipp gegenüber an den Tisch. Philipp fiel auf, dass Ranko deutlich kleiner als Marija war.

»Also zur Sache«, fuhr er fort. »Ich war auch einige Jahre im Geheimdienstausschuss und habe dort manches mitbekommen. Sie müssen wissen, dass auch viele paramilitärische Verbände am Bosnienkrieg beteiligt waren. Diese unterstanden dem Befehl unabhängiger Führer, wurden jedoch von den Regierungen der jugoslawischen Nachfolgestaaten unterstützt. Sie galten als besonders brutal. Einer dieser Verbände waren die ›kroatischen Verteidigungskräfte‹. Ihr Ziel war die Schaffung eines großkroatischen Staates. Ihr Anführer war ein Mann namens Ante Markovic, besser bekannt als der ›General‹. Er hatte beste Beziehungen zu Stjepan Novak. Vor allem aber galt er als treuer Gefolgsmann von Milan Pzov. Den Ehrentitel erwarb er sich als Führer der sogenannten ›Schwarzen Legion‹ durch seine Tapferkeit in der Schlacht um Vukovar.«

»Wie ging es nach dem Krieg mit ihm weiter?«, wollte Philipp wissen.

»Die kroatischen Verteidigungskräfte wurden verboten und ihre Söldner so weit wie möglich in die reguläre Armee eingegliedert. Dort machte auch der General Karriere. Daneben baute er enge Kontakte zum kroatischen Geheimdienst SOA auf. Heimlich führte er die ›Schwarze Legion‹ als eine Art Geheimbund weiter. Ideologisch stand er ganz in der Tradition der faschistischen Ustascha-Bewegung. ›Za dom spremni‹ lautet ihre Losung, was so viel bedeutet wie ›Für die Heimat – bereit‹. Und als ihre Heimat sehen sie noch heute auch Bosnien-Herzegowina an.« Ranko trank einen Schluck aus einem Wasserglas, das vor ihm auf einem kleinen Beistelltisch stand, bevor er fortfuhr: »Gezielt warb der General Geheimdienstler, Kriegsveteranen und junge Patrioten als Agenten an. Nach Novaks Tod band er sich noch enger an Pzov. Er nutzte seinen Einfluss und fast unbegrenzte finanzielle Mittel für eine Kampagne, die das Ziel hatte, die öffentliche Meinung in Kroatien zu beeinflussen.«

»Und hatte er damit Erfolg?«

»Auf der ganzen Linie. In Kroatien gilt Novak inzwischen als Held und Patriot. Sogar die Staatspräsidentin des Landes hat sich in diesem Sinne geäußert. Heute vertritt eine unheilige Allianz aus Kirche, Kriegsveteranen und Politik die Ansicht, dass die kroatische Nation ausschließlich Opfer eines jugoslawisch-serbischen Angriffskrieges war. Wer es wagt, dem zu widersprechen, wird als Vaterlandsverräter abgestempelt.«

Ranko machte eine Pause. Philipp schwieg. Er dachte nach. Allmählich wurde das Bild klarer. Die Puzzlestückchen fügten sich ineinander.

»Und Mirko?«, fragte er schließlich.

»Wenn sich Ihre Notiz wirklich auf unseren General bezieht, dann ist Mirko einer seiner Agenten.«

»Was wissen Sie über ihn?«, fragte Philipp. »Marija deutete an, er sei auch Teil der Ermittlung gewesen.«

»Das ist richtig. Dabei ging es ebenfalls um einen möglichen Mord in Zusammenhang mit einem Kriegsverbrecherprozess in Den Haag. Im Vorfeld des Verfahrens gegen den kroatischen General Bronko Petrovic starb vor zwei Jahren der wichtigste Zeuge der Anklage bei einem mysteriösen Unfall. Wir erhielten den Hinweis, dass der angebliche Unglücksfall in Wirklichkeit ein Mord war, begangen von einem Agenten der ›Schwarzen Legion‹ namens Mirko. Beweise dafür gab es allerdings keine. Aber es ging das Gerücht, dass die Organisation des Generals eine Art Tribunal gebildet habe, das darüber entschied, wer gefährlich werden konnte und deshalb beseitigt werden musste. Mirko soll einer der Vollstrecker gewesen sein.«

»Wissen Sie etwas über ihn, das mir weiterhelfen könnte?«

Ranko schüttelte den Kopf: »Leider nicht. Mirko ist sicher nur ein Deckname. Seinen richtigen Namen kennt niemand. Man vermutet, dass er bei einer Eliteeinheit der ukrainischen Armee ausgebildet wurde.«

»Wieso dort?«

»Die Ukraine ist traditionell ein Verbündeter Kroatiens. Manche ukrainischen Politiker sehen noch heute Kroatien als den legitimen Nachfolgestaat des früheren Jugoslawiens an. Vor ein paar Jahren stellte der ehemalige Premier Jazenjuk ein Werbevideo ins Netz. Auf einer Europakarte in diesem Video waren die alten jugoslawischen Teilrepubliken plötzlich wieder vereint – als Großkroatien.«

»Gibt es denn Fotos von Mirko oder dem General? «

Ranko öffnete eine dünne Mappe, die er neben sich auf den Tisch gelegt hatte und holte zwei Fotoabzüge hervor. Er reichte sie Philipp. Es waren Schwarz-Weiß-Fotos von guter Qualität. Beide zeigten einen Mann um die sechzig in Soldatenuniform. Aufmerksam studierte Philipp sein Gesicht. Der Mann trug einen Schnurrbart. Seine Mundwinkel waren zu einem geringschätzigen Lächeln nach unten verzogen. Er wirkte arrogant und brutal.

Ranko deutete auf die Bilder: »Hier sehen Sie Ante Markovic bei einer Feier der kroatischen Kriegsveteranen. Das ist einer der seltenen Anlässe, bei denen er in der Öffentlichkeit zu sehen war. Ansonsten meidet er solche Auftritte.« Er hob den Kopf: »Bei Mirko muss ich passen. Von ihm gibt es keine Fotos. Er ist wie ein Geist, der plötzlich erscheint und genauso schnell wieder verschwindet.«

***

Nachdem sich Ranko verabschiedet hatte, saßen Marija und Philipp noch eine Weile vor dem Feuer. Marija schenkte Wein nach. Keiner von ihnen sagte etwas. Schließlich brach sie das Schweigen: »Ist der Unfall Ihres Bruders der Grund dafür, dass Sie nach Bosnien gekommen sind?«

Philipp sah sie erschrocken an. Wie konnte Marija wissen, was ihm selbst erst vor wenigen Stunden klargeworden war?

»Wahrscheinlich schon«, gab er zu.

Marija sagte nichts.

»Es passierte vor sechs Jahren«, fuhr Philipp nach einer Weile fort. »Nikos ist bei einer gemeinsamen Wanderung auf eine Mine getreten. Sie explodierte. Ich hatte ihm vorgeschlagen, den ausgeschilderten Weg zu verlassen und eine Abkürzung zu nehmen. Bis heute fühle ich mich für seinen Tod verantwortlich.«

»Möchten Sie mir erzählen, wie es passiert ist?«

Philipp erzählte ihr die ganze Geschichte – auch, dass er damals kurz vor dem kleinen Ort Gradnići eigentlich hätte vorauslaufen sollen. Als er fertig war, wartete er darauf, dass sie etwas sagte. Er war sicher, dass sie ihn verurteilen würde. Schließlich wusste jedes Kind, was man in Bosnien niemals tun durfte: Die ausgeschilderten Wege zu verlassen, war fahrlässig und unverantwortlich. Ja, es gab keinen Zweifel. Er war schuldig. Zu seinem Erstaunen sagte sie jedoch nichts, sondern nahm seine Hand und streichelte sie sanft.

»Ich nehme mir morgen früh frei und begleite dich nach Gradnići. Dahin möchtest du doch, oder?«

Philipp nickte.

Sie verabredeten sich für sieben Uhr am nächsten Morgen. Er stand auf, um sich zu verabschieden. Sie hielt ihn zurück.

»Wenn du möchtest, kannst du hier schlafen. Es ist ruhiger als im Zentrum. Oben habe ich ein Gästezimmer. Dann können wir morgen direkt starten. Eine Zahnbürste kann ich dir auch geben.«

Das Zimmer war klein und nur mit einem großen Bett, einem alten Schrank und einem geknüpften Wandteppich eingerichtet. Vom Fenster aus konnte man die Berge sehen. Philipp blieb noch lange wach. Vieles ging ihm durch den Kopf: die Gespräche mit Goran, Ranko und vor allem Marija. Kurz dachte er an Azra und daran, dass er sie anrufen und ihr die Neuigkeiten erzählen musste. Irgendwann schlief er ein.

Er wachte von einem Geräusch auf. Wie spät es war, wusste er nicht, da weder seine Uhr noch das Telefon in Reichweite waren. Durch das Fenster schien der Mond ins Zimmer. Er sah, wie sich die Türklinke bewegte. Die Tür ging auf und Marija schlüpfte herein. Vor dem Bett blieb sie stehen. Sie beugte sich herab und küsste ihn zärtlich auf den Mund. Dann streifte sie ihren dünnen Morgenmantel ab.

17

Azra saß am Schreibtisch. Es war Dienstagmorgen, und es regnete. Das Wetter passte zu ihrer Stimmung. Azra fühlte sich allein und von allen verraten. An erster Stelle von ihrem Vater. Noch immer wusste sie nicht, wohin er Damla gebracht hatte. Er schien es ihr auch nicht sagen zu wollen. Wahrscheinlich weil ihm klar war, dass sie alles unternehmen würde, um ihre Mutter zurückzuholen. Aber was sollte sie tun? Ihren Vater anzeigen? Ihre Tante Selin anrufen und um Unterstützung bitten? Eigentlich hatten sie sich immer gut verstanden. Sie wählte Selins Nummer. Aber niemand nahm ab.

Draußen auf dem Flur hörte sie Schritte und laute Stimmen. Ihr fiel ein, dass heute der »Petersburger Dialog« beginnen sollte. Das deutsch-russische Dialogforum war 2001 von Gerhard Schröder und Wladimir Putin ins Leben gerufen worden und seit der Ukraine-Krise bedeutsamer denn je. In diesem Jahr fand die große Jahrestagung auf dem Petersberg bei Königswinter statt, dort, wo zu Bonner Hauptstadtzeiten gekrönte Häupter wie die Queen oder Politiker wie Bill Clinton übernachtet hatten. Erwartet wurden jeweils einhundert Teilnehmer aus beiden Ländern, darunter der russische und der deutsche Außenminister. Für die Bonner Polizei bedeutete das einen Großeinsatz mit zeitweisen Straßensperrungen und Personenkontrollen in der Umgebung des Petersbergs.

Sie stand auf, um die Tür zu schließen, als sie auf dem Flur Mankes Stimme vernahm. Durch die angelehnte Tür hörte sie, dass er mit jemandem sprach – wahrscheinlich mit Rodenstock. Als die beiden an ihrem Zimmer vorbeigingen, nahm sie einzelne Wortfetzen auf. Sie verstand »Flugblatt« und »Damit kriegen wir ihn«. Azra runzelte die Stirn. Manke, die Zecke, führte irgendetwas im Schilde. Seit der Besprechung am gestrigen Morgen ging er ihr aus dem Weg. Offensichtlich ermittelte er an ihr vorbei – wohl mit Rodenstocks Unterstützung.

Was sie auf den nächsten Punkt brachte: Auch von Philipp fühlte sie sich verraten. Azra hatte den Eindruck, dass er sich immer mehr in seine Geheimdienst-Theorie verstieg, für die es nach wie vor keine Beweise gab. Das lag auch an der bosnischen Kommissarin, die anscheinend inzwischen seine Ermittlungen steuerte. Das Schlimmste aber war, dass er sich nicht mehr mit ihr austauschte. Azra fühlte sich verletzt. Eine solche Psychokacke konnte sie jetzt nicht gebrauchen. Sie beschloss, in die Offensive zu gehen. Sie hob den Hörer ab und wählte Philipps Nummer. Er meldete sich nach dem dritten Klingeln. Am Hall und den Hintergrundgeräuschen hörte sie, dass er im Auto saß.

»Ich muss mit dir reden«, sagte sie.

»Die Verbindung ist schlecht. Ich bin gerade unterwegs.«

»Bist du auf dem Weg zum Flughafen?«

»Nein, ich habe vorher noch etwas zu erledigen.« Seine Stimme klang abweisend. Azra spürte, dass er nicht allein war.

Sie kümmerte sich nicht darum, sondern erzählte von ihrem Gespräch mit Aisa, dem Schließfach und dem verschwundenen Schlüssel. Mit Genugtuung registrierte sie, dass Philipp aufmerksam zuhörte.

»Kann es nicht sein, dass das Geld aus dem Raub der Stadtkasse stammt?«, fragte er, nachdem sie fertig war.

»Theoretisch schon«, antwortete Azra. »Du willst darauf hinaus, dass Dario und Pavel wegen des Geldes umgebracht wurden?«

»Ja, das wäre doch möglich.«

»Aber warum sechsundzwanzig Jahre danach? Das ergibt keinen Sinn.«

»Vielleicht hat der Mörder erst jetzt herausbekommen, dass Dario und Pavel das Geld haben«, sagte Philipp.

»Wer weiß heute noch, dass damals die Stadtkasse von Mostar geraubt wurde? Und wer mit dem Diebstahl zu tun gehabt haben könnte?«

»Milan Pzov weiß es«, sagte Philipp.

Azra schnaubte: »Du scheinst ja ziemlich von deiner Theorie überzeugt zu sein. Vielleicht ist es aber viel einfacher.«

»Was meinst du?«

»Gehen wir mal davon aus, dass der Mörder nichts von einem Raub weiß. Irgendwie hat er erfahren, dass Kovac und möglicherweise auch Horvat eine große Summe Geld versteckt haben – nicht auf der Bank, sondern irgendwo anders. Horvat vielleicht sogar in seiner Wohnung, obwohl die Spurensicherung keinen Hinweis darauf gefunden hat.«

»Was heißt das schon?«, sagte Philipp. »Aber woher sollte der Mörder von dem Geld wissen?

»Möglicherweise von Kovac oder Horvat selbst«, antwortete Azra.

»Eher unwahrscheinlich.«

»Dann von Aisa.«

»Wie kommst du darauf?«

Azra erzählte von ihrem Gespräch mit Kovacs Tochter und dem verschwundenen Schlüssel.

»Ist sie sicher, dass er in der Puppe versteckt war?«

»Sie sagt, ja. Und wenn Aisa davon weiß, können Dario oder Pavel auch mit anderen darüber gesprochen haben.»

»Mord aus Habgier«, meinte Philipp. »Du meinst, dass es so simpel ist?«

»Wieso nicht? Deshalb müssen wir jetzt herausbekommen, wer alles von dem Geld weiß.«

»Viel Erfolg«, sagte Philipp.

»Was willst du damit sagen?« Azra merkte, dass sie wütend wurde. »Du solltest deinen Hintern lieber hierher bewegen und mir helfen. Hier brennt nämlich der Baum.«

In dem Moment, in dem ihr die Bemerkung herausrutschte, wusste sie, dass sie das Gegenteil von dem bewirken würde, was sie erreichen wollte.

»Ich muss Schluss machen«, sagte Philipp und legte auf.

***

Azra stand auf. Wenn Philipp weiter seine Zeit mit dieser Polizistin verplempern wollte, bitteschön. Sie würde jedenfalls nicht herumsitzen und warten. Falls ihre Theorie stimmte, musste sie sich auf den engsten Kreis der bosnischen Gemeinde konzentrieren: Ivan und Andrej Persic, Mustafa Maric, Fatima und Aisa Kovac. Die beiden Frauen schloss sie als Täterinnen aus, aber sie konnten mit anderen über das Geld gesprochen haben. Vor allem musste sie noch einmal mit Aisa reden. Nachdem sie am Vorabend den Schlüssel nicht in der Puppe gefunden hatte, war Darios Tochter völlig durcheinander gewesen. Aber vorher musste sie Heugel fragen, ob er inzwischen die Konten von Dario Kovac und Pavel Horvat überprüft hatte.

Gerade als Azra ihr Büro verlassen wollte, klingelte das Telefon. Sofort dachte sie an Philipp und dass er seine Meinung geändert hätte. Es war Rodenstock. Er bat sie, in sein Büro zu kommen. »Und bitte a presto, Frau Kaya.« Der kühle Unterton versprach nichts Gutes. Sie lief die Treppe hoch. Rodenstocks Büro lag am Ende des Ganges. Wie immer wirkte es leer und bis auf das letzte Fitzelchen aufgeräumt. Der Kriminaldirektor saß hinter seinem Schreibtisch. Er deutete auf den Besprechungstisch, an dem bereits Manke Platz genommen hatte. Sie setzte sich ihm gegenüber. Ihr Chef hielt sich nicht lange mit Vorreden auf:

»Gestern am späten Nachmittag sind in Bonn Hunderte von Flugblättern mit rechtsradikalen Inhalten aufgetaucht.«

Manke holte ein Papier aus seiner Mappe und legte es auf den Tisch. Azra las laut den ihr bekannten Schluss: »Genug ist genug! Wenn uns niemand hilft, helfen wir uns selbst! Brennen wir die Moscheen, in denen Hass und Terror verbreitet werden, nieder! Eliminieren wir die islamistischen Terroristen, bevor sie uns eliminieren!«

Azra ignorierend fuhr Rodenstock fort: »Nach Zeugenaussagen haben mindestens zwei junge Männer das Flugblatt gestern Abend gegen halb sechs auf dem Münsterplatz verteilt. Gott sei Dank hat uns ein Passant angerufen, nachdem er den Text gelesen hat. Es ist uns gelungen, einen der Verteiler zu erwischen. Zuerst hat er geleugnet, zum ›Aktionskomitee‹ zu gehören.«

»Was ist mit dem anderen?«, fragte Azra.

»Ist uns entwischt«, antwortete Manke in einem Tonfall, der klarmachen sollte, dass diese Tatsache völlig unbedeutend war.

»Der Gedanke lag nah, den Festgenommenen mit Fotos von anderen Mitgliedern des ›Aktionskomitees Rheinland‹ abzugleichen«, fuhr er fort.

»Haben wir denn welche?«, fragte Azra.

»Dank dir schon.«

Manke legte einen Fotoabzug auf den Tisch. Das Bild war gestochen scharf und zeigte einen jungen Mann, der aus einem schwarzen BMW stieg. Azra erstarrte. Sie hatte das Foto gestern vor der JVA Siegburg aufgenommen.

»Dank des Bildes konnten wir den Mann zweifelsfrei identifizieren.« Er legte einen Computerausdruck vor Azra auf den Tisch. »Thorsten Strattmann, geb. 10.06.1997«, las sie. Und weiter: »Vorbestraft wegen Ladendiebstahls, Nötigung und Körperverletzung.«

»Genug ist genug«, zitierte Rodenstock grimmig. »Damit haben wir den Beweis, dass das Flugblatt, in dem es von strafbaren Formulierungen nur so wimmelt, vom ›Aktionskomitee

Rheinland‹ stammt. Offensichtlich sollen noch andere Moscheen brennen. Wie es scheint, schrecken die Mitglieder in ihrem Hass auch vor Mord nicht zurück. Deshalb werden wir Bodenfeld jetzt erneut hinter Gitter bringen. Und dieses Mal hoffentlich endgültig.«

Azra schwieg einen Moment. Schließlich sagte sie: »Schön und gut. Aber das beweist immer noch nicht, dass Bodenfeld der Täter ist.«

»Nein, das tut es nicht«, antwortete Rodenstock kühl. »Aber da wir jetzt sicher wissen, dass er und seine Genossen die Moschee niedergebrannt haben und in ihrem Pamphlet aktiv dazu aufrufen, Moslems zu töten, spricht vieles dafür. Und auch wenn Bodenfeld das Feuer nicht selbst gelegt hat: Er ist der geistige Urheber der Tat. Und er hat mehrere Mitglieder der Gemeinde mit dem Tod bedroht. Außerdem bin ich nach wie vor davon überzeugt, dass das Messer, das wir bei Horvat im Müll gefunden haben, ihm gehört. Dieses Mal wird er ein Geständnis ablegen. Da können Sie sicher sein.«

Er sah Azra an: »Wo ist übrigens Herr Antoniou?«

»Er ermittelt in Mostar«, antwortete Azra. Rodenstocks Tonfall wurde noch eine Spur kühler. »Er ist wo?«

»In Bosnien. Er will dort mit einer Polizistin sprechen, von der er sich wichtige Erkenntnisse über die Vergangenheit von Kovac und Horvat und die Verbrechen von Milan Pzov erwartet.«

Rodenstock schnaubte: »Milan Pzov ist der angebliche Kriegsverbrecher, der nach Antonious Theorie Zeugenaussagen von Kovac und Pavel mit Gewalt verhindern wollte, nicht wahr? Das sind doch alles Hirngespinste. Das sagen übrigens auch die Kollegen in Zagreb, die uns mitgeteilt haben, dass sie eine Verwicklung von kroatischen Stellen in die beiden Mordfälle in Bonn für ausgeschlossen halten.«

»Das wird Philipp nicht freuen«, sagte Azra.

»Es ist mir egal, ob ihn das freut! Wir hatten ausgemacht, dass sich Herr Antoniou vorrangig um das ›Aktionskomitee‹ kümmert. Stattdessen reist er nach Mostar. Und hält es nicht einmal für notwendig, mich darüber zu informieren. Ich bin davon ausgegangen, dass die Amtshilfe über den Austausch von Dokumenten oder telefonisch erfolgt.«

Er sah Azra an: »Gibt es irgendeinen Beweis dafür, dass die Morde tatsächlich mit dem Bosnienkrieg zu tun haben?«

Sie schwieg.

»Keine Antwort ist auch eine Antwort«, sagte Rodenstock. »Damit ist Herr Antoniou draußen.« Er sah Azra scharf an. »Lars Manke leitet ab sofort die Ermittlungen. Und Sie werden ihn gefälligst unterstützen. Ich erwarte volle Kooperation.«

***

Um halb acht brachen Marija und Philipp auf. Marija hatte angeboten, ihren Skoda zu nehmen. Nachdem sie in der Nacht leidenschaftlich miteinander geschlafen hatten, war sie ebenso plötzlich wieder verschwunden, wie sie gekommen war. Gegen halb sieben hatte sie ihn zum Frühstück geweckt. Außer einem leichten Kuss auf die Wange verhielt sie sich, als hätte es das nächtliche Tête-à-Tête nie gegeben. Einen Moment lang fragte sich Philipp, ob er nur geträumt hatte. Er war enttäuscht und gekränkt. Doch dann begriff er, dass sie keine Erwartungen in ihm wecken wollte, die sie nicht erfüllen konnte. Da er wusste, dass er nicht in Marija verliebt war, fand er allmählich zur Unbefangenheit des vergangenen Tages zurück.

Marija fuhr in südlicher Richtung aus Mostar heraus, allerdings nicht auf der Route entlang der Neretva, die Philipp genommen hatte, sondern südwestlich auf der Straße zum Pilgerort Međugorje. Philipp versuchte, sich auf die Strecke zu konzentrieren, als Azra anrief. Er merkte, dass er sich nur schwer auf sie einlassen konnte. Zu weit waren die Ermittlungen in Bonn von seinen Eindrücken aus den Gesprächen mit Goran und Ranko über die Ereignisse während des Krieges in Mostar entfernt. Azra schien das zu merken, denn sie wurde im Verlauf des Telefonats zunehmend gereizter.

»Alles in Ordnung in Bonn?«, fragte Marija, nachdem Philipp aufgelegt hatte. Er nickte. Dabei war nichts in Ordnung. Wahrscheinlich sägte Manke während seiner Abwesenheit fleißig an seinem Stuhl. Und Azra hatte endgültig die Schnauze voll von ihm. Philipp wurde bewusst, dass er Schuldgefühle verspürte. Merkwürdigerweise aber nicht, weil er sie bei ihren Ermittlungen im Stich ließ, sondern weil er mit Marija geschlafen hatte.

Nach etwa einer halben Stunde erreichten sie Gradnići. Als sie das Ortsschild passierten, kamen Philipp plötzlich Zweifel: War es wirklich eine gute Idee gewesen, hierher zu fahren?

Marija durchquerte die kleine Gemeinde und hielt am Ortsende an. »Wenn dein Bruder und du, wie du sagst, von der kroatischen Küste gekommen seid, müsstet ihr von dieser Seite in den Ort gefahren sein«, sagte sie. Philipp sah sich um. Hinter den wenigen Häusern erblickte er von Macchia bedeckte Hügel, dahinter Berge und Wald. Die Landschaft war ihm fremd.

Er versuchte, sich zu erinnern. Am Tag vor dem Unfall waren Nikos und er in Međugorje gewesen, einem Ort, der durch seine angeblichen Marienerscheinungen in den 1980er-Jahren berühmt geworden war. Übernachtet hatten sie in einem kleinen Hotel in Čitluk, wo es viele Weinberge gab. Abends hatten sie den hervorragenden Wein aus der Gegend getrunken, und das reichlich. Den Morgen des nächsten Tages, an dem das Entsetzliche passiert war, konnte er sich nicht mehr ins Gedächtnis rufen. Er war wie ausgelöscht.

Er sah Marija an: »An Gradnići kann ich mich nicht erinnern. Wir müssen von Čitluk aus losgelaufen sein. Zumindest war dort das Hotel, in dem wir übernachtet haben.«

»Fällt dir der Name ein?«

Philipp schüttelte den Kopf. Marija, die seine Hilflosigkeit bemerkte, holte eine Landkarte aus dem Handschuhfach und faltete sie auseinander. Philipp sah, dass einige Stellen farblich unterlegt und mit schwarzen Markierungen versehen waren.

»Die gelben Flecken sind Orte, an denen Minen gefunden wurden oder vermutet werden.« Sie zeigte mit dem Finger auf Čitluk.

»Hier«, sagte sie und tippte auf einen gelben Fleck nördlich des Ortes. »Da oben könnte es passiert sein.« Sie öffnete das Fenster und deutete auf einen Berg, der, so schätzte Philipp, zwei bis drei Kilometer entfernt lag. Sie nahm ihr Smartphone aus der Tasche und klickte auf Google Maps. Nach kurzem Suchen nannte sie ihm mehrere Hotels in Čitluk. Philipp schüttelte den Kopf.

»Egal«, sagte Marija. Sie zeigte wieder auf die Karte. »Vermutlich seid ihr vom Ort aus nach Nordosten gelaufen.« Sie deutete auf eine andere Stelle: »Hier ist eine alte Fahrstraße eingezeichnet, die parallel zu einer Schlucht verläuft. Am Ende der Schlucht müsst ihr nach Gradnići heruntergelaufen sein. Dort sind auch die gelben Markierungen.« Sie sah Philipp an. »Natürlich ist das nur eine Vermutung. Deine Erinnerungen sind ziemlich vage. Sollen wir es trotzdem versuchen?«

Philipp überlegte. Nach wie vor hatte er Zweifel. War es richtig, in der Vergangenheit zu graben? Was würde passieren, wenn er die Büchse der Pandora öffnete? Würde er sich am Ende noch schlechter fühlen? Sollte er die Toten nicht besser ruhen lassen, wie ihm Jannis geraten hatte? Andererseits: Was hatte er zu verlieren? Seit sechs Jahren verfolgten ihn die Ereignisse von damals. Immer wieder lief der schreckliche

Tod von Nikos im Traum ab wie in einem Film und machte ihm sein Versagen deutlich.

Marija wendete, und sie fuhren erneut durch Gradnići. Sie wollte versuchen, möglichst nah an das westliche Ende der alten Fahrstraße zu kommen. «Von da aus kann es nicht weit bis zu der Abkürzung sein, die ihr genommen habt. Von Čitluk aus bräuchten wir viel länger bis zu der Stelle.«

In der Praxis erwies es sich jedoch als schwierig, ihren Plan umzusetzen. Zwei Mal bogen sie von der Hauptstraße auf Feldwege ab, die nach wenigen hundert Metern im Nichts endeten. Beim dritten Versuch nahmen sie eine Schotterpiste, die immer wieder die Richtung wechselte. Philipp verfolgte ihren Schlingerkurs auf seinem Smartphone, bis der Weg allmählich breiter wurde und in eine asphaltierte Straße mündete. Anfangs ließ sie sich gut fahren, bis nach etwa einem Kilometer die Schlaglöcher immer größer wurden. An einigen Stellen überwucherte die Macchia Teile der Straße. Marija hielt an und zog erneut ihre Karte zurate. »Lass uns zu Fuß gehen. Von hier aus kann es nicht weiter sein als ein bis höchstens anderthalb Kilometer.« Sie stellten den Wagen ab und gingen los. Wie damals roch es nach wilden Kräutern, und auf beiden Seiten der Wegstrecke erhoben sich Felsformationen. Was war Traum und was Wirklichkeit?, fragte sich Philipp. Konnte er sich wirklich an die Gerüche von damals erinnern? Oder war das nur Einbildung? Nach einiger Zeit bemerkten sie links und rechts der Straße rote Warnschilder mit der Aufschrift »Pazi – Mine.«

»Die gab es damals nicht«, sagte Philipp. Vielleicht waren sie nach dem Unglück aufgestellt worden.

Sie waren ungefähr einen Kilometer gelaufen, als er stehen blieb. Die Macchia wurde lichter und eine Wiese fiel sanft nach rechts ab. Den Ort dahinter kannte Philipp. »Gradnići«, sagte er.

»War es hier?«, fragte sie leise. Philipp nickte und ging weiter, bis die Straße einen Linksknick machte. Hinter der Kurve hörte die Wiese auf, und die Macchia begann erneut. Philipp blieb stehen und blickte auf die Ebene hinab. Wie von selbst begannen seine Beine, auf die Wiese zuzulaufen. Nach wenigen Metern war Marija neben ihm. Vorsichtig hielt sie ihn fest. Philipp wehrte sich nicht. Sie schmiegte sich an ihn und legte einen Arm um seine Taille. So standen sie da und sahen ins Tal. Das einzige Geräusch war das Rauschen des Windes. Philipp überließ sich ihm völlig. Er hörte auf zu denken und wurde eins mit dem Wind. Das Rauschen wurde heftiger, und plötzlich war er in der Luft und flog wie ein Vogel über das Tal. Unter sich sah er die Wiese und in der Ferne Gradnići. Eine tiefe Ruhe überkam ihn.

Dann war er wieder auf dem Boden. Er sah sich um. Nicht Marija stand neben ihm, sondern Nikos. Und mit einem Mal erinnerte er sich, was wirklich passiert war.

»Das ist doch nur eine Wiese mit ein paar Sträuchern«, sagte sein Bruder. »Da kommen wir problemlos durch.«

»Nein«, antwortete Philipp und hielt ihn am Arm fest. »Hier könnten Minen liegen. Lass uns auf dem Weg weitergehen.«

Nikos lachte. »Du Angsthase«, sagte er und riss sich los. »Ich will nicht noch ein paar Kilometer laufen«, erklärte er trotzig. »Komm, es wird schon nichts passieren!« Trotz der Schmerzen in seinem Knöchel lief er mit erstaunlicher Geschwindigkeit durch die Sträucher auf die Wiese zu. Philipp rief ihn zurück, aber der Bruder lachte nur. Philipp rannte hinterher, stolperte über eine Wurzel und fiel. In diesem Moment gab es eine furchtbare Explosion, und ihm wurde schwarz vor Augen.

»Ist alles okay?«, fragte Marija, als Philipp wie ein Schlosshund zu weinen begann. Er heulte Rotz und Wasser, aber es waren Tränen der Erleichterung. Später dachte er, dass die Erkenntnis, dass er keine Schuld an dem Unglück von damals trug, seinen Bruder nicht wieder lebendig machte, aber dass er jetzt vielleicht leichter mit dem Verlust leben konnte.

18

Kurz vor zwölf verließ Azra das Präsidium. Manke hatte die neue Situation gründlich ausgekostet und sie und Heugel nach dem Gespräch mit Rodenstock zu einem endlosen Meeting verpflichtet. Dabei hatten sie immer wieder die Verdachtsmomente gegen Bodenfeld diskutiert. Diese beruhten im Wesentlichen auf den Aussagen der Persic-Brüder. Dazu kam der Streit im Laden von Dario Kovac, bei dem Bodenfeld, so Ivan Persic, damit gedroht hatte, Kovac, Horvat und ihn zu töten. Nick Jonas, der ebenfalls Zeuge des Vorfalls war und nach wie vor in Untersuchungshaft saß, behauptete dagegen, dass die Auseinandersetzung sehr viel harmloser war und weder er noch Rolf Bodenfeld Drohungen ausgesprochen hätten. Auch der festgenommene Thorsten Strattmann leugnete, jemals Mitglieder der bosnischen Gemeinde oder andere Ausländer bedroht zu haben. Dem »Aktionskomitee« ginge es nur um Aufklärung darüber, dass fanatische Ideologen in den Moscheen andere Moslems radikalisierten und dadurch die Sicherheit in Bonn gefährdeten. Jeder wisse, dass Bad Godesberg eine Hochburg der Salafisten in Deutschland sei.

Azra schwieg die meiste Zeit. Er schien ihre Zurückhaltung als Zustimmung zu deuten, was ihr in diesem Moment ganz recht war. Natürlich war es richtig, gegen Neonazi-Banden wie das »Aktionskomitee Rheinland« vorzugehen. Und mit dem Anschlag auf die Moschee und der Beschlagnahmung des Flugblattes hatten sie genug in der Hand, um den braunen Sumpf um Bodenfeld fürs Erste trockenzulegen. Dabei war ihr bewusst, dass die Polizei in diesem Fall nicht mehr war als eine Art Feuerwehr, die erst zum Einsatz kam, wenn es längst lichterloh brannte. Das eigentliche Problem lag woanders: Die Politik bezog nicht entschieden genug Stellung gegen eine wachsende rechtsradikale Gesinnung in Deutschland. Ihrer Meinung nach machte sie das mitschuldig an einer zunehmenden Radikalisierung der Rechten. Azra hatte jedoch keine Lust, ihre politischen Ansichten mit Manke zu teilen. Zumal die Sitzung dann noch länger gedauert hätte.

Seinen vielen Worten ließ er am Ende auch Taten folgen. Mit Zustimmung Rodenstocks schickte er ein Einsatzkommando zu Bodenfelds Haus. Doch der öffnete nicht. Nachdem die Beamten sich Zutritt verschafft hatten, stellten sie fest, dass er das Weite gesucht hatte. Der Polizist, der das Haus observieren sollte, hatte sein Verschwinden nicht bemerkt. Bei seiner Flucht konnte er nicht den BMW benutzt haben, denn der stand beschädigt vor der Garage. Daraufhin hatte Manke Bodenfeld zur Fahndung ausgeschrieben.

Azra nutzte eine Pause, in der Manke wegen eines Telefonats den Raum verlassen hatte, um Sven Heugel nach den Konten von Kovac und Horvat zu fragen. Heugel konnte Neues berichten: Bei seinen Nachforschungen hatte er herausgefunden, dass Kovac seit Herbst letzten Jahres regelmäßig größere Beträge auf sein Konto eingezahlt hatte, insgesamt etwa siebzigtausend Euro. Vor zwei Wochen war der Gesamtbetrag ins Ausland transferiert worden. Das Geld war an eine Bank in Sarajevo gegangen. Azra vermutete, dass es sich dabei um die Anzahlung für das Haus handelte, das Kovac erworben hatte.

Horvats Konto wies keine erkennbaren Unregelmäßigkeiten auf. Allerdings hatten die Beamten in seiner Wohnung den Fahrzeugbrief für einen teuren Sportwagen gefunden, einen Maserati Levante. Inzwischen konnte auch das Auto sichergestellt werden: auf einem Stellplatz in der Tiefgarage der Fronhofer Galeria in Bad Godesberg. Den dazugehörigen Mietvertrag hatten die Polizisten ebenfalls in seinen Papieren entdeckt. Sven Heugel hatte bei Nachbarn und Verwandten herumgefragt, ob diese wussten, dass Pavel Horvat einen Maserati besaß. Alle äußerten sich erstaunt.

»Tut mir leid, dass ich noch nicht mehr herausgefunden habe. Aber Lars hat mir untersagt, mit den Nachforschungen weiterzumachen«, sagte er zum Schluss. Azra bedankte sich bei ihrem Kollegen, der sich sichtlich darüber freute. Sobald Manke den Raum betrat, setzte er jedoch wieder eine neutrale Miene auf. Azra tat er leid. Eigentlich mochte sie Heugel. Vielleicht auch wegen ihres engen Kontakts zu Philipp hatte er sich Manke angeschlossen, der nach Kräften versuchte, ihn auf seine Seite zu ziehen.

Nachdem die Besprechung endlich beendet war, setzte sich Azra in ihren Fiat und fuhr erneut zu Aisa. Zu ihrem Erstaunen öffnete Andrej Persic die Tür. Es schien ihm keineswegs unangenehm zu sein, dass Azra ihn in der Wohnung der Kovacs antraf. »Aisa fährt ihre Mutter in den Laden«, erklärte er. »Sie müsste bald zurück sein. Morgen will Fatima das Geschäft wieder öffnen.«

Azra fragte, ob sie warten könne. Andrej bat sie ins Wohnzimmer und bot ihr einen bosnischen Kaffee an. Er servierte ihn in einer Stilkanne aus Kupfer und goss ihn dann in zwei Mokkatassen.

»Soweit ich weiß, wird der Kaffee in der Türkei ähnlich getrunken«, sagte er.

Azra nickte. »Das ist richtig. Aber ich bin in Deutschland geboren. Und meine Familie trinkt nur deutschen Kaffee.«

»Das ist schade«, entgegnete er. »Man sollte kulturelle Traditionen pflegen. Sonst verliert man am Ende seine Wurzeln.« Azra war der gleichen Meinung, sagte jedoch nichts. Jeden Moment konnte Aisa zurückkommen. Dann war die Gelegenheit vertan, mit Andrej allein zu reden.

»Was war Dario Kovac eigentlich für ein Mensch?«, fragte sie. »Ich weiß, Sie haben ihm viel zu verdanken.«

»Fragen Sie mich das beruflich oder privat?«, wollte er wissen.

»Beides«, antwortete Azra in dem Versuch, die ungezwungene Atmosphäre aufrechtzuerhalten. »Ich habe ihn ja nie kennengelernt und würde mir gerne ein genaueres Bild von ihm machen.«

»Ich verstehe«, sagte Andrej und lehnte sich zurück. »Dario war ein sehr großmütiger und hilfsbereiter Mensch. Für die Familie und Freunde hätte er alles getan. Als ich nach Deutschland kam, kannte ich praktisch niemanden. Eine klare Vorstellung, was ich mit meinen beruflichen Erfahrungen anfangen konnte, hatte ich auch nicht. Dario hat mir Selbstvertrauen gegeben und über seine Beziehungen geholfen, Arbeit zu finden. Dafür bin ich ihm sehr dankbar.«

»Dann war ihr Verhältnis zu ihm ähnlich wie das zu Pavel Horvat?«

»Nicht ganz. Dario war ein guter Freund, Pavel eher wie ein Vater, den ich auch bei persönlichen Dingen um Rat fragen konnte.«

»Beispielsweise dann, als Dario seine Zustimmung für Ihre Hochzeit mit Aisa verweigert hat?«

Andrej seufzte. »Ich wollte Pavel dazu bringen, bei Dario ein gutes Wort für mich einzulegen. Aber als ich am Montag von meiner Reise zurückkam, war er schon tot.«

«Konnten Sie seine Haltung nachvollziehen?«

»Nein. Seine Ablehnung hat mich sehr gekränkt.« Er sah Azra an. »Ich liebe Aisa wirklich.«

»Und das hat er nicht geglaubt?«

»Er behauptet, ich hätte Verhältnisse mit anderen Frauen gehabt.«

»Stimmt das?«

»Nein.« Er schwieg einen Moment. »Als ich nach Deutschland kam, kannte ich außer meinen Verwandten hier niemanden. Ich fühlte mich manchmal einsam. Da habe ich mich in eine Frau verliebt. Dario wusste davon.«

»Und?«

»Die Frau war Deutsche. Dario hat das kritisiert. Aber es kam zu keiner Beziehung, auch weil sie kurz darauf wegzog.«

»Das war alles?«

»Ja.«

Azra zögerte, bevor sie die nächste Frage stellte.

»Hat Darios Haltung ihr Verhältnis verändert?«

Andrej lächelte leicht. »Sie verdächtigen mich immer noch, nicht wahr?«

Nachdem Azra nicht antwortete, fuhr er fort: »Wie gesagt: Anfangs fühlte ich mich verletzt und war wütend. Aber dann habe ich mich beruhigt und seine Entscheidung akzeptiert – zumindest vorläufig. Ich war davon überzeugt, dass er seine Meinung irgendwann ändern würde.«

»Aber dazu ist es nicht mehr gekommen«, sagte Azra sachlich.

»Nein.«

Azra wechselte das Thema.

»Haben Sie mit Dario auch über den Krieg gesprochen?« Andrej schüttelte den Kopf. »Ich hatte den Eindruck, dass er darüber nicht reden wollte.«

Azra blieb hartnäckig: »Hat er Ihnen jemals erzählt, dass er von Anhängern Stjepan Novaks bedroht würde?«

Andrej reagierte erstaunt: »Nein, nie. Er hat immer nur vom ›Aktionskomitee Rheinland‹ und Rolf Bodenfeld gesprochen.«

An der Haustür wurde ein Schlüssel gedreht. Andrej drehte sich zu Azra um. Das Lächeln war aus seinem Gesicht verschwunden. »Ich werde mit Aisa fortgehen, sobald es Fatima besser geht«, sagte er. »Irgendwo hin, wo es keine Neonazis gibt.«

Wenn Aisa erstaunt war, Azra im Gespräch mit Andrej anzutreffen, ließ sie es sich nicht anmerken. Sie gab der Polizistin die Hand. Andrej begrüßte sie mit einem Kuss auf den Mund. Er legte seinen Arm um sie, und sie wechselten ein paar Sätze auf Bosnisch. Kurz darauf verabschiedete sich Andrej mit der Erklärung, dass er zu einem Kundentermin nach Köln fahren müsse.

Aisa setzt sich zu Azra an den Tisch. Sie wirkte nervös und angestrengt. Azra fragte sie, wie es ihrer Mutter gehe.

»Nicht gut«, antwortete Aisa. »Sie leidet sehr unter Vaters Tod.«

»Das kann ich verstehen«, sagte Azra. Sie musste an ihre Mutter denken und daran, wie sehr sie ihr fehlte. Ihr stiegen die Tränen in die Augen.

»Wie ist es mit Ihnen?«, fragte sie Aisa.

»Wie ich damit fertig werde?« Aisa überlegte einen Moment. »Ich versuche, nur nach vorne zu blicken«, sagte sie dann und presste die Lippen zusammen.

»Wie geht es mit dem Laden weiter?«, fragte Azra, nachdem sie sich verstohlen die Augen gerieben hatte.

»Mutter wird ihn übernehmen«, sagte Aisa. »Wir brauchen das Geld, da sie nur eine kleine Rente bekommt.« Sie seufzte. »Leider ist sie nicht sehr selbstständig. Mein Vater hat sich immer um alles gekümmert. Natürlich kann ich ein bisschen helfen, aber ich habe ja noch meinen Job im Kindergarten.«

»Das ist sicher schwer für Sie«, sagte Azra. »Trotzdem bitte ich Sie, mir zu helfen.« Sie sah Aisa eindringlich an. »Was ist mit dem Schlüssel für das Schließfach? Haben Sie ihn gefunden?«

Aisa schüttelte den Kopf.

»Denken Sie genau nach. Haben Sie jemandem davon erzählt?«

»Ich weiß es nicht«, antwortete Aisa.

»Was heißt das: ja oder nein?«

»Seit die Puppe gestern Abend leer war, denke ich an nichts anderes«, sagte Aisa verzweifelt.

»Und?«

Aisa schluckte. »Ich habe es wohl Ivan und Andrej gegenüber erwähnt.«

»Geht es etwas genauer?«, fragte Azra ungeduldig.

»Nachdem Vater die Heirat mit Andrej verboten hatte, war ich völlig außer mir. Er hat versucht, mich zu trösten und gesagt, dass wir zusammen weggehen würden. Ich wollte wissen, ob er mich denn auch ernähren könne. Er hat gelacht und gesagt, dass er genug verdient. Und gefragt, ob ich auch eine gute Partie sei. Da habe ich ebenso scherzhaft geantwortet, dass ich einen Schlüssel zu einem Schließfach hätte, in dem viel Geld liegt.«

»Und dann?«

»Nichts. Er hat mich nicht mehr nach dem Geld gefragt, und ich habe ihm auch nicht das Versteck verraten.«

»Und Ivan?«

»Das Gespräch fand bei uns im Wohnzimmer statt. Ivan war auch da. Er hat zugehört.«

»Wie stand er zu Ihrem Vater?«

»Sie sind verwandt, Familie eben. Sie haben immer zusammengehalten. Obwohl er Vaters Ablehnung der Heirat auch nicht verstanden hat.«

***

Er wusste, dass die Bullen ihn noch immer im Visier hatten. Seit dem demütigenden Erlebnis mit der Polizistin am Vorabend war Rolf Bodenfeld klar, dass sie sein Haus beobachteten. Er befand sich in einem emotionalen Ausnahmezustand. Der kurze Triumph, den er nach der Entlassung aus der Untersuchungshaft verspürt hatte, war der Wut gewichen.

Wut auf die Polizistenschlampe, die ihn angegriffen und sein Auto demoliert hatte.

Rolf Bodenfeld hatte das Gefühl, die Kontrolle zu verlieren. Er musste etwas tun, um die Initiative zurückzugewinnen. Was er jetzt brauchte, war ein Befreiungsschlag. Da kamen ihm die Persic-Brüder in den Sinn. Mit ihnen hatte er noch ein Hühnchen zu rupfen. Von Ivan war er bei der Auseinandersetzung im Laden mit einer Pistole bedroht worden. Und Andrej hatte ihm die Nase blutig geschlagen. Niemand schlug Rolf Bodenfeld ungestraft ins Gesicht!

Er verließ die Wohnung durch die Gartentür. Wenn er mit seiner Vermutung recht hatte, wurde das Haus nur von einem Polizisten bewacht. Und der war sicher in der Nähe der Haustür postiert. Er schlich durch den Garten, bis er zu einem kleinen Schuppen kam, in dem er Geräte aufbewahrte. Links vor dem Eingang lag ein großer Stein. Bodenfeld drückte ihn weg und schaufelte die Erde darunter mit den Händen beiseite. Zwei Minuten später hatte er eine stabile Metallkiste freigelegt. Die darin liegende Pistole, eine Glock 27, hatte er vor kurzem im Darknet gekauft. Er steckte sie ein und klettere über den Zaun auf die Hohenzollernstraße. Er sah sich um. Alles war ruhig. Er atmete tief durch und spürte, wie das Adrenalin in sein Blut schoss. Jetzt brauchte er nur noch ein Auto.

19

Kurz vor fünf betrat Philipp seine Wohnung in Plittersdorf. Er stellte den Koffer in die Ecke, holte ein Bönnsch aus dem Kühlschrank und ging in den Garten. Als er vor dem Schildkrötengehege stand, kam ihm Achilles entgegen, der gestreichelt werden wollte. Philipp registrierte zufrieden, dass die Tiere frisches Grünfutter und Wasser bekommen hatten. Also war Jannis hier gewesen. Philipp setzte sich an den wackeligen Gartentisch und öffnete sein Bier.

Die Fahrt nach Split und der Rückflug verliefen problemlos. Der Abschied von Marija war ihm schwergefallen. Sie hatte ihn auf den Mund geküsst und ihm das Versprechen abgenommen, bald wieder nach Mostar zu kommen. Als sie ihm auf der anderen Seite der Sperre nachwinkte, sah er Tränen in ihren Augen. Vorher hatte sie ihm einen Brief übergeben. »Er ist von Ranko. Er meinte, dass es dir vielleicht weiterhilft.« Den Umschlag hatte er in seinem Rucksack verstaut. Er würde ihn zuhause öffnen.

Allerdings hatte er auch jetzt keine Lust, sich den Inhalt anzusehen, und packte den Brief in seine Jackentasche. Er war wieder in Bonn. Und aus der hiesigen Perspektive kamen ihm die Informationen, die er von Marija, Ranko und Goran bekommen hatte, mit einem Mal vage und unzusammenhängend vor. Selbst wenn es stimmte, dass Dario Kovac und Pavel Horvat im Krieg mit Novak und Pzov kollaboriert und dabei Zeugen von Kriegsverbrechen geworden waren: Noch immer hatte er keinen Beweis für die Behauptung Kovacs, er werde von einer geheimen Organisation mit dem Tode bedroht. Und schon gar nicht dafür, dass Kovac und Horvat von Gefolgsleuten Milan Pzovs ermordet worden waren.

Azra hatte recht. Es sprach einiges dafür, dass das Geld der Grund war, dass die beiden sterben mussten. Eine beträchtliche Summe, die Kovac kaum auf legalem Weg erworben haben konnte. Vielleicht stammte es wirklich aus der geraubten Stadtkasse von Mostar. Wenn das stimmte, waren die Morde eher aus Habgier erfolgt und nicht aus politischen Motiven.

Azra. Kluge, schöne Azra. Warum hatte er sich ihr gegenüber so mies verhalten? Er wählte ihre Nummer. Sie meldete sich. Philipp merkte an ihrem Ton, dass sie nicht in der Stimmung war, Beziehungsgespräche zu führen.

»Nur dass du es weißt: Wir sind draußen«, sagte sie. Er wollte etwas fragen, aber sie ließ ihn nicht zu Wort kommen: »Manke leitet jetzt die Ermittlungen. Ich bin ihm unterstellt. Du bist von dem Fall abgezogen.« Ihr Tonfall war resigniert. Philipp meinte, auch unterdrückte Wut herauszuhören.

»Dann hat Rodenstock die Reißleine gezogen?«

»Wundert dich das?«

»Tut mir leid, das ist alles meine Schuld.«

Sie antwortete nicht.

»Was macht Manke?«

»Mittlerweile wissen wir, dass das Flugblatt, das uns der Imam gezeigt hat, vom ›Aktionskomitee‹ kommt. Wahrscheinlich stammt es aus Bodenfelds Feder. Aufruf zur Brandstiftung und zum Mord! Deshalb konzentrieren sich die Ermittlungen wieder auf ihn. Manke hat Bodenfeld zur Fahndung ausgeschrieben. Aber der ist untergetaucht.«

Philipp schwieg einen Moment.

»Bist du mit der Suche nach dem Geld weitergekommen?«, fragte er.

Azra brachte ihn auf den laufenden Stand der Ermittlungen. »Der Schlüssel zum Schließfach bleibt verschwunden«, schloss sie. »Aisa hat den Persic-Brüdern von dem Geld erzählt. Vielleicht auch anderen. Und wer weiß, wen Dario Kovac alles ins Vertrauen gezogen hat.«

»Was ist mit Horvats Luxusschlitten?«

»Von seinem Hausmeistergehalt hat er den sicher nicht bezahlt.«

»Vielleicht hat er seinen Anteil am Raub der Stadtkasse versilbert«, spekulierte Philipp.

Sie schwiegen.

»Was willst du jetzt machen?«, fragte sie.

Philipp grinste. »Ich ziehe in den Krieg.«

»Dann sollten wir uns treffen«, sagte sie.

***

Eine halbe Stunde später parkte Azra ihren Fiat in der Steinstraße neben der apostolischen Nuntiatur in Plittersdorf. Philipp wartete wenige Meter weiter in seinem Saab. Sie stieg zu ihm ins Auto. Er begrüßte sie mit einem freundlichen »Hallo« und legte ihr kurz eine Hand auf die Schulter. Ihm fiel auf, dass sie angespannt wirkte. Er schob das auf die Ermittlungen.

»Was hat Manke jetzt vor?«, fragte Philipp.

»Heugel und er verhören Strattmann und Jonas. Sie erhoffen sich von ihnen Hinweise, wo sich Bodenfeld versteckt haben könnte.«

»Dann sind sie im Moment beschäftigt. Aber viel Zeit haben wir nicht.«

»Sind wir uns einig, dass wir uns vorläufig auf das Geld als Motiv konzentrieren?«

»Einverstanden«, sagte Philipp.

»Dann sollten wir uns als Erstes Ivan Persic vornehmen. Wahrscheinlich kennt er den Mörder. Und er weiß von dem Geld.«

»Irgendwie ist es ihm gelungen, seine und Andrejs persönliche Daten aus der Einwohnermeldedatei in Mostar zu löschen«, ergänzte Philipp. »Vielleicht hat er ja noch mehr zu verbergen.«

Er startete den Motor. Azras Handy klingelte. Sie sah aufs Display.

»Es ist Sven«, sagte sie. Philipp nickte. Azra nahm den Anruf an.

»Wo bist du?«, fragte er. »Manke tobt.«

»Wenn er mich braucht, soll er mich anrufen«, sagte sie barsch. »Ich bin nicht seine Sklavin.«

»Lass mich mit euren Streitereien in Ruhe«, reagierte Heugel gereizt. »Das hier ist wichtiger.«

»Was?«

»Thorsten Strattmann hat ausgepackt.«

»Okay, und was?«, fragte Azra ungeduldig.

»Gestern Abend bei Bodenfeld haben sie darüber gesprochen, was sie weiter unternehmen wollen. Das muss in der Zeit gewesen sein, als du das Haus observiert hast.«

Azra grinste, als sie an den gestrigen Abend dachte.

»Dabei ging es nicht nur darum, Flugblätter zu verteilen. Bodenfeld hat gesagt, dass er sich die Persic-Brüder noch einmal vornehmen würde. Ihnen müsse endlich mal jemand das Maul stopfen. Er wirkte sehr entschlossen.«

»Okay, aber Drohungen hat es früher schon gegeben. Und das letzte Mal hat er bei den Persics eins auf die Nase bekommen.«

»Das stimmt. Aber Strattmann sagte, dass sich Bodenfeld eine Waffe besorgt hat. Und dass es heute um sechs passieren soll.«

»Er hat eine Uhrzeit genannt?«

»Um sechs wollten sich die beiden am Haus der Persics treffen. Aber Strattmann wird nun nicht kommen – was Bodenfeld möglicherweise nicht weiß.«

Azra sah auf die Uhr: »Es ist kurz vor sechs. Und Bodenfeld könnte mit jemandem vom Aktionsbündnis gesprochen haben, der mitbekommen hat, dass wir Strattmann festgenommen haben. Vielleicht hat er die Aktion abgeblasen.«

»Wenn er wirklich untergetaucht ist, wird er alle Kontakte vermeiden«, sagte Philipp leise im Hintergrund.

Azra nickte.

»Alles Theorie«, antwortete Heugel Azra. »Lars stellt gerade ein Einsatzkommando zusammen. Wegen des Petersburger Dialogs sind wir personell jedoch ziemlich eingeschränkt. Deshalb dauert das länger. Vielleicht bist du ja zufällig in der Nähe und kannst bei den Persics nach dem Rechten sehen?« Er schwieg einen Moment: »Ist Philipp eigentlich bei dir?«, fragte er beiläufig.

Azra antwortete nicht.

»Okay, verstehe. Ich weiß, dass bisher vieles schiefgelaufen ist. Aber Bodenfeld scheint Amok zu laufen und seine Drohung gegenüber Ivan Persic wahr zu machen. Jetzt geht es um ein weiteres Menschenleben, vielleicht sogar um zwei. Also, wenn du was tun kannst, tu es.«

»Okay, verstanden«, sagte Azra und legte auf.

»Bodenfeld ist wahrscheinlich gerade bei den Persics«, sagte sie zu Philipp. »Und er ist bewaffnet.«

Mit quietschenden Reifen fuhr er los. »Dann haben wir wohl falschgelegen.«

Azra nickte. »Sieht so aus, als hätte Ivan die Wahrheit gesagt.«

***

Rolf Bodenfeld fuhr durch den Tunnel in Richtung Bad Godesberg. Den alten Golf GTI auf einem Parkplatz in der Hohenzollernstraße aufzubrechen, war ein Kinderspiel gewesen. Einmal mit dem Schraubenzieher unter den Türgriff gefahren, schon war der Zylinder geknackt. Jetzt quälte sich der Golf im Schritttempo voran. Wegen der langwierigen Erneuerung des Belüftungssystems war nur eine Tunnelröhre geöffnet. Und durch die zwängte sich bei maximal Tempo dreißig der Durchgangsverkehr auf der B9. Die rechte Hand hatte Bodenfeld auf den Beifahrersitz gelegt. Dort glänzte die Glock metallisch kalt im Tunnellicht. Das Schmuckstück hatte viel Geld gekostet. Das war ihm jedoch egal. Dank seiner Stellung hatte er Zugriff auf die schwarze Kasse des Aktionsbündnisses. Und das Geld war gut angelegt.

Endlich hatte Bodenfeld das Ende des Tunnels erreicht, und der Verkehr floss wieder normal. Er gab Gas. Der GTI röhrte und schoss vorwärts. Kurz vor der Eisenbahnbrücke bog er rechts in die Mallwitzstraße ein und fuhr vorbei am Fitnesscenter bis zur König Fahd-Akademie mit der charakteristischen goldenen Kuppel. Seit etwa zwei Jahren war sie geschlossen, weil der Besitzer, das saudi-arabische Königreich, den Unterhalt der Schule nicht mehr bezahlen wollte oder konnte. Wie andere Bonner auch, denen die Akademie ein Dorn im Auge war, hatte sich Bodenfeld zunächst über die Schließung gefreut. Schließlich war die Schule aus seiner Sicht viele Jahre lang die Anlaufstelle für Hassprediger und Salafisten aus ganz Deutschland gewesen. Doch dann stellte er fest, dass sich die Islamisten inzwischen andere Strukturen geschaffen hatten: kleinere Moscheen, Läden und Cafés, Kulturzentren. Godesberg blieb auch ohne die Akademie ein Zentrum des islamistischen Terrors. Genau aus diesem Grund hatte er das »Aktionskomitee« gegründet.

Kurz hinter der Akademie bog Bodenfeld rechts ab in die Paracelsusstraße. Schon von weitem sah er das Haus der Persics. Er parkte ein Stück davor und sah sich um. Von Thorsten war nichts zu sehen. Sein Smartphone, das ihn nur verraten würde, hatte er vor dem Kauf der Waffe entsorgt und sich in einem Handy-Shop in der Moltkestraße ein anonymes Prepaid-Gerät gekauft. Sollte er Thorsten anrufen? Aber wahrscheinlich wurde dessen Telefon ebenfalls abgehört. Er beschloss zu warten und beobachtete das Haus. Hinter einem Fenster mit offener Gardine sah er einen Mann mit einer Tasse in der Hand. Und kurz darauf einen zweiten. Bodenfeld grinste. Die Kaninchen waren in ihrem Bau. Zehn Minuten konnte er noch warten. Dann würde er sie ausräuchern – notfalls auch allein.

***

Philipp nötigte seinen alten Saab zu Höchstleistungen. Wegen des Berufsverkehrs nahmen sie nicht den Tunnel, sondern fuhren parallel am Rhein entlang Richtung Bad Godesberg. Aber auch dort herrschte dichter Verkehr, und Philipp musste trotz des Blaulichts auf dem Dach immer wieder abbremsen. Azra saß angespannt auf dem Beifahrersitz. Ihre Unruhe hing nur zum Teil mit der bevorstehenden Konfrontation mit einem unberechenbaren Rolf Bodenfeld zusammen, an dessen Verfassung sie vermutlich einen gewissen Anteil hatte. Nein, es gab noch einen anderen Grund. Seit dem Gespräch gestern mit ihrem Freund und Anwalt Ergün hatte sie sich nicht mehr um ihre Mutter gekümmert. Bestimmt war sie völlig vereinsamt in einem Bonner Pflegeheim eingesperrt. Und Tante Selin, die alte Hexe, steckte mit ihrem Vater unter einer Decke. Sie musste dringend etwas unternehmen. Aber dafür brauchte sie Zeit und einen klaren Kopf. Sie fand, dass Philipp dagegen im Vergleich zu den letzten Tagen entspannt und ausgeglichen wirkte – und das trotz der Suspendierung durch Rodenstock. Vermutlich steckte die bosnische Polizistin dahinter. Auf Philipps kurze Zusammenfassung seiner Erlebnisse in Mostar reagierte sie nicht, sondern blickte starr auf die Straße. Er schien es nicht zu bemerken.

Um zwanzig nach sechs parkte Philipp den Saab kurz vor dem Haus der Persics. Das Blaulicht hatten sie vorher vom

Dach genommen. Azra sah sich um. Alles war ruhig. Sie wollte Philipp gerade fragen, wie sie vorgehen sollten, als ein kurzer, scharfer Knall ertönte. Einen Moment später ging die Haustür auf und ein Mann mit einem Koffer und einem Kapuzenshirt über dem Kopf kam heraus. Ohne sich umzublicken, ging er mit raschen Schritten davon.

Philipp und Azra sprangen aus dem Auto. Ein Möbeltransporter fuhr langsam vorbei und versperrte ihnen die Sicht. Als er weg war, war auch der Mann verschwunden. Sie liefen über die Straße zum Haus. Ivan Persic stand vor der Tür und gestikulierte wild mit den Armen. Er wollte etwas sagen, fand aber keine Worte. Philipp drängte ihn beiseite und betrat die Wohnung.

Rolf Bodenfeld lag auf dem Rücken, die Beine gespreizt. Sein weißes T-Shirt hatte sich in der Bauchgegend rot gefärbt. Mund und Augen waren weit aufgerissen. Er wirkte erstaunt, fast wie ein Kind, dem jemand die Überraschung verdorben hatte. Unter ihm lief das Blut über den gefliesten Flur. Azra prüfte seinen Puls. Dann schüttelte sie den Kopf. Ein Stück neben Bodenfelds rechter Hand lag eine Pistole auf dem Boden. Philipp zog sich Handschuhe über und hob die Waffe auf. Er roch daran. Schnell prüfte er das Magazin.

»Aus der Pistole ist geschossen worden«, stellte er fest. »Was ist passiert?«, wandte sich Azra an Ivan Persic. Er sah sie an, dann blickte er auf den Toten. »Es war Notwehr«, sagte er stockend. »Bodenfeld wollte uns erschießen. Andrej hat versucht, ihm die Pistole aus der Hand zu reißen. Da hat sich ein Schuss gelöst.«

»Wo ist Ihr Bruder?«, fragte Philipp.

»Weg«, sagte Ivan. »Er will zurück in die Heimat. Das hat er mir gestern gesagt.«

»Ist er allein?«, fragte Azra.

»Nein, Aisa wollte mitkommen.«

Philipp überlegte kurz: »Also hatte er seine Abreise vorher geplant und ist jetzt auf dem Weg zum Flughafen?«

Ivan nickte.

»Wo wollte er sich mit Aisa treffen?«

»Ich weiß es nicht.«

»Ruf Heugel an«, bat er Azra. »Er soll Manke Bescheid sagen und die Spurensicherung anfordern.«

»Und was machen wir? Du glaubst doch nicht im Ernst, dass Andrej wirklich zum Flughafen gefahren ist?«, fragte sie.

»Warum nicht? Wenn er sich hätte stellen wollen, wäre er geblieben. Ich glaube nicht, dass er uns gesehen hat. Also ist das der einzige Anhaltspunkt, den wir haben.«

Während Azra telefonierte, wandte sich Philipp Ivan Persic zu. »Hat Ihr Bruder noch etwas gesagt?«

»Ja, dass es ihm leidtut. Und dass es nicht seine Schuld ist. Und dass ich die Polizei erst später rufen soll.«

Azra hatte ihr Gespräch beendet und die letzten Worte mitgehört.

»Was für ein Auto fährt Ihr Bruder?«, fragte sie.

»Einen dunkelblauen BMW.« Azra schrieb sich die Nummer auf.

»Wenn er erst Aisa abholt, kann er noch nicht weit sein«, sagte Philipp. «Und er weiß nicht, dass wir hinter ihm her sind. Hier können wir nichts mehr tun. Also, lass uns fahren.«

***

»Wieso sind Ivan und Andrej noch am Leben?«, fragte Azra, als sie kurz vor sieben mit Blaulicht auf der B9 in Richtung Norden fuhren. Noch immer herrschte starker Berufsverkehr. »Bodenfeld musste doch nur abdrücken.« Philipp zuckte mit den Schultern. »Vielleicht wollte er sie gar nicht erschießen, sondern ihnen lediglich Angst einjagen.«

Vor dem Tunnel wurde die Fahrbahn einspurig. An der Einfahrt staute sich der Verkehr. Philipp sah, dass die Bahnschranke neben der Knauber-Waschanlage offen war und bog rechts ins Villenviertel ab. Mit siebzig fuhr er über den schmalen Kapellenweg, wobei er geschickt an den Bodenwellen abbremste.

»Wie kommt es, dass Andrej so plötzlich zurück nach Bosnien will?«, redete Azra weiter. »Eigentlich wollte er doch warten, bis es Fatima besser geht.«

»Keine Ahnung«, sagte Philipp, wirkte dabei aber nicht sonderlich erstaunt.

Auf der Konstantinstraße in Richtung Norden kamen sie besser voran. Als Philipp mit Blaulicht und Lichthupe von hinten auffuhr, flüchteten die meisten Fahrer erschreckt an den Straßenrand. Nur ein schwarzer S-Klasse-Mercedes mit getönten Scheiben reagierte nicht. Mit einem waghalsigen Manöver überholte Philipp und scherte im letzten Moment vor dem Gegenverkehr ein. Der Fahrer hupte entrüstet.

An der Rheinaue bog Philipp auf die Konrad-Adenauer-Brücke in Richtung A59, der »Flughafenautobahn«, ab. Azra griff zum Handy und bat Sven Heugel, eine Fahndung nach dem BMW von Andrej herauszugeben. Außerdem verständigte sie die für die Sicherung des Flughafens zuständige Bundespolizeidienststelle. Danach checkte sie die abgehenden Flüge vom Flughafen Köln/Bonn. »Heute Abend geht keine Maschine mehr nach Bosnien, aber auch nicht nach Split oder Zagreb«, sagte sie. »Wohin will er nur?«

Philipp schwieg. Er überlegte. Was hatte Aisa zu ihm gesagt?

»Schau mal, ob es heute noch einen Flug nach Kiew gibt.«

Azra klickte die Liste der Zielorte durch. Kurz darauf nickte sie. »Tatsächlich. In knapp zwei Stunden geht eine Maschine dorthin.«

»Zeitlich würde das passen.«

»Aber was will er in der Ukraine?«

Bevor Philipp etwas sagen konnte, klingelte Azras Handy. Es war Heugel mit der Meldung, dass die Fahndung nach Andrej Persic und dem BMW raus war.

»Ich hoffe, ihr wisst, was ihr tut«, sagte Heugel zu ihr. »Lars sieht seine Felle davonschwimmen. Er ist noch immer am Tatort. Eben hat er Rodenstock angerufen, damit er dich zurückpfeift.«

»Und trotzdem hast du die Fahndung rausgegeben?«

»Ich habe gesagt, dass wir Persic verdächtigen, Bodenfeld erschossen zu haben. Da hat Rodenstock zugestimmt. Inzwischen hat Lars allerdings die Losung ausgegeben, dass sich Bodenfeld versehentlich selbst getötet hat. Angeblich weist die Spurenlage darauf hin.«

»Und Rodenstock?«

»Stimmt ihm zu. Wahrscheinlich, weil es besser zu seiner politischen Linie passt. Außerdem ist er stocksauer.«

»Auf mich?«

»Mittlerweile hat er auch mich auf dem Zettel«, sagte Heugel und legte auf.

Bis zur Ausfahrt »Flughafen« hatte Rodenstock viermal angerufen und zweimal auf Azras Mobilbox gesprochen. Als sie die Abfahrt nahmen, klingelte es erneut. Die Bundespolizei am Flughafen hatte den dunkelblauen BMW identifiziert, der vor einem Moment die Eingangsschranke zum Parkhaus zwei passiert hatte.

Der Beamte bat um Anweisungen, wie sie sich verhalten sollten.

»Wie viele Personen sind in dem Auto?«, fragte Azra.

»Wir gehen von zwei aus.«

»Gut. Hängt euch dran, aber unauffällig«, sagte sie. Kurz darauf meldete sich der Beamte erneut. Es handele sich um einen Mann und eine Frau. Sie seien jetzt in der Flughafenhalle und anscheinend auf dem Weg zum Terminal zwei.

»Das passt. Der Flug geht mit Wizz Air. Und die starten von Terminal zwei«, sagte Azra. »Am besten, du hältst direkt davor.«

Philipp nickte. »Schnappen wir uns Andrej.«

Wenige Minuten später parkte er den Saab an einem Taxistand direkt vor dem Eingang zum Terminal.

Azra und Philipp stürmten in die Halle. »Hier müssen wir rein!«, rief Azra und stieß einen dicken Geschäftsmann mit einem riesigen Koffer zur Seite, der die Tür blockierte. Nach einem Blick auf die Anzeigetafel sahen sie, dass Azra den richtigen Eingang gewählt hatte. Sie liefen die Treppe hoch und erreichten die Abflughalle. Direkt vor ihnen lag der Zugang zum Gate D.

»Hier müssen sie zur Sicherheitskontrolle durch«, meinte Azra.

Philipp deutete auf eine Reihe nicht besetzter Informations- und Buchungsschalter hinter ihnen.

»Von hier aus haben wir einen guten Überblick, und er kann uns nicht gleich sehen.«

»Sollen wir nicht Verstärkung anfordern?«, fragte Azra.

»Besser nicht. Wenn die hier rumrennt und mit ihren Waffen fuchtelt, weiß Andrej sofort, dass wir hinter ihm her sind.«

Azras Handy, das sie auf »lautlos« gestellt hatte, vibrierte.

»Sie müssten jetzt gleich bei euch sein«, sagte der Bundespolizist. Sie zogen sich weiter hinter einen der Schalter zurück. Philipp sah sich um. Azra hatte ihre Waffe gezogen.

»Pass auf, dass Aisa nichts passiert«, sagte sie. Philipp nickte. Auch er hatte seine Pistole schussbereit in der Hand.

Bis auf die beiden Sicherheitsbeamten, die am Eingang zur Gepäckkontrolle standen, war der Bereich fast menschenleer. Etwa zwanzig Meter weiter polterten Fluggäste mit ihren Koffern vorbei. Ein Stück dahinter wartete eine größere Schlange vor einem Check-in-Schalter. Azra und Philipp hörten laut nörgelnde Kinder.

Nur ein Tourist mit einer weißen Schirmmütze auf dem Kopf stand in unmittelbarer Nähe des Eingangs zum Gate. Er blätterte in einer Zeitung und schien es nicht eilig zu haben. Vielleicht wartete er auf jemanden. Philipp fiel auf, dass er ziemlich beleibt war. Philipp blickte zu Azra, dann wieder auf den Dicken, dessen brutal wirkender Mund unter dem Schnurrbart in merkwürdigem Kontrast zu der Gemütlichkeit stand, die er ansonsten ausstrahlte. Er dachte, dass es sich nicht um einen Deutschen handeln konnte, denn die Schlagzeile der Zeitung, die er in den Händen hielt, war in einer Fremdsprache verfasst. Er musste einen Augenblick nachdenken, bevor ihm klarwurde, dass es serbokroatisch war. Irgendetwas stimmte mit diesem Touristen nicht. Philipp wollte auf ihn zugehen, als von links Aisa und Andrej, die beide einen Bordkoffer hinter sich herzogen, aus Richtung der Rolltreppe kamen. Andrej hatte ein Flugticket und einen Ausweis in der Hand und bewegte sich zügig, aber ohne Hast auf den Eingang zum Gate zu. Philipp wollte Azra ein Zeichen geben, dass sie sich zeigen sollten, als der Dicke aufsah und Andrej ansprach.

»Hallo, Mirko.«

Der Angesprochene reagierte sofort. Er schleuderte seinen Koffer in Richtung des Dicken und warf sich zur Seite. Im gleichen Augenblick schoss der Fremde mehrmals. Mirko blieb auf dem Boden liegen. Sein helles Hemd färbte sich rot. Aisa schrie auf, dann brach sie hinter Andrej zusammen. Um sie herum bildete sich eine Blutlache. Azra kniete neben Aisa nieder und fühlte ihren Puls. Ein durchdringendes Alarmsignal ertönte. Von allen Seiten stürzten Leute herbei: die Bundespolizisten, die Andrej verfolgt hatten, zwei junge

Frauen aus der Boutique um die Ecke und die beiden Kontrolleure vom Gate. Der Dicke versuchte, sich den Koffer zu greifen, ließ ihn dann aber wieder fallen, als Philipp auf ihn zurannte. Der Fremde lief in Richtung des Ausgangs davon. Philipp rannte ihm nach, wurde aber von den Sicherheitsbeamten, die sich ihm in den Weg stellten, behindert. Philipp wollte sie zur Seite drängen, was diese als Fluchtversuch deuteten. »Er hat eine Waffe!«, brüllte der eine, während der andere Philipp, der an ihm vorbeilaufen wollte, ein Bein stellte. Er stolperte und fiel auf den harten Boden. Als er wieder stand, war der Dicke verschwunden. Er sah zu Azra. Sie kniete neben Aisa, hatte ihre Bluse geöffnet und drückte ihr Sweatshirt auf die Wunde am Bauch. In ihren Augen standen Tränen.

Philipp humpelte zu der Tür, vor der der Dicke eben noch gestanden hatte. Darauf klebte ein Computerausdruck mit einem kurzen Text. »Za dom spremni«, las Philipp laut. »Für die Heimat – bereit.« Er musste lachen. Die Umstehenden sahen ihn verständnislos an. Ein Kloß löste sich in ihm. Er konnte nichts dagegen tun. Das Lachen wurde zu einem lauten, fast hysterischen Anfall, der ebenso plötzlich aufhörte, wie er begonnen hatte. Langsam ging er zu Azra zurück. Die beiden Bundespolizisten hatten in der Zwischenzeit Verstärkung bekommen und die gaffenden Neugierigen zurückgedrängt. »Der Notarzt ist gleich hier!«, rief ihnen einer der Beamten zu. Azra fühlte Aisas Halsschlagader. »Zu spät«, sagte sie.

20

Azra saß in Philipps Garten an dem alten wackligen Tisch und beobachtete die Schildkröten. Es war kurz nach acht, und die Sonne ging langsam unter. Es war ein lauer Frühlingsabend Ende April.

Philipp brachte zwei Bönnsch aus der Küche und setzte sich neben sie. Mehr als eine Woche war seit den Ereignissen am Flughafen vergangen. Er hatte in der Zeit keinen leichten Stand gehabt. Rodenstock hatte ihm vorgeworfen, Dienstanweisungen nicht befolgt zu haben und ihm mit einem Disziplinarverfahren gedroht. Immerhin war die Suspendierung inzwischen wieder aufgehoben worden. Die Rücknahme kommentierte Rodenstock mit dem Hinweis, dass Philipp den Vertrauensvorschuss, den er genossen hatte, durch sein eigenmächtiges Handeln verspielt habe.

Dabei hatte sich die Nazimord-Theorie Rodenstocks und Mankes am Ende als haltlos herausgestellt. Dafür wurde der am Flughafen Köln/Bonn von einem Unbekannten getötete Andrej Persic aufgrund von Fingerabdrücken auf dem Messergriff und den Aussagen seines Bruders Ivan der Morde an Dario Kovac und Pavel Horvat überführt. Dabei gelang es den Kriminaltechnikern, den nur teilweise erhaltenen Daumenabdruck auf dem strukturierten Griff der Tatwaffe mithilfe einer Gelfolie und eines speziellen UV-Scanners zu rekonstruieren. Als Motiv für die Taten gab Ivan an, dass das Verhalten der beiden Opfer Andrejs Ehre zutiefst verletzt hätte.

Sein Bruder habe ihm, so Ivan, kurz vor den Morden anvertraut, dass er sich an Dario und Pavel rächen würde, weil diese eine Heirat mit Aisa abgelehnt hätten. Trotz seiner Versuche, Andrej davon abzubringen, habe dieser an seinem Vorhaben festgehalten. Da sei ihm der Gedanke gekommen, zur Polizei zu gehen und sie auf die geplanten Morde aufmerksam zu machen, ohne dabei seinen Bruder zu verraten. Leider habe ihm die Polizistin auf der Wache nicht geglaubt.

In der Wohnung der Persic-Brüder fanden die Polizisten keine persönlichen Gegenstände von Andrej. Dieser hatte anscheinend schon vorher alle seine Sachen weggeschafft, und war dabei sehr gründlich vorgegangen.

In dem Koffer, den er am Flughafen bei sich gehabt hatte, befand sich neben Wäsche und einem Prepaid-Handy ohne SIM-Karte ein Schlüssel zu einem Bankschließfach. Es war der verschwundene Schlüssel, den Aisa in der Matrjoschka versteckt hatte. Als die Beamten das Schließfach öffneten, war es leer.

Obwohl sich daraus ein weiteres Motiv für den Mord an Dario Kovac ergab, ermittelte Rodenstock, was die Herkunft des Geldes betraf, nur halbherzig. Mit Blick auf die öffentliche Meinung und die Polizeipräsidentin war für ihn nur eins wichtig: dass der Mörder von Kovac und Horvat gefunden war. So ließen sich am Ende weder die Herkunft noch der Verbleib des Geldes klären. Ebenso unklar blieb der Hinweis auf das von Andrej angeblich erwähnte mysteriöse Tribunal. Philipps Anmerkung zu einer möglichen Verbindung mit seinen Ermittlungen in Mostar tat Rodenstock als »phantasievolle Theorie ohne jede Überprüfbarkeit« ab.

Was den Tod von Rolf Bodenfeld betraf, konnte man Andrej Persic keine Tötungsabsicht nachweisen. Sein Bruder, der einzige Zeuge, blieb bei der Behauptung, Andrej habe in Notwehr gehandelt, nachdem der Neonazi mit gezogener Waffe gedroht hätte, sie zu erschießen.

Nicht aufgeklärt werden konnte auch die spektakuläre Ermordung von Aisa und Andrej am Flughafen. Wie sich herausstellte, war der mutmaßliche Täter durch eine Tür zu einem Lagerraum geflohen, in dem Reinigungswagen, Putzmittel und andere Utensilien des Flughafenpersonals gelagert wurden. Der Raum hatte noch eine zweite Tür nach draußen für die Warenanlieferung. Beide Türen waren normalerweise verschlossen. Wieso der Unbekannte einen Schlüssel besaß, war unklar.

***

Obwohl sie sich über Philipps Einladung freute, wollte Azra zuerst ablehnen, änderte aber dann ihre Meinung. Der Tod von Aisa hatte sie sehr mitgenommen, und auch ihre privaten Probleme waren derart eskaliert, dass sie sich zum ersten Mal in ihrem Berufsleben einige Tage krankgemeldet hatte.

Bei einem Besuch ihrer Tante Selin in deren Wohnung hatte sie auf dem Küchentisch eine Rechnung über zwei Flugtickets in die Türkei entdeckt. Von Azra darauf angesprochen, brachte Selin nur unzusammenhängende Erklärungen hervor. Azra ahnte Schlimmes und bedrängte ihre Tante so lange, bis sie alles zugab: Wie ihr Vater, um Azras Widerstand gegen das Heim auszuhebeln, die Idee hatte, ihre Mutter in die Türkei zu schicken. Wie er über seinen Bruder in Istanbul und dessen Beziehungen zu den Behörden einen Heimplatz und die notwendige Betreuungsvollmacht bekam. Und wie er schließlich vor zwei Wochen Damla mit den Tickets, die Selin gebucht hatte, in die Türkei gebracht hatte. Es werde bestens für sie gesorgt, versuchte Selin Azra zu beruhigen, und zudem habe die Familie dort Verwandte, die sie besuchen würden. Als Azra das hörte, geriet sie außer sich. Wütend schlug sie auf ihre Tante ein, bis diese heulend zu Boden sank. Sie beruhigte sich erst, als Selins pflegebedürftiger Mann im Nachbarzimmer in seinem Bett zu schreien begann. Azra wischte ihrer Tante das Blut von der aufgeplatzten Lippe. Weinend entschuldigte sich Selin immer wieder dafür, dass sie auf Azras Frage nach dem Aufenthaltsort ihrer Mutter aus Angst vor ihrem Bruder gelogen habe.

Inzwischen hatte Azra mit ihrem Freund, dem Anwalt Ergün, gesprochen. Als der hörte, was passiert war, schüttelte er den Kopf. »Das ist nichts anderes als eine Entführung«, sagte er entrüstet. »Ich werde prüfen, ob die Betreuungsvollmacht der türkischen Behörden, die er angeblich besitzt, wirklich gültig ist.«

Azra funkelte ihn wütend an. »Das ist alles? Du bist also der Meinung, dass ich gar nichts machen kann? Das willst du mir doch sagen, oder? Ich dachte, du bist mein Freund.«

Sie konnte nicht anders und begann zu weinen.

Behutsam legte Ergün seine Hände auf ihre Schultern. »Azra, natürlich bin ich dein Freund«, sagte er beruhigend. »Und ich werde alles in meiner Macht Stehende tun, um dir zu helfen.«

»Aber das wird nicht reichen, oder?«

Hilflos zuckte Ergün mit den Schultern.

Azra kniete auf dem Boden und fütterte Achilles. Zärtlich rieb sie über seinen Kopf. Er fühlte sich weich an. Die Schildkröte schien es zu genießen.

»Wie geht es dir?«, fragte Azra und nahm einen großen Schluck von ihrem Bönnsch.

»Beschissen«, antwortete Philipp. »Ich habe sogar schon daran gedacht, den Beruf zu wechseln und wieder Archäologe zu werden.«

Azra musste lachen. »Das kann ich mir nicht vorstellen. Du gibst also zu, dass deine Methode gescheitert ist?«

»Auf keinen Fall«, sagte Philipp. »Im Grunde hatte ich alle Puzzleteile schon in Mostar zusammen. Ich habe nur etwas gebraucht, bis ich auf die Verbindung zwischen Andrej und Mirko gekommen bin.«

»Du glaubst also wirklich, dass der Schütze am Flughafen der ominöse ›General‹ war und unser Andrej in Wirklichkeit Mirko ist?«

»Ich weiß es. Schließlich hat der Mörder Andrej mit ›Mirko‹ angesprochen.«

»Bist du sicher? Es ging alles so schnell. Aber warum wollte er Andrej oder Mirko töten?«

»Vielleicht, weil er seinen Auftrag nicht ordnungsgemäß ausgeführt hat. Oder er vermutete, dass Mirko das Geld aus dem Raub der Stadtkasse entwenden wollte, das Pzov für sich beanspruchte.«

»Ist das nicht ein bisschen weit hergeholt? Woher sollte der General, wenn er es denn war, von dem Geld wissen?«

Philipp erzählte Azra von seinem Gespräch mit Goran in Mostar. »Wenn die HVO sich aus der Stadtkasse bedienen wollte, diese aber vorher gestohlen wurde, muss Pzov sehr wütend gewesen sein. Möglicherweise hatte er von Anfang an Kovac und Horvat in Verdacht. Letzterer konnte leicht an das Geld kommen. Und beide verschwanden am gleichen Tag wie die Stadtkasse.«

»Aber dann zwei Morde so viele Jahre später?«, fragte Azra zweifelnd.

Philipp holte den Zettel, den ihm Aisa gegeben hatte, aus der Tasche: »HVO – General – Mirko«, las er vor.

»Der Tag der Abrechnung kam mit der Ankündigung des Prozesses gegen Milan Pzov in Den Haag. Dieser musste befürchten, dass Kovac und Horvat zu der kaltblütigen Hinrichtung der beiden jungen Männer in Mostar aussagen würden – und vielleicht noch zu anderen Gräueltaten, die sie miterlebt hatten. Also befahl der General als Pzovs rechte Hand, beide aus dem Weg zu räumen. Bei der Gelegenheit beauftragte er Mirko auch damit, nach dem Geld zu suchen.«

Azra blieb skeptisch: »Glaubst du wirklich, dass die Macht von Pzov so weit reicht? Und dass der kroatische Geheimdienst oder welche Organisation der General auch immer vertritt, Zeugen umbringen lässt?«

Philipp erzählte ihr von dem Kronzeugen gegen Bronko Petrovic, der nach Aussage von Ranko Illic kurz vor dem Prozess auf mysteriöse Weise ums Leben gekommen war. Er legte den Zettel, den er von der Tür am Flughafen abgenommen hatte, auf den Tisch. »Glücklicherweise hat der General ja einen Gruß hinterlassen.«

»Du meinst …?« Stockend las sie die drei Wörter vor: »Za dom spremni.«

»Für die Heimat – bereit«, übersetzte Philipp. »Das ist der Gruß der faschistischen Ustascha-Bewegung in Kroatien. Ranko erwähnte, dass die Organisation des Generals, die sich ›Schwarze Legion‹ nennt, in der Tradition der Ustascha steht.«

Azra dachte nach. »Aber nichts von alledem ist ein eindeutiger Beweis«, sagte sie schließlich.

»Ich könnte es beweisen, wenn ich einen Beleg dafür hätte, dass Andrej in Wirklichkeit Mirko ist.«

Er ging ins Haus und kam mit einer schmalen Mappe wieder. Er nahm ein Foto heraus und legte es vor Azra auf den Tisch. »Wer soll das sein?«, fragte sie.

»Das ist Ante Markovic, besser bekannt als der General«, sagte Philipp. »Das Bild habe ich von Marijas Vater bekommen, der früher mal ein hohes Tier im Geheimdienstausschuss war.«

Azra schüttelte den Kopf. »Tut mir leid. Der Mann am Flughafen hatte vielleicht eine gewisse Ähnlichkeit mit dem Foto, aber auch nicht mehr. Außerdem trug er eine Schirmmütze.«

Philipp legte ein zweites Bild daneben, das einen jungen Mann in Militäruniform zeigte.

»Das ist Andrej«, staunte Azra. »Nur etwas jünger als jetzt. Woher hast du das Foto?«

Philipp schüttelte den Kopf. »Nein, das ist Mirko. Marija hat mir das Foto in einem Umschlag mitgegeben, der von

Ranko kommt. Ich habe ihn erst jetzt geöffnet. Ranko hat noch etwas dazu geschrieben.« Umständlich faltete er ein Papier auseinander und las den kurzen englischen Text vor: »Lieber Freund, verzeihen Sie bitte, dass ich Ihnen das Foto nicht gleich gegeben habe. Es stammt aus einer Militärakte der ukrainischen Armee und könnte Mirko zeigen. Da ich mir nicht sicher bin, habe ich Ihnen von dem Bild erst nichts erzählt. Aber vielleicht kann es Ihnen doch in der einen oder anderen Weise bei Ihren Ermittlungen helfen. Ihr ergebener Ranko Illic.« Er sah Azra an. »Andrej hat von Anfang an nicht ins Bild gepasst. Es war so, als lägen zwei Puzzleteile übereinander.«

»Was meinst du damit?«

»Widersprüche in seinem Verhalten, zum Beispiel. Er war sehr bemüht, die Rolle des netten, harmlosen jungen Mannes zu spielen, der wegen eines Jobs und seiner Verwandten nach Bonn kommt und sich dort unsterblich in die Tochter seines Freundes verliebt.«

»Na und?«

»Ich war von Anfang an der Meinung, dass der Täter ein Profi ist. Auch wenn Bodenfeld tatsächlich in einem paramilitärischen Ausbildungscamp seiner Neonazi-Gruppe war, hätte er die Morde nicht so professionell durchführen können.«

»Aber Andrej schon?«

»Ja. Schau dir nur mal die Auseinandersetzungen mit Bodenfeld an. Beim ersten Mal schlägt er ihm die Nase blutig, beim zweiten Mal entreißt er ihm die Waffe und erschießt ihn damit. Bodenfeld war sicher kein leichter Gegner. Aber offensichtlich hatte Andrej Reflexe und eine Kampftechnik, die man nur in einer speziellen militärischen Ausbildung erlernt. Und noch etwas: Von Anfang an hat er versucht, den Verdacht auf Rolf Bodenfeld zu lenken. Wie sein Bruder und Mustafa

Maric sprach er von Drohungen, die es ja tatsächlich auch gegeben hat. Aber er war der Einzige, der dabei das Messer erwähnte.«

»Was ist mit dem Messer?«, fragte Azra.

»Das liegt doch auf der Hand. Andrej hat es besorgt, um den Mord Bodenfeld in die Schuhe schieben zu können. Das hatte er von Anfang an vor. Und auch sein Verhalten war auffällig: Nach Darios Tod ist er erst einmal untergetaucht, nach der Ermordung Horvats und dem Verhör bei uns auch. Angeblich war er dienstlich unterwegs.«

»Was nicht weiter verwunderlich ist, wenn man im Außendienst arbeitet.«

»Richtig. Und er hat uns ja auch ein Alibi präsentiert. Aber der angebliche Bekannte in Hamburg hat offensichtlich gelogen – und seine Besucher auch.«

»Und Mankes Anruf bei Andrejs Firma?«

»Hat der verbaselt.«

»Wie bitte?«

»Tatsächlich gibt es bei der Firma einen Mitarbeiter, der Andrej heißt, aber Andrej Perkovic, nicht Persic.«

»Woher weißt du das?«

»Weil ich nachgefragt habe. Dabei hat sich herausgestellt, dass der Nachname nicht übereinstimmt. Ob Persic oder Perkovic, wer merkt bei slawischen Namen schon einen Unterschied?«

»Hast du das Rodenstock erzählt?«

»Ja, aber er wollte nichts davon hören. Ihm reicht es, dass der Mörder überführt ist.«

»Aber warum sollte sich Andrej eine Tarnexistenz aufgebaut haben?«

»Weil er auch der Agent Mirko ist.«

»Und woher wusstest du, dass er mit Aisa in die Ukraine fliehen wollte?«

»Das ist ein weiteres Puzzleteil, das ich erst spät gefunden habe. Aisa hatte mir erzählt, dass sie mit Andrej vielleicht nach Kiew gehen wolle, da er dort mal gelebt habe. Von Ranko weiß ich, dass Mirko seine Agentenausbildung bei einer Spezialeinheit der ukrainischen Armee erhalten hat. Leider ist mir dieser Zusammenhang erst auf der Fahrt zum Flughafen klargeworden.«

Nachdenklich nippte Azra an ihrem Bier.

»Und welche Rolle spielt Ivan?«, fragte sie.

»Ich denke, dass er sich in einem Dilemma befand. Andrej vertraute ihm an, dass er gezwungen sei, das Todesurteil des Tribunals zu vollstrecken – wohl wissend, dass sein Bruder ihn nicht verraten würde. Wenn Ivans Aussage stimmt – und ich glaube ihm –, dann hatte auch der eiskalter Profikiller Andrej so etwas wie ein Gewissen. In dem verzweifelten Versuch, die Tat doch noch zu verhindern, kam Ivan daraufhin auf die Idee, die Polizei einzuschalten.«

»Also war Andrejs Motiv nicht Rache aus verletztem Stolz, weil Dario und Pavel die Hochzeit mit Aisa so brüsk ablehnten?«

Philipp sah sie an. »Ein Mann wie er lässt sich nicht aus persönlichen Gründen zu einem Rachemord hinreißen. Nein, Andrej oder Mirko war dazu auserkoren, den Auftrag des Generals auszuführen. Es war sicher kein Zufall, dass Andrej einige Monate zuvor Bosnien verlassen hat und zu seinem Bruder nach Bonn gezogen ist. Der General hielt ihn an der kurzen Leine, um sicherzugehen, dass er Andrej bei Bedarf sofort aktivieren konnte.«

»Meinst du, Ivan wusste von Mirkos Existenz?«

»Ich vermute es. Ich glaube, er hat Andrej geliebt, hatte aber auch Angst vor ihm. Jedenfalls hat Ivan immer versucht, seinen Bruder zu decken.«

Azra dachte nach. »Von einem Mirko habe er nie gehört, hat er ausgesagt«, sagte sie.

»Das wird er auch nicht zugeben. Ansonsten würde er in eine Sache hineingezogen, deren Ausmaß er gar nicht überblicken kann.«

»Wir könnten ihn noch einmal verhören«, sagte Azra.

»Geschenkt«, antwortete Philipp. »Rodenstock wird dem niemals zustimmen.«

Beide schwiegen. Allmählich wurde es dunkel. Philipp ging ins Haus und brachte Teelichter und zwei neue Bönnsch mit.

Azra merkte, dass sie sich entspannte. Trotz aller Missverständnisse der letzten Zeit fühlte sie sich wohl bei Philipp.

»Eins verstehe ich nicht«, sagte sie nach einer Weile. Er sah sie fragend an.

»Wieso hat Andrej Aisa einen Heiratsantrag gemacht, wenn er in Wirklichkeit ein Agent gewesen ist?«

»Diese Frage habe ich mir auch gestellt.«

»Und?«

»Ich habe zwei Erklärungen. Die eine ist, dass der Antrag dazu diente, seine Tarnung noch perfekter zu machen, auch gegenüber der Gemeinde. Mit der Heirat wäre er voll integriert gewesen.«

»Klingt einleuchtend. Aber dann hätte er Aisa auf seiner Flucht nicht mitgenommen. Und deine zweite Theorie?«

»Vielleicht war er wirklich verliebt. Das soll sogar bei Agenten vorkommen.«

Azra erschrak, als sie hinter sich ein Geräusch hörte. Ein schwarzer Schatten löste sich aus der Dunkelheit. Im Licht erkannte sie den Mann, den sie mit Philipp zusammen bis zum Bobas verfolgt hatte.

»Ich bin Jannis«, stellte er sich vor und gab ihr die Hand.

»Welche Überraschung«, sagte Philipp.

»Ich wollte mal nach dir sehen. Aber anscheinend geht es dir gut«, meinte Jannis grinsend.

Im Halbdunkel sah der Neuankömmling mit dem Bart und den langen lockigen schwarzen Haaren aus wie Philipps Ebenbild. Azra kam ein Gedanke. »Seid ihr etwa Brüder?«, fragte sie.

Beide lachten. Philipp wurde wieder ernst. »Meinen Bruder habe ich in Bosnien begraben«, sagte er.

Als Jannis sah, wie Azra ihn irritiert anblickte, legte er beruhigend eine Hand auf ihre Schulter.

»Nicht erschrecken«, sagte er. »Sein Bruder ist schon lange tot. Aber er musste ihn noch einmal begraben.« Auffordernd sah er seinen Freund an. Und Philipp erzählte.

Eine Stunde später stand Azra auf, weil sie fror. »Kommt, wir gehen was trinken«, sagte sie und nahm die beiden Männer am Arm.

Als Philipp den Motor des Saabs starten wollte, klingelte sein Handy. Ein Kollege von der Technik meldete sich. Philipp wunderte sich über den späten Anruf.

»Seid ihr noch an der Zigarettenschachtel interessiert, die wir in dem schwarzen Audi gefunden haben?«, fragte er. »Soweit ich weiß, hat Rodenstock den Fall abgeschlossen.«

»Das stimmt«, sagte Philipp. »Was habt ihr denn?«

»Wie du weißt, haben wir auf der Schachtel Fingerabdrücke gefunden.«

»Ich dachte, die wären nicht brauchbar.«

»Das ist richtig. Sie sind nur schwach und außerdem unvollständig.«

»Was heißt das jetzt?«, fragte Philipp ungeduldig.

Ungerührt redete der Techniker weiter: »Am Ende ist es uns gelungen, auf der Zigarettenschachtel DNA sicherzustellen.«

»Und?«

»Sie ist identisch mit der von dem am Flughafen Getöteten. Wie heißt der noch mal?«

»Andrej Persic«, sagte Philipp.

»Genau. Aber das ist nicht alles.«

»Was denn noch?«

»Wir haben damit das Europol-Informationssystem EIS gefüttert. Über die Datenbank kann man auch DNA-Profile abgleichen. Und wir sind fündig geworden: Die DNA gehört zu einem Kroaten. Sein Name ist Mirko Perkovic. Er wird verdächtigt, im Auftrag kroatischer Kriegsverbrecher in Österreich Zeugen eines Massakers im Jugoslawienkrieg umgebracht zu haben.«

»Warum kommt ihr erst jetzt damit?«

»Solche Untersuchungen dauern eben länger«, antwortete der Kollege. »Außerdem wollten wir sicher sein, dass uns kein Fehler unterläuft.«

Philipp legte auf. Er sah Azra und Jannis an.

»Die Toten kehren zurück«, sagte er.

Nachwort

Alle Figuren in diesem Buch entstammen meiner Phantasie, bis auf Stjepan Novak. Am 29. November 2017 beging der kroatische General Slobodan Praljak (so der richtige Name) vor laufenden Kameras bei der Verkündung des Urteils vor dem UN-Tribunal Selbstmord. Seine letzten Worte waren: »Slobodan Praljak ist kein Kriegsverbrecher. Mit Verachtung weise ich Ihr Urteil zurück.« Ich saß fassungslos vor dem Fernseher und fragte mich: Wie kann dieser Mann, der der Vertreibung und Ermordung unzähliger Menschen im Bosnienkrieg überführt worden war, behaupten, unschuldig zu sein? Ich begann mich mit diesem heute fast vergessenen Krieg mitten im Herzen Europas, der mehr als hunderttausend Menschen das Leben gekostet hat, zu beschäftigen. Und mit den mehreren hunderttausend von Praljak vertriebenen bosnischen Muslimen, von denen viele nach Deutschland flohen.

Im Sommer 2019 fuhr ich nach Mostar, einer noch immer zerrissenen Stadt, in der als Folge des Krieges Bosniaken und Kroaten streng getrennt leben und in der man auch heute noch an vielen Ecken zerstörte Häuser mit Einschusslöchern sehen kann. Kaum einer der jungen Männer, die auf einem Soldatenfriedhof mit weißen Stelen mitten in der Stadt begraben liegen, wurde älter als fünfundzwanzig Jahre. Mit einem Mal war mir dieser Krieg sehr nahegekommen.

Mein Dank gilt denjenigen, die mich bei der Entstehung des Buches unterstützt haben: allen voran meiner Frau Margret, meinen Söhnen Nico, David und Julian sowie meinem Vater Klaus. Sie haben mir, wie auch meine Freundinnen und Freunde Nicole, Clemens und Rudi als Erstleserinnen und Erstleser wertvolle Anregungen und Hinweise gegeben.

Bedanken möchte ich mich auch bei Julia Jerabek für ihr feinfühliges Lektorat, Susanne Del Din für das Cover, Lars Bergengruen für den Buchtrailer und meinem Verleger Markus Stromiedel, der den Entstehungsprozess des Buches intensiv begleitet hat.